Jörg Juretzka

NOMADE

Jörg
JURETZKA

NOMADE

Ein Roadmovie

Rotbuch Verlag

ISBN 978-3-86789-208-7

1. Auflage

Umschlaggestaltung: Buchgut, Berlin
Umschlagabbildung: Anterovium/AdobeStock
Druck und Bindung: GGP Media GmbH, Pößneck

Ein Verlagsverzeichnis schicken wir Ihnen gern:
Rotbuch Verlag
Axel-Springer-Str. 52
10969 Berlin
Tel. 01805/30 99 99
(0,14 Euro/Min., Mobil max. 0,42 Euro/Min.)

www.rotbuch.de

FÜR CORA UND VERENA

Spezieller Dank an Sleaford Mods feat. Billy Nomates
für ›Mork n Mindy‹

Sämtliche Figuren dieses Romans sind frei erfunden.

Tiefe Nacht unter der Kuppel eines sternklaren, wenn auch mondlosen Himmels. Der Diesel nagelte gelassen vor sich hin, der Aufbau quietschte und knarzte, wann immer eines der Räder in eine Vertiefung sackte oder sich eine weitere hüfthohe Düne hochwälzte. Die Monotonie des Geschaukels und des erzwungenen Schneckentempos drohte mir allmählich den Saft abzudrehen, da erfasste mein Fernlicht das Wrack. Ich ließ den Truck darauf zurollen, stoppte und nahm den Gang raus. Das Auto, ein SUV mit Starrachsen, lag auf dem Dach, ausgebrannt und umgeben von wild verstreuten Ausrüstungsteilen. Es war nicht das Fahrzeug, das ich suchte, aber es sah so aus, als ob es noch nicht lange daläge. Und das nicht etwa entlang einer Piste, sondern mitten im wegelosen Niemandsland. Da stellt sich dann schon die Frage, was wohl mit den Insassen ist. Deshalb fuhr ich erst mal nicht weiter, sondern knipste den Suchscheinwerfer an, ließ den Lichtschein langsam hin und her über die platte Einöde streifen. Ein Paar schmaler, gelber Augen leuchtete kurz auf und verschwand blitzartig wieder. Ansonsten nichts als helle Dünen auf dunklem Geröll, wie Schaumkronen auf nächtlicher See, ununterbrochen bis hin zu der fernen Linie, wo die matte Schwärze des Landes auf die mit Gefunkel durchsetzte Schwärze des Himmels stieß. Müde presste ich den Zugschalter ins Armaturenbrett und der Motor verstummte. Dann klickte ich der Reihe nach alle Scheinwerfer aus und Dunkelheit senkte sich über die Szenerie. Mit kurzem Zischen blies die Bremse etwas Druck ab, als ich den Fuß vom Pedal nahm. Stille folgte. Knisternde Stille und fast völlige Finsternis, all der Sterne zum Trotz. Bella hob den Kopf und sah mich fragend an.

»Feierabend«, entschied ich.

Sie erhob sich von ihrem Lager im Beifahrerfußraum, streckte sich einmal durch, schüttelte schlackernd den Kopf und trottete dann durch die schmale Passage nach hinten, in die Wohnkabine. Ich stieß die Fahrertür auf, schwang mich aus dem Sitz und kletterte die Sprossen runter. Der Wind hatte für den Moment etwas nachgelassen, und doch war es zu kalt für T-Shirt und Shorts. Am Heck löste ich die Verriegelung und ließ die Alutreppe runter, stieg rauf, öffnete die Tür. Bella kam heraus und zögerte kurz, bevor sie sich mit der ihr eigenen Skepsis hinabtastete. Die Lochblechstufen sind und bleiben ihr nicht geheuer. Ich hätte sie auch aus der Beifahrertür rauslassen können, doch der Truck ist zu hoch und Bella zu groß und zu schwer für solche Akrobatik. Von einem Haken an der Tür schnappte ich mir meine Windjacke und mein Stirnlicht und streifte beides über.

Bella war schon vorgelaufen, um das Wrack zu inspizieren. Es schien tatsächlich höchstens ein, zwei Tage alt, das Blech noch nackt und glänzend, wo es den Lack weggebrannt hatte, ohne auch nur einen Hauch von Flugrost. Ein Viertürer, das Dach komplett zu einer Seite weggeknickt, kein Blick ins Innere möglich. Den ringsum verteilten Krempel hatte der Wind schon halb unter Flugsand begraben. Alles war angekokelt, zerrupft, zertrampelt, aber, zumindest auf den ersten Blick, ziviler Natur – Kleidung, Campingausrüstung, Vorräte in Dosen, Kanistern, Tüten und Kartons. Keine Waffen, keine Munition, nichts in Tarnfarben. Gut so.

Hätte es sich um ein Militärfahrzeug gehandelt, wäre ich augenblicklich weitergefahren. Man möchte nicht von einem übellaunigen, schwerbewaffneten S&R-Kommando überrascht werden, wie man in den Resten von etwas herumprockelt, das vielleicht ein Unfall, unter Umständen aber auch ein Anschlag gewesen sein konnte.

Bella schnüffelte eifrig, aber ohne einen Laut an der Karosserie herum. Solang sie still ist, hat sie noch nichts gefunden. Nichts oder niemanden, je nachdem. Nach einer Weile hob sie den Kopf, stand einen Moment steif da, und setzte sich dann in Bewegung, als ob sie von ihrer Nase gezogen würde. Ich seufzte unwillkürlich und ging ihr hinterher. Keine Minute später hörte ich ihr kurzes, heiseres Heulen.

Sie lagen in einer flachen Mulde. Die eine Leiche war komplett verbrannt, ein schauderhaftes, mit schwarzen Fetzen behangenes Gerippe, die andere nur zur Hälfte, von den Füßen hoch bis zur Hüfte. Der Wind, vermutete ich. Der verbliebene Torso – wahrscheinlich der eines Mannes, schwer zu sagen, die gelbäugigen Tiere der Nachbarschaft hatten ihn schon ausgiebig benagt, ein Anblick, der für immer bei mir zu bleiben versprach – war noch frisch genug, um zu stinken, etwas, das in der Wüste wegen der rapiden Austrocknung nur ein paar Tage anhält. Beide hatten je ein Loch in der Stirn und keine Hinterköpfe mehr. Hingerichtet, aus nächster Nähe.

Ich knipste das Stirnlicht aus, tätschelte Bella den Kopf und raunte ein paar Worte, halb lobend, halb tröstend. Drehte mich um, ging zurück und erklomm die Leiter, rauf auf den Dachgepäckträger, verschaffte mir einen Rundumblick. Kein Licht, kein Funkenflug, kein Anzeichen menschlicher Anwesenheit, soweit mein Auge reichte. Nach einem langen, tiefen Atemzug kraxelte ich wieder runter.

Zwei Zivilisten, ermordet. Direkt neben dem Tatort die Nacht zu verbringen erscheint ein bisschen eine bizarre Idee, doch die Täter würden nicht zurückkehren – wozu? – und Tote sind und bleiben die ruhigsten Nachbarn.
»Sollen wir?«, fragte ich, und wir machten uns auf unsere übliche, spätabendliche Runde, Bella wie immer dicht an meiner Seite. Sie ist es auch, die den Kurs bestimmt. Weil sie meinen Sinnen nicht so recht traut. Man mag es nicht für möglich halten, sich in einer Ebene zu verlaufen, doch es wird dunkel in der Wüste, viel dunkler, als man sich das als Städter vorstellen kann, und die Gleichförmigkeit mancher Landschaften bewirkt, dass da nichts ist, woran man sich orientieren könnte. Mit anderen Worten: Du gehst nachts ohne Lampe kacken und wenn du den Rückweg nur um ein paar Grad verpeilst, kann es sein, dass du anschließend dein Fahrzeug nicht wiederfindest.
Bella drängte mich sanft immer mal wieder ein bisschen nach links, zwischen der nächsten und dann der übernächsten Düne hindurch, so dass unsere Runde tatsächlich zu einer Kreisbahn wurde, die da endete, wo sie begonnen hatte. Zurück im Truck schloss ich die Tür hinter uns, streifte Jacke und Schuhe ab und zwängte mich in meine Koje. Bella rollte sich direkt neben meinem Kopfende auf einem Läufer zusammen, grunzte zufrieden und schlief ein, während mir noch eine Weile skelettierte und angefressene Leichen auf der Netzhaut herumtanzten.
Zum x-ten Mal fragte ich mich, was ich hier eigentlich tat, und warum. Leute suchen, Tote finden. Ganz ähnlich wie damals, in der Anfangsphase meiner Zeit als Privatdetektiv. Vom ersten Auftrag an war mir das Aufspüren Vermisster einerseits leichtgefallen, wie eine sich spontan manifestierende Begabung, und gleichzeitig seltsam abwegig erschienen, geradezu verstö-

rend. Natürlich hoffst du, die jeweilige Person lebend, gesund und munter anzutreffen, die Gründe für ihr Verschwinden eigentlich trivial und bald vergessen. Umarmungen, Schulterklopfen, Tränchen, Happy End für alle. Doch in der sogenannten Zivilisation verschwinden Leute äußerst selten aus trivialen Gründen. Und um ahnen zu können, wohin sie sind, hilft es, zu wissen, woher sie kommen. Sobald du diesen Deckel lüftest, kriegst du – egal in welchem Umfeld – immer wieder Verhältnisse zu Gesicht, die geprägt sind von Erbärmlichkeit, Gier und Gewalt. Immer wieder Alk und Drogen, immer wieder niedere Beweggründe, immer wieder Missbrauch. Du kniest dich trotzdem rein, und wenn du den oder die Gesuchten endlich vor dir hast, dann sind sie so gut wie nie gesund und munter und schon gar nicht immer lebend. Irgendwann bin ich ausgestiegen, hab mir andere Jobs gesucht, andere Probleme aufgehalst und andere Beklemmungen zugelegt. Und jetzt rutschte ich da wieder rein, als ob ich wider besseres Wissen nicht genug davon bekäme.
Mein Umzug in die Wüste hatte als Versuch begonnen, ein paar tiefer sitzende Traumata zu verarbeiten. Und es hat geklappt, erstaunlicherweise. Die Weite, die Menschenleere, die fantastische Ruhe, die notwendige Konzentration auf die Anforderungen eines Daseins allein in der Wildnis, all das zusammen regelte mich runter. Nach und nach schlief ich wieder ein bisschen besser, bekam meine Paranoia in den Griff, meine Schuldgefühle, fand zumindest ansatzweise, streckenweise so was wie Frieden.
Und dann wurd mir fad.
Die Geschichte meines Lebens, wenn ich nur eine Sekunde drüber nachdenke.
Bellas gleichmäßige Atemzüge lullten mich schließlich ein und ich driftete weg in ein paar Stunden voll der üblichen Alpträume.

Ich klemmte den Spaten zurück in seine Halterung an der Seite des Aufbaus, ging neben dem Wrack auf die Knie, beugte den Kopf runter und inspizierte die mittlerweile kaum noch auszumachenden Reifenspuren im frühen, flachen Licht der Morgensonne. Sie verliefen schnurgerade. Keinerlei Verwerfungen, wie sie einem Überschlag unweigerlich vorausgehen.
Bella stupste mich mit der Nase an, ihr war nach Frühstück, also kraxelten wir rein in unsere mobile Behausung. Das SatPhone blinkte in seiner Halterung auf der Werkbank. Eine SMS, weitergeleitet von Mombassa. *missing: mitsub. pajero. uk. 2 pers. m/m. dest. dakar. last seen 4.1. tam*. Ich warf einen Blick auf den Wandkalender über der Spüle, ein Geschenk von Freund Charly, wie jedes Jahr. Dünne Frauen mit dicken Titten über hochglanzpolierten Harley-Davidsons, wie jedes, wie jedes, wie jedes, jedes, jedes Jahr. Ich sag: ›Wie wär's mal mit Leuchttürmen, oder Hundewelpen, oder Alpenpanoramen?‹, doch er lacht nur, als ob ich das unmöglich ernst meinen könnte.
Anhand der wie ein Nachgedanke unter die Stilettos und Chromspeichenräder gequetschten Datumsleiste war das letzte Lebenszeichen der beiden Briten mittlerweile zehn Tage alt, aus Tamanrasset, von wo ich vor nur zwei Tagen aufgebrochen war.
Ein Napf frisches Wasser und ein Napf Trockenfutter für Bella, ein Becher Kaffee und eine Handvoll Trockenfutter (Kekse) für mich. Ab und zu mal wieder ein Toast wäre schön, und abends auch mal irgendetwas anderes als Spaghetti mit Öl, Knoblauch und Chilischoten, doch die Vorratshaltung in einem kühlschranklosen Vehikel, das sich jeden Mittag wie ein Ofen aufheizt, beschränkt sich zwangsläufig auf lauter Zeugs, das unter solchen Bedingungen durchhält, ohne schon am zweiten oder dritten Tag anzufangen zu gären, abzugasen und in unansehnliche Pilzkulturen aufzublühen.

Fertig mit Frühstück, spülte ich ab und räumte weg, schnappte mir meine Nikon und machte mich an die Arbeit. Ohne eine nachvollziehbare Dokumentation werden die Leute nicht für tot erklärt, was es den Angehörigen erheblich erschwert, sich um das Erbe zu streiten.

Die Sonne jagte den Himmel hoch, die Temperaturen hechelten ihr hinterher, der verfluchte Wind nahm wieder Fahrt auf. Bella verzog sich unter den Truck, bettete ihr Kinn auf einer Vorderpfote und sah mir unter schläfrigen Lidern hervor zu. Erst mal knipste ich die Karosse. Die Kennzeichen waren im Feuer geschmolzen, doch es handelte sich um einen Mitsubishi Pajero, und ich hatte keine Zweifel, dass es das vermisste Fahrzeug war. Am Heck hatte noch eine größere Stelle silbermetallicfarbenen Lacks überlebt, mit einem Rest Sprühlack-Slogan *(...kar or bust)*, und der Vollständigkeit halber machte ich auch davon ein Bild. Dann zog ich ein Paar Latexhandschuhe über, ging zur Mulde und fotografierte nacheinander die Leichen aus möglichst gnädigen Winkeln im Ganzen, schließlich, so gut es ging, ihre Zähne, Ober- und Unterkiefer separat. Dem Halbverbrannten schnitt ich obendrein noch eine Haarsträhne ab und tütete sie ein. Er trug eine Fliegerjacke mit zahlreichen Taschen, die ich der Reihe nach durchfingerte, obwohl klar war, dass mir da schon jemand zuvorgekommen war. Musste ja nicht heißen, dass sie dasselbe gesucht hatten wie ich. Doch ich fand nichts. Ein Schwarm Schmeißfliegen stieg auf, und mein Frühstück mit ihnen, als ich den Toten auf den Bauch drehte. Unter seiner rechten Achsel kam ein kurzläufiger Trommelrevolver zum Vorschein, sandig, feucht und stinkig vor Leichenflüssigkeit. Ich nahm ihn hoch, wischte ihn so gut es ging sauber, zog den Stift, die Trommel schwenkte raus. Alle Kammern voll, alle

Patronen intakt, nicht eine davon abgefeuert. Die Opposition war einfach schneller und entschlossener gewesen, wie es so oft den Unterschied macht zwischen Profis und Amateuren. Was ich nicht kapierte war, wieso sie den Wagen nicht mitgenommen, sondern aufs Dach gewälzt und abgefackelt hatten.
Eigentlich drängte es mich, weiterzufahren, ich suchte ein Schweizer Ehepaar, doch erstens ist eine Stunde in der Wüste kein Zeitmaß – man verlernt sehr schnell, sich beeilen zu wollen – und zweitens hatte ich eine Vorahnung in diesem Fall, rechnete instinktiv mit dem baldigen Eingang einer Lösegeldforderung. Obendrein wollte ich einfach wissen, was hier passiert war. Deshalb entriegelte ich die Seilwinde des Trucks, packte den Haken, legte mir das Drahtseil über die Schulter, stapfte los, zog es über das Wrack und befestigte es auf der anderen Seite unten an der B-Säule. Zurück im Truck startete ich den Motor, ruckte den Bedienungshebel nach vorn und die Winde begann zu wickeln, straffte das Seil, drehte die Karosse erst auf die Seite und schließlich um auf die reifenlosen Räder. Ich ließ den Motor laufen, bis ich den Haken gelöst und das Seil wieder komplett auf der Spule hatte. Aus Gewohnheit und – wie man sah – guten Gründen halte ich mein Fahrzeug gern in einem Zustand sofortiger Aufbruchsbereitschaft.
Die Windschutzscheibe des Pajero war zerborsten und hing nur noch hier und da an Resten von Dichtgummi, doch die Fahrzeug-ID-Nummer in ihrem linken unteren Winkel hatte das Feuer überstanden. Ich machte ein Foto. Unter der Motorhaube kam ein Benziner mit großem, rundem Luftfiltergehäuse zum Vorschein, allerdings minus Deckel und Filter. An der Seite des Motorblocks sabberte schwarzes Öl aus einem beinahe faustgroßen Loch. Pleuel abgerissen, Kurbelwelle gebrochen, irgend so was, das so hässlich knallt, dass

man gleich weiß, das war's. Also: Motorschaden mitten in der Einöde, fernab jeder Piste und Oase. Eijeijei. Katastrophe. Kein SatPhone, oder kein Signal, was auch immer, kein Kontakt zur Welt. Eijeijei. Doch sie haben Wasser dabei, Lebensmittel. Ein Tag vergeht, noch einer, noch einer. Wachsende Beklemmung. Es muss doch ... Und Tatsache: Da naht ein Fahrzeug. Frenetisches Winken und Rufen, große Erleichterung. Denn man hilft sich gegenseitig in der Wüste, das weiß jedes Kind. Die Rettung naht in Form eines, ich rate mal, Toyota Pick-ups. Die Dinger heißen ›Hilux‹, doch ›Trouble‹ wäre wesentlich passender. Denn die Insassen – in der Regel mehrere meist bewaffnete Männer – wollen in diesem Fall gar nicht helfen, sie denken noch nicht mal dran. Sie wollen Geld und alles andere von Wert und sich dann aus dem, tja, Staub machen. Erleichterung schlägt in Entgeisterung um, dann in Empörung. Ein Wort gibt das andere, man verliert die Nerven, versucht sich zur Wehr zu setzen, das misslingt. *Peng* und *peng*. Geschätzte fünf, sechs Tage hatten sie hier ausgeharrt, Tage und Nächte, hatten gehofft, gebangt, ihre Vorräte schwinden sehen, nur um dann kurz vor knapp ausgerechnet an die Falschen zu geraten. Ja, Scheiße.
Mombassa lag mir dauernd in den Ohren, dass ich nicht länger unbewaffnet herumfahren soll. Es stimmt schon, weite Teile der Sahara sind gesetzlos, sich selbst überlassen. Schmuggler, Schleuser, Räuberbanden und Milizen jeglicher Couleur nutzen diese Gegenden als Transitrouten und Rückzugsgebiete. Doch die Räume sind riesig, die Chancen auf Begegnungen gering. Bisher hatte ich Glück gehabt, doch es gab keine Garantien, dass es für immer halten würde. Andererseits waren die Briten im Besitz einer Schusswaffe gewesen, und viel hatte sie ihnen genützt. Man muss damit umgehen können, man muss blitzartig

entscheiden, sie einzusetzen, und das dann knallhart durchziehen, ohne auch nur einen Gedanken an die Konsequenzen. Alles nicht so einfach.
Eher lustlos und ziemlich hastig suchte ich den ganzen Kram zusammen, der rings um die Karosse verstreut lag. Sämtliche Behälter waren geöffnet, Schlafsäcke, ja selbst die Sitzpolster aufgeschlitzt, alles war zerrupft und durchwühlt worden, bis hin zum Luftfilterkasten. Die Täter hatten gründlich gesucht, das Fahrzeug regelrecht ausgeweidet, schließlich aufs Dach gerollt – um zu schauen, ob irgendetwas unter dem Wagen versteckt war – und letzten Endes zusammen mit den Leichen angesteckt. Um Spuren zu beseitigen oder wozu auch immer.
Ich ließ nur die Lebensmittel liegen, stopfte alles andere in den Motorraum, gab einen Schluck Diesel drüber, steckte es an. Ja, ja, ich weiß, das Klima. Doch in der Wüste verrottet nichts, man muss es verbrennen oder es vermüllt die Landschaft für immer. Der Wind blies die Flammen hoch, und im letzten, im allerletzten Moment griff ich noch mal hinein und zog den Luftfilter wieder heraus. Meine Finger hatten beim Reinstopfen etwas entdeckt, das mein Hirn erst ein bisschen später mitbekam: eine Klebenaht, rings um den Innenrand. Jemand hatte den Luftfilter aufgesägt, auseinandergenommen und nachher wieder zusammengeklebt. Ich riss die obere Hälfte ab. In einem sauber und kreisrund in das Filtermaterial geschnittenen Loch steckte ein Senfglas. Ich pulte es raus, besah mir den Filter noch mal gründlich, warf ihn zurück in die Flammen. Dann hielt ich das Glas hoch ins Licht. Es war voll harter, runder, fingerdicker, rotbrauner Stäbe. Opium, vermutlich iranisch oder afghanisch, wenn nicht jemenitisch oder sonst woher. Kaum ein bewaffneter Konflikt weltweit, der nicht auch mit Drogen finanziert wird. Doch das interes-

sierte mich in diesem Augenblick nicht, schließlich hatte ich das Zeug nicht bezahlt. Ich schraubte den Deckel ab, holte einen Stab raus, schnupperte, leckte daran – bitterer als eine Kündigung, bitterer als eine Scheidung, bitterer als ein Haftantritt, also richtig, ernsthaft bitter – und fühlte eine Wärme, die an Zärtlichkeit grenzte. Ich würde schlafen, diese Nacht. Tief und fest.

Ich ließ die Toten, wo sie lagen, zog nur mein GPS-Gerät zurate und notierte ihre Position. Vielleicht wollte sie ja jemand holen kommen. Vielleicht wollte ja tatsächlich eine Behörde einen Blick drauf werfen. Dann schickte ich Mombassa eine SMS mit den Fakten, den Daten und der Fahrzeug-ID. Die Haarprobe würde ich versenden, sobald ich zurück in Tamanrasset war, die Fotos nur auf behördliche Anforderung. Sie waren im Grunde nicht zumutbar.

Bella und ich liefen noch eine kleine Runde, vertraten uns ein wenig die Füße, bevor wir einstiegen und unseren Weg fortsetzten, dem Züricher Ehepaar hinterher. Sie wollten ins Adrar des Ifoghas, einen Gebirgszug im Südwesten Algeriens, um nach Felszeichnungen zu suchen. Es gab exakte Koordinaten, einen klar definierten Punkt, von wo sich die beiden ein letztes Mal gemeldet hatten, und den steuerte ich jetzt an, so direkt es das Gelände zuließ. Noch zwei Tage, schätzte ich, vielleicht auch drei. Bella kraxelte auf den Beifahrersitz, legte ihr Kinn auf die Tür und ließ sich den Fahrtwind um die Nase streichen. Ich konzentrierte mich aufs Fahren, hing dabei meinen Gedanken nach. Das Opium war ein seltsamer Fund. Zu viel, um, sagen wir, nur ein paar Urlaubsnächte zu verdösen, zu wenig, um als professioneller Handel Sinn zu ergeben. Ich vermutete, sie hatten das Zeugs irgendwo im Norden erstanden, um es in der Partyszene von Dakar zu verkaufen und so die Reisekosten wieder reinzuholen. Und zwanzig Jahre in einem afrikanischen Knast zu riskieren. Es ist erstaunlich, auf was für Ideen die Leute kommen, um ein bisschen Geld zu sparen. Aber es erklärte auch ihren Versuch, die Grenze nach Mali irgendwo im Nirgendwo zu kreuzen. Arme Idioten.

Wann immer ein Vorderrad eine Düne erklomm, wollte es da wieder runter, wann immer es in eine Mulde sank, wollte es tiefer hinein. Das Resultat war ein Schlingerkurs, der pausenlose Lenkkorrekturen erforderte, die mit der Zeit auf die Arme gingen, und von da in die Schultern. Das Fahren abseits der Straßen schlaucht. Selbst mit einem Lkw mit extra großen Rädern musst du obendrein ständig auf der Hut sein, dir nicht an einem halb im Sand verborgenen Felsbrocken einen Reifen zu zerschneiden oder eine Spurstange zu verbiegen. Von den Risiken, die gesamte Fuhre aufs Dach zu legen, mal ganz zu schweigen. Die Schweizer waren in einem Expeditionsmobil unterwegs, auf Unimog-Basis, viel besser und viel teurer geht's nicht. Doch auch ein Unimog ist auf vier aufgeblasenen Gummibälgen unterwegs und hat – vor allem mit Wohnaufbau – einen hohen Schwerpunkt. Ein Fahrfehler genügt, die Kiste kippt um und steht von allein nicht wieder auf. Okay, rufst du eben Hilfe. Doch Satellitenkommunikation und GPS haben Wüstenreisen nur scheinbar sicherer gemacht. Mit deinem SatPhone musst du im Fall der Fälle auch tatsächlich jemanden erreichen, und der muss wiederum in der Lage sein, entweder selbst loszufahren und dich zu retten oder aber jemanden aufzutreiben, der Zeit und Lust dazu hat. Und das sind nur die logistischen Unwägbarkeiten. Mechanische, elektrische, elektronische kommen hinzu. Ladegeräte können kaputtgehen, ohne dass du es merkst. Das Telefon als solches braucht nur ein bisschen viel Mittagssonne abzukriegen und seine In-

nereien schmelzen dahin wie die Weinbrandbohnen im Mund von Tante Mia, ausgerechnet kurz bevor du, sagen wir mal, diesen Böschungswinkel unterschätzt. Oder dir, festgefahren, die Kupplung verschmurgelst. Obendrein sind die Dinger mittlerweile selbstverständlich alle klein und handlich. Passen in jede Hemd- oder Hosentasche. Fallen raus, völlig geräuschlos im tiefen Sand der wunderschönen Düne, die du gerade erklimmst, und tauchen erst fünfzig Jahre später wieder auf. So wie du, wenn du Pech hast.
Mit dem Sonnenstand kletterten die Temperaturen, auch die des Kühlwassers. Als die Anzeige endgültig in den roten Bereich zu wandern drohte, tauchte am Horizont ein Baum auf, mit flacher, breiter Krone. Ein Baum, ein einzelner Baum, seit Jahrzehnten, Jahrhunderten einsam und allein inmitten all dieser Wüstenei. Man möchte ihn in den Arm nehmen. Ich hielt darauf zu, steuerte den Truck in den Schatten, stoppte, stellte den Motor ab. Bella erhob sich, drehte sich auf ihrem Sitz und sah mich fragend an.
»Mittagspause«, sagte ich.
Je nachdem, wie klar der Himmel ist, wie heiß es wird, legen wir um diese Zeit meistens eine Rast ein, halten Siesta im Schatten des Trucks und fahren später weiter, bei Bedarf bis in die Nacht.
Ich klappte die Leiter am Heck runter, ging rein und kochte mir einen Becher Tee, den ich mit nach draußen nahm, wo ich mich im Schatten der Baumkrone und im Windschatten des Stammes auf den Boden hockte.
Der Nordost-Passat ist ein muskulöser, sportlicher Typ, dem, einmal in Fahrt, nicht so bald die Puste ausgeht. Und er ist ein sturköpfiges, übellauniges Arschloch. An manchen Tagen, manchen Orten, pulsiert er geradezu vor grimmiger Energie. Und er ist sandhaltig, biestig stechend sandhaltig, immer und überall, es kann einen den letzten Nerv kosten.

Bella streunte ein Weilchen herum, schnüffelte hier, schnüffelte da, bis der Wind auch ihr zu viel wurde, und gesellte sich dann zu mir.
Eines der Motive, meine – und Bellas – Talente hier in der Wüste zur Anwendung zu bringen, war wohl die Aussicht auf unkompliziertere Ursachen, wenn Leute verloren gingen. Verunfallt, verirrt, stecken geblieben, Sprit alle, ein Schaden am Auto. Natürliche, durch die karge Landschaft geprägte Notlagen, keine sozialen Gründe, und bitte keine familiären. Und damit einhergehend rechnete ich mir größere Chancen auf ein Happy End aus. Bisher, ich sag's nicht gern, ohne den gewünschten Erfolg. Positiv betrachtet, hatte mich mein Entschluss aber zumindest davor bewahrt, mir am Rhein-Herne-Kanal, auf unseren täglichen Spaziergängen – vor allem aber auf dieser Bank, dieser Parkbank in der Nähe dieses Kiosks – umgeben von Bierpullen den Arsch abzulangweilen.
Vielleicht brauchte ich einfach nur eine Aufgabe, eine Beschäftigung, egal was, wie ein Rentner, der vor seinem Haus das Moos aus den Gehwegfugen kratzt.
Ich schlürfte meinen Tee. Wer immer die beiden Briten umgebracht hatte, es waren mehrere gewesen, genug, um den Wagen aufs Dach zu wälzen. Sie lebten zu weit weg, um den Mitsubishi abzuschleppen und in Teilen zu verkaufen, und doch nah und gut versorgt genug, um auf die Vorräte und Ausrüstung der beiden Toten husten zu können. Obendrein hatten sie es einigermaßen eilig, mit ein bisschen mehr Zeit hätten sie das Opiumversteck schon herausgekitzelt aus den beiden, deshalb vermutete ich, dass sie irgendeiner Einheit angehörten, einer Truppe. Armee, Grenzpolizei, Zoll? Ganz egal, was – es war ein zutiefst unbehaglicher Gedanke. Man will, man muss jemandem vertrauen können, oder es fängt an, dir den Boden unter den Füßen wegzuziehen.

Bella rollte sich zusammen und schlief ein, und kurz darauf machte ich es ihr nach.

Die Dünen wuchsen in die Höhe, je länger sich der Nachmittag hinzog, drängten uns weiter und weiter nach Süden ab. Auf der Landkarte sieht alles immer simpel aus, gähnende Leere überall, man bräuchte eigentlich nur einer schnurgeraden Linie zu folgen, doch um allzu schroffes Terrain und gerade um diese ›Ergs‹ genannten Sandgebirge macht man meist besser einen Bogen. Selbst mit einem Wüstentruck kann es sonst passieren, dass du in einem Dünental strandest, aus dem du aus eigener Kraft nicht wieder rauskommst. Oder nur nach endloser Plackerei mit Seilwinde, Sandanker und Sandblechen. In den Sportvideos von Wüstenrallyes braten sie immer mit Vollgas über alles hinweg, doch diese Veranstaltungen haben mit der Realität der Fortbewegung in die Wüste so viel gemein wie die Formel Eins mit dem morgendlichen Stadtverkehr.
Schon bald war der dunkle Boden nicht mehr zu sehen, wühlten wir uns durch weichen Sand, der stündlich tiefer wurde. Der Motor musste jetzt richtig arbeiten, knurrte verbissen, saugte eine Menge Sprit weg. Ich wäre noch weiter ausgewichen, doch am südlichen Horizont reckten sich schon die nächsten Dünenkämme in den Himmel, leuchtend orange und ebenso schön wie schwer zu queren, so dass ich weiter Kurs Richtung Westen hielt, es dem Auge und dem Gefühl am Lenkrad überließ, wo der Sand den geringsten Widerstand zu leisten versprach.
Das Rätselhafte war, dass die Schweizer augenscheinlich perfekt vorbereitet zu ihrer Exkursion aufgebrochen waren. Ein Fahrzeug mit Allesüberwinder-Qualitäten, eine Bevorratung für Wochen und eine tägliche Meldung bei ihrem Amateurarchäologen-Verein, der

schon mehrmals ähnliche Expeditionen von Lausanne aus begleitet hatte. Die Vereinsmitglieder waren es, die um Hilfe gebeten und sämtliche Informationen zur Verfügung gestellt hatten, doch auch sie konnten trotz mehrfachen Nachfragens keine GPS-Kennung des Unimogs liefern.
So blieb nur die letzte Positionsangabe der Züricher von vor ziemlich genau zwei Wochen. Nach fünf Tagen ohne Meldung hatten die Lausanner, wie vorher vereinbart, das Paar und den Unimog als vermisst gemeldet. Zwei Tage später war ein Suchtrupp von der Militärbasis in Timiaouine aufgebrochen, angeblich unterstützt von einem Flugzeug. Nach vier Tagen war die Suche ohne Ergebnis beendet worden. Immerhin. Wären es afrikanische Migranten gewesen, hätte man sich nur den Hintern gekratzt und die Schultern gezuckt. Doch nach Angehörigen der westlichen Industrienationen wird schon gesucht. Es gibt da einen gewissen Druck von den Botschaften auf die Regierung – Stichwort ›Reisewarnung‹ – und der wird weitergereicht an die Behörden der Provinzen und von da an die Vertreter in den nächstgelegenen Oasen. Die setzen jetzt nicht unbedingt Himmel und Hölle in Bewegung. Dazu mangelt es allzu oft an der rechten Begeisterung oder einfach nur an Empathie.
Ich muss das erklären. Vor allem Individual- oder Abenteuerreisende sonnen sich gern in dem Interesse, das ihnen von den Wüstenbewohnern entgegengebracht wird, halten es nicht selten für Respekt, wenn nicht Bewunderung für ihren Mut und ihre Zähigkeit, mit denen sie sich einen Urlaub lang den Widrigkeiten der Sahara stellen, und übersehen dabei, dass die Leute einfach nur Zerstreuung suchen. Es ist scheiße langweilig in diesen isolierten Käffern, also lässt man sich bereitwillig auf Gespräche mit Auswärtigen ein, lauscht höflich ihren Angebereien und denkt sich sei-

nen Teil dazu. Ich bin mir sicher, dass die meisten, mit denen ich hier Kontakt habe, innerlich den Kopf schütteln über das Streunerleben, das ich führe. Ein Typ, der aus einem Land kommt, in dem man nur einen Hahn aufdrehen muss, um an Wasser in beliebiger Menge zu kommen, anstatt es Eimer für Eimer aus einem tiefen Loch hochzerren zu müssen, der bequem zu Fuß zum Arzt oder zum Supermarkt gehen kann, der vom Staat fürs Nichtstun mehr Geld bekommt als ein algerischer Landarbeiter mit seiner tagtäglichen Wühlerei verdient – und der statt in diesem Luxus zu schwelgen lieber in einer rollenden Hundehütte haust und sich unablässig in der gottverfluchten Einöde herumtreibt? Seid nett zu ihm, Kinder, aber haltet ein bisschen Abstand, denn er muss einen an der Waffel haben, der Gute.

Wenn jetzt einer oder mehrere solcher Spinner verschüttgehen, dann ist das eben ihr Pech, vermutlich Schicksal, oder Allahs Wille, und da die Chancen, den oder die Vermissten zu finden, erfahrungsgemäß gering, Kosten, Strapazen und Risiken einer derartigen Suchaktion aber nicht zu unterschätzen sind, reißt sich dafür niemand wirklich ein Bein aus.

Nach dem ›Sorry, aber …‹ aus Timiaouine hatten die Lausanner auf Vermittlung des Zollchefs von Tamanrasset mich kontaktiert. Und ich war jetzt den dritten Tag unterwegs. Die Sache ist die: In den mittlerweile vierzehn Tagen hätten es die beiden zur Not auch zu Fuß nach Timiaouine schaffen können. Durch schwieriges, weil felsiges Gelände, sicher, aber felsig heißt auch, zumindest teilweise, schattig. Dass sie es nicht getan oder nicht geschafft hatten, ließ schon vermuten, dass etwas Ernsteres vorlag, eine fatale Mixtur aus Kommunikationsabriss und Immobilität.

Gegen Abend stieg das Gelände leicht, aber stetig an, und Felsboden begann sich durch den Sand zu drücken. Überall in der Gegend standen, in höflichem Abstand zueinander, knorrige, blattlose Büsche. Die sinkende Sonne stach mir in die Augen und machte es nicht leichter, die Sträucher zu umfahren. Überflüssige Sorgfalt, könnte man meinen, denn sie sehen tot aus, komplett verdorrt, trocken wie Zunder, doch das täuscht. Ich bin mal für drei Tage mit einem Defekt an der Spritpumpe in einer ähnlichen Gegend gestrandet, hab am Abend des ersten Tages mein Waschwasser neben solch einem Strauch ausgeschüttet, am nächsten noch mal, und als ich tags drauf endlich fertig war mit der Reparatur, hatten sich an sämtlichen Zweigen Knospen gebildet, aus denen leuchtend grüne Blätter ans Licht drängten. Man glaubt nicht, wie viel pflanzliches Leben sich hier im Wartestand befindet. Wenn der Passat Regenwolken im Gepäck hat, bleiben die gern an den Bergen hängen, entladen sich in heftigen Güssen. Ohne Wald, ohne Boden, um es aufzunehmen, rauscht alles Wasser die felsigen Hänge hinab, schießt unten in die Ebene und folgt dabei meist schon vorhandenen, häufig tief ins Gelände gespülten trockenen Flussbetten, ›Wadis‹ oder auch ›Oueds‹ genannt. Kaum ist das Wasser durch, pressen sich Blumen und Wildkräuter nur so aus dem Boden, füllen das gesamte Tal in kürzester Zeit mit Farben und Leben, bis ein paar Wochen später alles wieder verblüht, verdorrt, trockenfällt, manchmal für Jahre, manchmal Jahrzehnte, für schlicht und einfach unbestimmte Zeit. Unvorstellbar. Alles, was wir gedanklich mit dem Begriff ›Geduld‹ verbinden, die Flora der Wüste kann darüber nur müde lächeln.

Wir fuhren bis in die Nacht hinein. Der Felsgrund neigte sich irgendwann wieder abwärts und wir legten noch ein paar gute, flotte Kilometer auf ebenem, festem Sand zurück, bis Bella unruhig wurde und ich den Truck auslaufen ließ.

Wir tippelten eine Runde unter den Sternen, dann füllte ich Bella den Napf und kochte Spaghetti. Goss das Wasser ab, teilte die Nudeln – eine Hälfte für Bellas Frühstück –, kippte die andere Hälfte in die Pfanne, mischte Olivenöl, Knoblauch, gehackte Chilischote und eine Handvoll kleingeschnippelter Trockenfrüchte darunter. Der Wind wehte mäßig, also baute ich Klapptisch und -stuhl draußen auf, nahm die Pfanne und ein Stück Fladenbrot mit hinaus und schaufelte mir mein Abendbrot rein. Ein schmaler Fingernagel-Mond zeigte sich am Horizont. Der Auspuff und andere heiß gewordene Teile des Trucks kühlten unter letzten, knackenden Geräuschen ab, danach herrschte Stille. Ich ging rein, wischte die Pfanne aus, verstaute sie in ihrer Lade, brühte mir einen Tee auf, kramte den kleinen Campinggas-Bunsenbrenner aus dem Schrank unter der Werkbank, riss einen Streifen Alufolie ab und schnappte mir ein Feuerzeug, einen gläsernen Strohhalm, ein kleines Küchenmesser und das Senfglas, packte alles draußen auf den Tisch. Windjacke, Jogginghose an, fläzte ich mich in meinen Campingstuhl, säbelte etwas bröckeliges Opium in die längsgefaltete Alufolie, brachte den Brenner zum Fauchen, hielt die Folie über die Flamme und saugte mir mit dem Trinkhalm den entstehenden Dampf in die Lunge. Bisschen heiß im Hals, bisschen bitter auf der Zunge, aber schon ein paar Minütchen später … aah. Jetzt der Tee. Perfekt.

Die Milchstraße beherrschte den Himmel, das Erstaunlichste immer wieder, dass so viel Masse, so viel unbändige Energie in solcher Geräuschlosigkeit vonstattengehen kann. Satelliten rasten kreuz und quer von Horizont zu Horizont und so dicht über meinen Kopf, dass ich meinte, sie mit der Hand einfangen zu können. Ja, genau. Haha. Mit der Hand. ›Like a voodoo chile‹. Ich dampfte noch ein bisschen was. Tee war alle. Wenn schon.

Bella leckte mir die Hand, schreckte mich auf. Zeit für den Abendspaziergang. Also denn. Vollkommen ebener Untergrund, vollkommener Frieden darüber. Absolutes Wohlbefinden.
Zurück am Truck holte ich mir zwei Decken raus, legte eine auf den Boden, streckte mich darauf aus und wickelte mir die andere um den Balg. Lag da, meinen Hund an meiner Seite, den Blick in die Unendlichkeit gerichtet, nur zu bereit, im warmen Schlick des Schlafs zu versinken. Alle Reiseführer warnen davor, doch mit genug Opiat im Blut verliert dieses ganze krabbelnde, schleichende, haarige oder hornige, beißende oder stechende, giftige Getier sehr, sehr, sehr, sehr viel von seinem Schrecken. Alle Reiseführer warnen ja auch davor, das Wasser zu trinken, und ...

Die Sonne feuerte ihre ersten Strahlen hoch in den Himmel und quer über die Ebene, genau in mein Gesicht, voll auf die Zwölf. Ich kniepte ein Auge auf und nur eine Sekunde später füllte eine feuchte Hundezunge mein rechtes Ohr, gefolgt von freudigem Gehechel. Ich richtete mich auf, ausgeschlafen wie schon lange nicht mehr. Das Opium summte noch ein wenig in meinen Adern, doch nicht genug, um mich zu hindern, den neuen Tag mit einigem Elan anzugehen. Bella rannte vor, ich mit dem Spaten auf der Schulter hinterher, weit raus in die Ebene, wo ich mir völlig außer Atem ein Loch in den Boden stach, mich drüberhockte und ... haarscharf daran vorbeischrappte, glubschäugig zu werden. Opium stopft, ich sag's euch.
Ein hastiges Frühstück, Sachen zusammengepackt, und schon saßen wir auf unseren Sitzen, ich glühte den Diesel vor, startete, wartete, dass der Druck im System die Bremsen freigab, und wir waren unterwegs. Fenster offen, Nase oder Ellbogen raus, gerader, fester Grund, die Sonne in den Spiegeln, rechte Hand in Bellas Fell,

zwölfter Gang bei Halbgas und Rückenwind, müheloses, einfaches Rollenlassen. Kein Mensch, und nichts von Menschenhand Gemachtes weit und breit, allein unterwegs auf einem fernen, wilden Planeten.
Schon gegen Mittag kamen die ersten Gipfel des Adrar-des-Ifoghas-Gebirges in Sicht. Wir legten eine Pause ein, ich checkte mein SatPhone – keine neue Nachricht – und stellte die Navi-Funktion meines GPS-Geräts ein. Mit ein bisschen Glück würden wir den letzten bekannten Aufenthaltsort der Züricher noch heute Abend erreichen.
Keine neue Nachricht bedeutete auch keine Lösegeldforderung, oder noch keine. Sollte eine eingehen, würde ich sofort kehrtmachen und das Weite suchen. Wenn mich die letzten Jahre eines gelehrt haben, dann, mich nicht in die Geschäftspraktiken von Terrormilizen oder der Organisierten Kriminalität einzumischen. Staaten – ich meine: *Staaten* – haben ihre Schwierigkeiten damit, und die können sie behalten, was mich angeht. Nein, danke. War da, hab's gesehen, hab's getan, und hab mehr mit nach Hause gebracht als nur das bedruckte T-Shirt.
Bella und ich dösten ein bisschen, doch schon nach kurzer Zeit wurde ich zappelig, wollte weiter. Vielleicht, nur vielleicht, aber, verdammt, warum nicht?, vielleicht warteten die Züricher ja wirklich auf Hilfe, hatten sich entschlossen, den Schutz und die Vorräte ihres wie auch immer liegengebliebenen Fahrzeugs nicht zu verlassen und würden sich wie verrückt freuen, mich zu sehen. Ja. Ein kurzer, wärmender Gedanke, der nur allzu bald schon wieder der nüchternen Kühle erfahrungsgestützter Skepsis weichen musste.
Egal, wir fuhren.
Das Tageslicht schwand wie von energischer Hand abgedimmt und ich musste sämtliche Scheinwerfer

einschalten, um den beständig unebener werdenden Boden auszuleuchten. Das Lenkrad war jetzt in ständiger Bewegung, der Schaltknüppel erst recht. Der Truck hat ein Sechs-über-Sechs-Klauengetriebe, bei dem jeder Gangwechsel durch den Leerlauf muss, mit Doppelkuppeln rauf, Doppelkuppeln plus Zwischengas runter. Braucht eine gewisse Eingewöhnung, doch anschließend wird man mit der Zufriedenheit belohnt, die die Handhabung einer anspruchsvollen, dafür aber wohlgeölt und höchst präzise arbeitenden Mechanik mit sich bringt.

Das Gelände wurde ruppiger, das Vorwärtskommen langsamer und schwieriger, doch ich hatte meinen Spaß. Das GPS gab jetzt kleine, piepende Geräusche von sich, in immer kürzer werdender Taktung, und mein Herz klopfte, weil wir uns unserem Ziel näherten und keiner sagen konnte, was uns da erwartete.

Nun ja. Ich fuhr bis zum Dauerton, stoppte und knipste das GPS aus. Was uns erwartet hatte, war – Überraschung – ein Stück Wüste, mit teils felsigem, vom Wind geschmirgeltem, teils sandigem Grund, und das, soweit das Licht der Scheinwerfer reichte. Ich schaltete sie aus, dann den Motor. Das Herzklopfen der Erwartung gab sich recht bald. Wir waren da, am Ziel, doch viel los war hier nicht. Na, mal sehen, was der Morgen brachte. Es ist immer ein kleines Ereignis, ein mildes Gefühl von Abenteuer, wenn du beim Aufwachen nur vage Vorstellungen davon hast, wo, in welcher Landschaft von welcher Farbe und Kontur du am Vorabend gelandet bist.

Bella verließ mich, trieb sich allein herum, das Luder, wie sie es schon mal gerne tut, ich kochte inzwischen Reis für uns beide. Rührte gekörnte Brühe mit hinein, und einen ordentlichen Schuss Olivenöl. Probierte. Schmeckte irgendwie ... bäh. Mir war eh nicht so sehr nach essen. Wir waren da, angekommen am Ausgangspunkt unserer Suche, und das rieb mich auf. Okay, ich aß ein paar Löffel, fürs Gewissen, dann noch ein paar für die Konstitution, ließ den Rest bei geöffnetem Deckel auskühlen.

Holte den Klapptisch raus, den Stuhl, den Bunsenbrenner und was es sonst noch so braucht, um einen Tag am Steuer harmonisch ausklingen zu lassen und erzwungene Untätigkeit erträglich zu gestalten. Morgen war ein neuer Tag, und bis dahin ...

Bella kam aus dem Dunkel angetrottet, rieb ihren Kopf an meinem Bein und gab dieses tiefe Grummeln von sich, das sich wie auf die Stimmbänder übertragenes Magenknurren anhört.

»Na«, sagte ich, »wolln wir mal sehen, was der Maestro so hingezaubert bekommt.« Ich mischte Trockenfutter mit dem Reis und stellte ihr den Napf vor die Nase. Mit wohligem Grunzen machte sie sich drüber her. Sie ist ein großes Mädchen mit gehörigem Appetit, und sie mag alles, was ich ihr vorsetze. Lerne kochen, sage ich immer, wenn du sie an dich binden willst. Aussehen, Einkommen, Sex, Status – alles völlig überschätzt. Lerne kochen, lerne zu kochen, was sie mögen, und sie fressen dir aus der, tja, Hand.

Ich sackte wieder auf meinen Klappstuhl, qualmte ein bisschen was weg. Doch die große, die richtige Ruhe wollte sich nicht recht einstellen. Morgen früh, im ersten Licht, würden wir uns auf die Suche machen, und noch hatte ich keinen Plan, keine Vorstellung, wo anfangen und wohin von da aus.

Ich räumte den Tisch leer, ging rein und holte meine Kartentasche raus. Erst als ich die topographische Karte Südalgeriens auf der Tischplatte ausbreitete und sie liegenblieb, ohne dass ich beide Unterarme und mindestens einen Oberschenkel aufbieten musste, um sie am Davonflattern zu hindern, wurde mir mit einem dankbaren Seufzer klar, dass der seit Wochen

unablässig blasende Wind plötzlich eingeschlafen war.
In der Schublade des Schreibtisches neben der Werkbank fand ich ein Lineal, einen Bleistift, einen Spitzer. Ich habe den Truck samt Einrichtung übernommen und brauchte bisher eigentlich immer nur Vorräte aufzustocken – Wasser, Diesel, Gas, Lebensmittel. Alles andere, von Schreib- und Küchenutensilien über Werkzeug bis hin zu bestimmten Ersatzteilen, ist zu meiner anhaltenden Verblüffung irgendwie vorhanden. Die defekte Spritpumpe zu reparieren hat damals auch deshalb drei Tage in Anspruch genommen, weil ich zweieinhalb Tage lang versuchte, die fehlerhafte Dichtung selber zu schnitzen, bis ich am dritten Tag in einer Schublade der Werkbank eine ganze Tüte voll Dichtringe gefunden habe, von denen gleich mehrere exakt passten.
Mithilfe des Lineals übertrug ich im Schein meines Stirnlichts die GPS-Daten auf die Karte, markierte unseren Standort mit einem präzisen Kreuz. Stand dann eine Weile da und sah es mir zufrieden an, bevor ich mir einen Ruck gab.
Die südlichen Ausläufer des Adrar des Ifoghas liegen wie die Finger einer gespreizten Hand auf der Ebene, die Finger dabei felsig, die Zwischenräume sandig. Wir befanden uns an einer Stelle ähnlich der Spitze eines rechten Zeigefingers, mit einer großen, halbrunden Ausbuchtung zur östlichen Seite und einem schmaleren, sich beständig verengenden Tal auf der westlichen. Beides zusammen war viel zu weitläufig, um es an einem Tag erkunden zu wollen, deshalb würde ich mich für eine Seite entscheiden müssen. Und selbst dann musste ich meine Suche räumlich eingrenzen.
Ich knipste mein Stirnlicht aus, fachte den Brenner an, inhalierte Dampf und ordnete meine Gedanken.

Legte man die Durchschnittsgeschwindigkeit, mit der wir uns herbewegt hatten, zugrunde, befand sich Timiaouine etwa anderthalb bis zwei Tagesreisen entfernt. Das bedeutete, die von dort gestartete viertägige Suchaktion war aller Wahrscheinlichkeit nach so vonstattengegangen: Der Suchtrupp war hier rausgefahren, hatte sich ein paar Stunden lang umgesehen und dann wieder auf den Heimweg gemacht. Die unmittelbare Umgebung sollte damit abgegrast sein.
Die Schweizer wollten Felszeichnungen suchen. Diese Bilder stammen aus der Eiszeit, als in der Sahara ein mediterranes Klima geherrscht hatte, mit entsprechender Vegetation und, wenn auch dünner, Besiedlung. Die riesige Zeitspanne seitdem konnten nur Zeichnungen an besonders geschützten Orten überstehen, unter überhängenden Felswänden etwa, oder in Höhlen, auf alle Fälle aber: im Gebirge.
Die Schweizer würden kraxeln müssen, wollten dabei aber ganz bestimmt ihr Mobilheim möglichst nahe zur Hand haben. Über den felsigen Zeigefinger zu fahren dürfte unmöglich sein, selbst mit einem Unimog. Blieben die sandigen Täler. Von hier aus in die Berge, möglichst kommod und so nah wie nur eben machbar ran.
Ich knipste das Stirnlicht an, ging rein, suchte und fand einen Zirkel, knöpfte mir die Karte noch mal vor und zeichnete einen Halbkreis um unseren Standort, der grob der halben Entfernung zu Timiaouine und somit ungefähr einer möglichen Tagesreise entsprach. Einen Halbkreis in Richtung der Berge. Irgendwo zwischen hier und da musste etwas passiert sein.
Ich machte die Lampe wieder aus, setzte mich, griff noch mal zu Brenner und Stanniol. Inhalierte, exhalierte, lehnte mich im Stuhl zurück. Möglichst kommod …
Der Gebirgsausläufer, an dessen Spitze wir campierten, erstreckte sich in Nord-Süd-Richtung, lag also

quer zum Passatwind, der drüber hinwegrollt und an der Leeseite den Sand zu einem Chaos von Dünen verwirbelt. Auf der Luvseite bläst er dagegen nur gleichmäßig den Hang hinauf ... Wollte ich möglichst kommod so nah es nur ging an die Berge heran, ich würde es durch das weite, halbrunde Becken auf der Vorderseite des Felsausläufers versuchen und nicht durch das sich immer weiter verjüngende Tal auf seiner Rückseite. Und je länger ich darüber nachdachte, je gründlicher ich das Für und Wider abwog, desto sicherer wurde ich mir, dass die Schweizer ganz ähnlich entschieden hatten. Also. Alles klar, alles ganz einfach. Die Fahrtrichtung für morgen früh stand fest. Wunderbar. Es geht doch nichts über einen Zustand entspannter Inspiration.

Die Sonne krallte sich mit gleißender Hitze in meine Lider und ich stöhnte auf, erwachte zu einem grausam verrenkten Hals in dem nicht wirklich zum Übernachten konstruierten Campingklappstuhl.
Noch nicht ganz wach schmiss ich schon alle am Vorabend gezogenen Schlüsse und darauf fundierenden Pläne über den Haufen. Drogen waren immer schon beschissene Ratgeber.
Möglichst kommod, mein Arsch. Die Schweizer mochten nur Hobby-Archäologen sein, aber sie hatten ihre Erfahrungen und ich schätzte, sie wussten, dass das, was sie suchten, sich in einem schroffen, engen Tal wesentlich eher finden lassen würde als in einem exponierten, halbrunden Becken.
Begleitet von Bella joggte ich mir die Steifheit aus den Extremitäten und möglichst auch das Opiat aus den Blutbahnen. Wir hoppelten in Richtung des westlich gelegenen Tals, wo ich mir schon mal einen ersten Blick im frühen Morgenlicht verschaffte, und ja, es war das vermutete Chaos aus kreuz und quer geblasenen Dü-

nen, hellgelb und weich im Kontrast zu den kantigen dunkelbraunen Felsen des Ausläufers und der fernen Berge. Ich hielt an, Puls bis hoch in die Ohren, Atemzüge wie Messerstiche ins Zwerchfell, und besah mir die vor uns liegende Strecke mit einer nicht unfreundlichen und doch grimmigen Entschlossenheit. Hier zu fahren würde nicht einfach werden, doch wer will es schon einfach? Mann, ich konnte es kaum erwarten, in die nächste Oase einzufallen und den Leuten da von meinen neuesten Abenteuern zu erzählen.
Wir gingen zurück, aßen was, tranken was, ich ließ etwas Druck aus den Reifen für eine breitere Auflage, dann schwangen wir uns in die Fahrerkabine.
Bella wurde es bald zu schaukelig, sie glitt vom Beifahrersitz und rollte sich im Fußraum zusammen, mit Hintern und Schultern gegen die Wände links und rechts abgestützt. Ich aktivierte das kurz übersetzte Vorgelege des Getriebes, schaltete die Differentialsperren dazu und hielt das Lenkrad mit leichter Hand, ließ den Truck sich seinen Weg durch die Sandberge wühlen. Auf jedem Kamm orientierte ich mich neu und wurde mir immer sicherer, dass die Dünen zur Mitte des Tals hin abflachten, deshalb schwenkte ich in diese Richtung ein. Es gibt bei fast jeder Suche einen Moment, wo du dich einklinkst, wo deine Fühler Kontakt melden, wo du spürst, du liegst richtig, du kommst nah und näher. Mein Puls pumpte Adrenalin in meine Adern, schwemmte alles andere raus. Meine Augen waren weit, sahen alles, meine Sinne wach, sämtliche Antennen ausgefahren.
Nach Reifenspuren Ausschau zu halten war sinnlos, vierzehn Tage Passatwind hätten die Kettenschneisen einer Panzerarmee ins Nichts geblasen. Ich ließ einfach den Blick schweifen, vielleicht hörte uns ja jemand, vielleicht sah uns jemand, vielleicht winkte uns jemand, folgte ansonsten meinem Instinkt, der mich

weiter und weiter nach Norden, aber auch Richtung Talmitte zog, bis wir eine weitere Düne hinabglitten, wie meist mehr rutschend als fahrend, und ich ruckartig auf die Bremse trat, nur einen Meter oder so vor einer scharfen Abbruchkante im Sandboden.

Wir kamen zum Stehen, ich nahm den Gang raus, machte den Motor aus und mein Magen gab ein Geräusch von sich wie ein Korken, den man zurück in den Flaschenhals drückt, ein leises, feuchtes, protestierendes Reibungsquietschen. Vor mir erstreckte sich ein von Nord nach Süd verlaufendes Wadi, mehrere Meter tief, an dieser Stelle gut und gern hundert Meter breit, die steilen Wände gewellt wie Vorhänge, der Boden einladend eben und fest und gut befahrbar. Und in breiten Streifen entlang beider Ränder dicht bedeckt mit jungen, frischen Blüten.

Das sah nicht gut aus. Okay, es war ein schöner Anblick, nur leider überschattet von bösen Vorahnungen. Ich startete den Motor wieder, bugsierte den Truck ein Stück rückwärts, nahm wieder Kurs Richtung Norden, durch die Dünen, folgte dem Rand des Wadis bis zu einer Biegung, in der es das Ufer so weit ausgewaschen hatte, dass ich wie über eine Rampe ins Flussbett hinabfahren konnte.

Die ganzen mechanischen Kletterhilfen waren nun nicht länger nötig, also schaltete ich alles zurück auf normalen Fahrbetrieb. Bella nahm ihren Platz auf dem Beifahrersitz wieder ein, ich wählte einen tiefen Gang und wir krochen langsam das Wadi bergan, mein Magen eine Kakophonie von Quietschtönen. Die Felswände des Tals wuchsen links und rechts in die Höhe und rückten enger zusammen. Auch das Wadi wurde beständig schmaler, dabei steiler. Felsbrocken, die das Wasser aus den Bergen mitgebracht hatte, lagen verstreut herum, manche so groß wie ein Pkw. Ich umkurvte ein paar davon und stoppte dann abrupt.

Ich hatte den Unimog gefunden. Oder besser, das Chassis. Oder noch präziser, seine vier Räder, denn mehr ragte nicht aus dem glattgewaschenen Sand heraus, nur zwei Paar Halbkreise mit Stollenreifen. Der Rest des Fahrzeugs war kopfunter im Sand verschwunden. Ich machte den Motor aus, kletterte aus der Kabine, ging nach hinten und ließ auch Bella raus. Sie sah sich um, folgte meinem Blick, ging zu den Reifen, schnüffelte eine Weile herum und verlor das Interesse. Keine Leichen unter dem Sand, hieß das. Nicht hier, zumindest.
Wir liefen ein Stück, weiter hoch. Selbst ohne Blüten sind die von den Wassermassen in Wände aus Fels und Sand gefrästen Schluchten oft von bizarrer Schönheit, laden zum Verweilen, zum Erforschen ihrer Nischen und Ecken, die Schatten bieten und Schutz vor dem unermüdlichen Wind.
Irgendwann wurde mir klar, dass wir in der falschen Richtung unterwegs waren. Das Wadi wurde eng und enger, seine Wände höher und höher. Was immer sich hier vor der Flut befunden hatte, es war weg, fortgerissen.
Zurück im Truck wendete ich, legte den Zweiten ein und wir rollten mit Standgas talabwärts. Nach ungefähr einer Stunde fand ich den Campingaufbau des Unimogs, zusammenfaltet wie ein plattgetretener Karton und halb unter Schwemmsand begraben. Ich hielt an, ließ Bella raus, packte eine Flasche Wasser, das GPS-Gerät und die Nikon in einen kleinen Rucksack, griff mir den Spaten. Wir besahen uns den Aufbau, der mit einer Fensterseite nach oben dalag. Ich brach das Fenster raus, Bella und ich steckten unsere Köpfe in die Öffnung. Das Innere war halbvoll Wasser und Sand gelaufen, ein Durcheinander aus Textilien, Utensilien, Flaschen, Dosen, zerschmetterter Einrichtung, roch aber unverdächtig, einfach nur nass.

Spaten auf der Schulter, Bella dicht bei mir, setzte ich meinen Weg zu Fuß fort. Noch hatten wir zwei Stunden Tageslicht zu erwarten. Nach rund einer Stunde schreckte mich Bella mit einem kurzen Aufheulen aus meinen Gedanken. Nase dicht über dem Boden lief sie in enger werdenden Kreisen um eine bestimmte Stelle herum, bevor sie mit den Vorderpfoten zu scharren begann. Ich sagte: »Lass mich mal«, sie machte Platz und ich stieß den Spaten in den kompakten Sand. Nur ein paar Minuten später gab ich auf. Das Loch lief unaufhaltbar voll Wasser, das Wasser brachte neuen Sand, ein Weitergraben war sinnlos. Ich holte das GPS-Gerät hervor, speicherte die Position und wir gingen weiter.

Dreißig Minuten später ragte vor uns ein Fuß aus dem Flussbett. Ein menschlicher Fuß, oder besser gesagt das, was davon noch übrig war, abgenagt und jetzt schon UV-gebleicht. Die Sonne sank, also machte ich mich zügig ans Graben, immer rings um das senkrecht im Sand steckende, nackte Bein. Verwesungsgeruch stieg auf und wurde mit jedem Spatenstich schlimmer, bis auch hier in einer Tiefe von gerade mal einem halben Meter Wasser von allen Seiten einbrach, wofür ich, ganz ehrlich, mehr als nur ein bisschen dankbar war. Spätestens im Frühjahr sollte der Boden weit genug durchgetrocknet sein, um die beiden zu bergen, doch bis dahin war das praktisch unmöglich. Position gespeichert, machten wir uns in rasch fallender Dunkelheit und unter einem theatralisch heraufziehenden Sternenhimmel auf den Rückweg. Bella war vergnügt, all die Blumen, die Feuchtigkeit im Boden, das frische Grün waren Musik für ihre Nase, doch ich fühlte mich leer, enttäuscht, irgendwie mitgenommen. Die beiden Schweizer hatten keinen großen Fehler gemacht, keine Idiotie begangen, nichts, wofür man sich an den Kopf packen müsste.

Sie waren einfach nur einem trockenen Flussbett gefolgt, das möglicherweise seit Jahren kein Wasser gesehen hatte und so wirkte, als ob es auch Jahrhunderte gewesen sein könnten. Was also sollte schon passieren? Ja, genau.
Es gab Spaghetti, mal wieder, gefolgt von Opiumdampf und Pfefferminztee. Die Mondsichel wanderte den Himmel hoch, tauchte das Wadi in fahles Licht, und ohne Wind war die Stille vollkommen. Ich holte mein SatPhone raus und schickte die traurigen Neuigkeiten zusammen mit den Geo-Koordinaten nach Lausanne. Ein halbe Stunde später kam die bange Frage, ob ich mir sicher sei, was ich mit einem bedauernden Ja beantwortete. Danach kam nichts mehr außer bestürztem Schweigen. Kristof ›Hiob‹ Kryszinski, auch ›Bad News‹ genannt. Fünf Tage unterwegs und vier gefundene Leichen waren ein neuer persönlicher Rekord, wenn auch kein richtiger Grund zum Feiern. Sitzen und Grübeln half allerdings gar nichts, deshalb rief ich Bella und wir wanderten noch mal ein Stück das Wadi hoch, durch eine von reißenden Fluten surreal geformte Landschaft in vergänglicher Blüte, monochrom im Mondschein, bis es irgendwann Zeit wurde für die Koje.

Die Sonne weckte mich, wie üblich, zu Bellas uneingeschränkter Begeisterung, und während unserer Morgenrunde zog ich Bilanz, versuchte meine gedrückte Stimmung zu verscheuchen. Ich hatte niemanden auf dem Gewissen, ich hatte nur gesucht, gefunden, Meldung gemacht. Haken dahinter. Mehr war von mir nicht zu erwarten, mehr gab es nicht zu tun, nichts weiter dazu zu sagen. Die kommenden Tage konnte ich mich treiben lassen, musste nur den Spritverbrauch im Auge behalten, alles andere war in beruhigendem Maße vorhanden. Also. Rückkehr zur Normalität.

Nach dem Frühstück blickte ich dem Truck unter die linke, dann die rechte Seite der schmalen Schnauze, füllte Öl und Kühlwasser nach, holte den Luftfilter aus seinem Gehäuse, blies ihn aus und setzte ihn wieder ein, warf einen kritischen Blick auf die Keilriemen und den generellen Zustand aller Kabel und Leitungen, fand nichts, was mein Eingreifen nötig gemacht hätte, und verriegelte die Klappen wieder. Zog den spiralförmigen Druckschlauch in die Länge, einmal ums Auto, und brachte die Reifen wieder auf ihren normalen Luftdruck. So.
Brenner und Senfglas standen noch auf dem Klapptisch, und die Versuchung, den Rest des Tages im Tran zu verdödeln, kam und ging. Ich räumte alles rein, machte den Truck startklar. Der Gedanke, den zerstörten Aufbau des Unimogs noch kurz nach Wertsachen zu durchsuchen, kam, und verging ebenfalls. Irgendwas entdeckt man fast immer, doch ich war nicht in der Stimmung, hatte nicht das Gefühl, etwas finden zu können, an dem ich anschließend echtes Vergnügen haben würde.
Weg hier. Nur raus aus dem Wadi. Selbstverständlich wirkt es höchst unwahrscheinlich, dass ein Wüstenflusstal, das nur alle Jubeljahre mal für kurze Zeit Wasser führt, in zwei Wochen gleich zweimal hintereinander durchflutet wird, doch ist die Risikobewertung in dieser Hinsicht eine Bitch: Ist eine Flut durch, ist die Chance, von einer erneuten Welle überrascht zu werden, wieder genauso hoch oder niedrig wie vorher. Es ist, unter umgekehrten Vorzeichen, wie beim Lotto: Niemand hält es für möglich, dass zweimal hintereinander dieselben Zahlen gezogen werden, und doch kannst du jede Woche hingehen und die Zahlen der letzten Ziehung ankreuzen, ohne dass es deine Chancen auf einen Hauptgewinn auch nur um ein Jota schmälert.

Also, weg hier. Nur eins, eins musste noch sein: Ich holte den Zinkeimer raus, scharrte mir damit eine schöne, große, tiefe Mulde in den Boden, sah zu, wie sie voll Wasser lief, zog mich aus, hockte mich nackt in die sandige Brühe und gönnte mir eine gründliche Wäsche, etwas, das bei Wüstenreisen nur allzu leicht zu kurz kommt. Und, einmal dabei, noch eine Rasur. Bisschen wie vor einem Date. Eau de Toilette? Wo hab ich's nur ...?

Jetzt aber. Frische Plörren an, der Mann wie neu, weg hier. Fehlte nur ... Bella. In der Mulde, auf dem Rücken, in leichter Wälzbewegung, Zunge halb aus dem Maul, alle Viere hoch in die Luft gestreckt, wohlig grunzend wie eine dicke, glückliche, graue Sau.

Ich geb's dran, dachte ich. Soll sich doch jemand anders um die Verschwundenen kümmern, sich mit ihren Leichen belasten. Ich will nur noch meine Ruhe, meinen Frieden, meine Freiheit. Und ab und zu mal eine schöne Suhle.

Die Fahrerkabine durchweht vom Duftstoff ›Chien Mouillé‹, rollten wir das Wadi abwärts, bis es in der Ebene in die Breite ging und verschwand. Nur ein paar angeschwemmte Kakteen markierten noch den äußersten Rand der Flut, bis hierhin war sie gekommen, um dann endgültig im Boden zu versickern.

Meine generelle Richtung war zurück nach Tamanrasset, von da vielleicht ins Hoggar-Gebirge oder in die Ténéré, ich war noch unentschlossen, hatte aber auch keine Eile. Ich passierte unseren vorgestrigen Übernachtungsplatz, umrundete die Spitze des Gebirgsausläufers, besah mir die Gegend östlich davon. Eine milde gewellte, durchgehend hell ockerfarbene Dünenlandschaft bedeckte das halbrunde Becken mit seiner fernen Peripherie aus dunkelbraunem Gestein. Neigung und Höhe der Dünen machten einen durchaus befahrbaren Eindruck, doch ich wusste nicht recht, was ich wollte, oder wohin. Gleichzeitig stand die Sonne im Zenit, knallte nur so aufs Dach, da bot es sich an, eine Pause einzulegen und die Entscheidung zu verschieben. Nichts trieb mich, nichts konnte mich zwingen. Ich parkte den Truck zwischen Felsen, kochte mir einen Tee, suchte und fand einen gangbaren Weg hinauf auf das zerklüftete Gestein, setzte mich oben in den Schatten eines großen Brockens, schlürfte Tee und ließ den Blick schweifen. Die Mittagshitze sog Sandwirbel in die Höhe, die für kurze Zeit über die Ebene taumelten, bevor sie wieder in sich zusammenfielen. Bella gesellte sich zu mir, gähnte ansteckend, streckte sich aus und schloss die Augen. Ansteckend, wie gesagt.

Ich hörte Stimmen. Im ersten Moment war ich mir sicher, dass ich träumte, im zweiten, alarmiert, dass nicht. Ich war wach, und jemand rief irgendwas Fragendes. Ich stand auf. Blickte runter zum Truck. Ein weißer Toyota Pick-up parkte dahinter. Er parkte so, dass er meinen Truck zwischen den Felsen festnagelte. Jemand sah mich, jemand winkte mir. Mit einem Sturmgewehr. Ja, Scheiße.

Es waren die ersten Lebenden, die ich seit fast einer Woche traf, doch meine Begeisterung darüber hätte nicht bescheidener ausfallen können. Sie waren zu dritt, ein sehr junger Weißer, der mich fatal an Sid Vicious erinnerte, ein sehr junger Schwarzer, den ich auch ohne nur die geringste Ähnlichkeit mit dem Punksänger ungerechterweise Johnny Rotten taufte, und ein Dritter, den ich nur als Schemen auf dem Beifahrersitz sehen konnte. Die Youngster waren beide unterernährt, bewaffnet mit AKs – was sonst? – und machten einen wie auch immer gehetzten Eindruck. Leute unter Schock, auf der Flucht, Zeugen oder Beteiligte von etwas Dramatischem, so was in der Art.

Aufgekratzt, mit unsteten Blicken in Augen, die für ihre jungen Jahre schon zu viel gesehen hatten, kurz angebunden, mit äußerster Vorsicht zu behandeln. Ich trat zu ihnen, Bella dicht an meinem Bein, auch sie angespannt. Wenn ihr eine Situation nicht behagt, gibt sie ein Knurren von sich, so tiefgestimmt, dass man es mehr spürt als hört.
»Wir brauchen deine Hilfe«, sagte Sid sachlich in einem Cockney-gefärbten Englisch.
Ich nickte ein Nicken, das Verständnis seiner Worte signalisieren, aber nichts darüber Hinausgehendes versprechen sollte. Schwierig, ich weiß. Sinnlos, obendrein. Egal, was sie vorhatten, egal, was sie von mir wollten, ich hatte keinen wirklichen Verhandlungsspielraum.
Johnny hockte sich auf einen Felsen und behielt mich und Bella abwechselnd in nervösem Blick. Er schien nicht viel zu sagen zu haben.
»Du bist nicht zufällig Arzt?«
Ich schüttelte energisch, geradezu kategorisch den Kopf. Es nutzte mir nichts. Sid winkte mich mit sich zur Beifahrerseite des Pick-ups, wo der Dritte bei offener Tür saß. Die ganze rechte Flanke des Wagens entlang zog sich eine Spur von Einschusslöchern, die Ränder frisch und silbergrau, wo es den weißen Lack weggefetzt hatte. Ich begann zu verstehen. Kaum etwas rüttelt einen so durch wie unter Beschuss zu geraten.
Der Mann auf dem Beifahrersitz war schon älter, ach was, er war alt. Ein hageres, tief zerfurchtes Gesicht, ungesund bleich unter der dunkelbraunen Haut, ums Kinn ein mit Grau durchsetzter, dichter Gabelbart, eine Fellmütze auf dem Kopf, und das bei diesen Temperaturen. Afghane, ich war mir fast sicher. Er wandte mir den Kopf zu, die Augen schmal, Mimik und Bewegung steif vor Schmerz. Er trug eine bestickte Weste über einem bauschigen weißen Hemd, dazu eine Con-

tainerhose in Camouflage. Weste, Hemd, Hosenbund und selbst der Sitz darunter waren schwarz vor Blut, das offenbar weiterhin aus einer nicht sehr gekonnt verbundenen Verletzung an der linken Schulter quoll. Kein Wunder, dass er so bleich aussah.

»Ich fürchte, ich kann da nichts tun«, sagte ich ehrlich.

Er versuchte zu sprechen, winkte mich näher zu sich. Ich machte einen Schritt auf ihn zu, beugte mich vor und spürte etwas Rundes, metallisch Kühles mein T-Shirt hochschieben und sich in meine linke Schulter bohren. Der Afghane krächzte etwas, das ich ohne jede Kenntnis seiner Sprache glasklar als ›Hilf mir oder teile mein Schicksal‹ verstand. Beflügelnd, es gibt kein anderes Wort dafür.

Die Größte der Gasflammen des Herds fauchte unter dem Nudeltopf. Zwischen Werkbank und Schreibtisch waren zwei stählerne Böcke untergebracht, die ich hervorzog und im Rausgehen Johnny zuwarf. Von der Seitenwand des Trucks löste ich die beiden Sandbleche, legte sie oben auf die Böcke, darauf rollte ich eine Isomatte aus und ging wieder rein. Ich fand eine Aldi-Tüte, die ich mit der Öffnung über den jetzt schnell heißer werdenden Kochtopf stülpte und mit Gaffer-Tape notdürftig fixierte. Die Youngster bugsierten den Afghanen Schritt für Schritt zu unserem improvisierten OP-Tisch, während ich die Anästhesie vorbereitete. Kaum lag der alte Mann, stellte ich den Klapptisch mit Brenner, Alufolie und einer Stange Opium neben ihn. Er nickte und brauchte offenbar keinerlei Instruktionen. Sid, unverkennbar aus einer sozialschwachen englischen Vorstadt, dessen punktvernarbte Arme mir so ziemlich alles über ihn erzählten, sah das Opium, sah zu mir, wieder zurück und schluckte sichtbar. Ich wies ihn an, dem Afghanen

Weste und Hemd auszuziehen und den Verband vom Leib zu schneiden. Johnny, dem irgendwie alles Städtische abging, der auf eine ungelenke Art mehr wirkte wie ein afrikanisches Landei, mehr Kral als Kiez, konnte seine Augen nicht von Bella lassen, die wiederum seine Angst spürte, was sie noch misstrauischer und knurriger machte. Wenn ein Bewaffneter sich vor deiner Hündin fürchtet, bist du gut beraten, sie aus der Schusslinie zu holen, deshalb nahm ich sie mit rein, schloss die Tür.

Die Aldi-Tüte blähte sich prall mit Dampf gefüllt über dem Topf. Ich stellte das Gas aus, pellte die Tüte ab. Unter der Werkbank fand ich die übliche, angebrochene und schon lange zu Gummigelee erstarrte Silikonkartusche, schraubte und zerrte die Spitze ab, schnitt sie mir passend und zog sie kurz durch das noch ganz leicht kochende Wasser.

Draußen hatten sie inzwischen den Oberkörper des Afghanen, dem dünner Opiumqualm aus allen Kopföffnungen quoll, freigelegt. Einer der Vorbesitzer des Trucks hatte eine Schwäche für hochprozentigen Wodka und mir einen Karton voll hinterlassen. Ich schnappte mir eine der Pullen und riss im Rausgehen noch einen Meter Küchenkrepp ab.

Während ich das Wundumfeld mit Wodka abrieb, besah ich mir die Verletzung. Schusswunde, Eintrittsloch vorn wie oft eher klein, Austrittsöffnung hinten glücklicherweise nicht allzu groß. Blut quoll nur aus der vorderen Wunde, was mir nicht gefiel.

Mein Vorhaben war, die Verwundung im Ganzen, von vorn bis hinten, zu säubern. Natürlich hätte ich ihn auch einfach nur neu verbinden und mit einem aufmunternden Klaps weiterschicken können, doch wir befanden uns zwei Tage von der nächsten Oase entfernt, ein Zeitraum, der bei einer solch tiefen und zweifellos verschmutzten Verletzung eine sichere

Entzündung bedeutete. Gründlich säubern und verbinden war das Mindeste und das Einzige, was ich für ihn tun konnte. Sollte sich herausstellen, dass eine Arterie zerfetzt war, würde er das Ende des Tages nicht mehr erleben, sollte ein Knochen verletzt sein, könnte er die Schulter verlieren, und den Arm dazu. In beiden Fällen, so spürte ich, würde man den Deutschen mit dem komischen Truck zumindest mitverantwortlich machen. Alles, was ich also tun konnte, tun musste, war die imminente Entzündungsgefahr so gut es ging einzudämmen und dann aufs Beste zu hoffen. Die Wüste ist eine absolute Scheißgegend, um sich Feinde anzulachen. Du weißt nie, wann und wo du sie wiedertriffst.

Drinnen im Truck schnitt ich eine Ecke der mit Dampf sterilisierten Aldi-Tüte ab, drückte die Kartuschenspitze hindurch und befestigte sie mit Gaffer-Tape. Das Wasser im Topf war inzwischen so weit abgekühlt, dass man die Finger reinhalten konnte, wenn auch nur kurz. Doch ich wollte es heiß.

Der Afghane musterte mich reglos, wie ich, Tüte unterm Arm, Verbandskasten unterm anderen, Kochtopf in Händen, die Tür hinter mir schloss. Johnny stand an seiner Seite, also reichte ich ihm den Topf, bedeutete dem Afghanen, sich hinzulegen und so weit nach oben zu rutschen, dass die Schulter ins Freie ragte. Er tat, wie verlangt, hielt aber dabei wie die ganze Zeit schon eine Hand auf seiner Pistole, eine Attitüde, die ich mir fest für meinen nächsten Zahnarztbesuch vormerkte.

Ich fragte: »Bereit?«, und er nickte. Dann nahm ich die Tüte, drückte die Kartuschenspitze in die Eintrittswunde, der Afghane saugte Luft zwischen zusammengepressten Zähnen hindurch, ich hielt die Tüte auf, befahl Johnny, das Wasser hineinzuschütten, und, als das passiert war, verzwirbelte ich die Tüte obenrum und presste sie so fest ich nur konnte zusammen. Der

Afghane war ein zäher alter Knochen und hatte obendrein mittlerweile genug Opiat in den Adern, um eine ausgewachsene Kuh von den Hufen zu holen, und trotzdem schrie er mir dermaßen gellend ins Ohr, dass es noch Minuten später darin klingelte. Doch die Spülung funktionierte, was immer den Schusskanal blockiert hatte, prustete raus, gefolgt von schönem, rotem Blut. Und erschossen hat er mich auch nicht. Ein flotter erster Verband unter der Achsel hindurch, je ein dicker Wattebausch auf beide Wunden, ein strammer zweiter Verband um die Brust und unter der Achsel hindurch und das Ganze noch zweimal rum, und das Operationsteam trat geschlossen einen respektvollen Schritt zurück, um in spontanen, minutenlangen Applau-

Ein wütendes Kläffen, mein Kopf fuhr herum, wo ich Sid rückwärts die Treppen des Trucks runtertaumeln und unten auf den Arsch fallen sah, grimmig beobachtet von Bella, oben auf der Treppe. Wollte wohl mal nachsehen, ob ich drinnen noch mehr von dem guten Zeug gebunkert hatte, der kleine Scheißkerl. Noch auf dem Hintern riss er seine Waffe hoch, zielte auf Bella. Ein Schuss peitschte, Sid gefror mitten in der Bewegung und wir sahen uns an, ich über den leicht zitternden Lauf der Pistole des Afghanen hinweg. Nicht gesichert, das Ding, da knallt's dann schon mal, wenn jemand wie ich danach grapscht.

Ich sagte erst mal nichts, hielt die Pistole auf die englische Vorstadtratte gerichtet, ging seitwärts zum Truck, die Treppe hoch, bugsierte Bella mit dem Hintern zurück in den Aufbau und schloss die Tür von draußen mit dem Fuß. Sid und ich zielten weiter aufeinander, Johnny lugte aus der Deckung des Pickups, AK im Anschlag. In Momenten wie diesen fließen tausend Schweißtropfen und du spürst jeden einzelnen davon.

›Und jetzt?‹, stand riesengroß im Raum, und keiner von uns dreien schien darauf eine Antwort zu haben. Der Afghane hatte sich aufgesetzt, hielt sich den linken Arm, blickte stoned und genervt zugleich drein, bellte einen kurzen Befehl in die Runde, worauf Sid und Johnny langsam ihre Waffen sinken ließen, rutschte vom Tisch und kam Schritt für Schritt zu mir gehumpelt, verlangte seine Waffe zurück. Er hatte die Situation unter Kontrolle, nichts würde geschehen, ohne dass er es anordnete, und was er befahl, würde passieren, ohne dass jemand widersprach. Er wirkte, als ob er sein Leben lang Kommandos gegeben hätte.
Ich packte die Pistole beim Lauf und händigte sie ihm aus. Er nickte, prüfte den Stand der Sonne, blickte den Weg zurück, den sie gekommen waren, und sagte etwas auf Arabisch, das wie ›Abmarsch‹ klang. Sid antwortete auf Englisch, dass sie nicht genug Benzin hätten. Johnny klopfte gegen den Tank des Trucks und fragte: »Gazole?« Es war das erste Wort, das er bisher geäußert hatte. Ich nickte. Die drei steckten die Köpfe zusammen, und ich sah sie schon fröhlich mit meinem Laster davonfahren, während mein Gerippe in der Sonne bleichte.
Ich sagte: »Moment«, ging zur andern Seite des Trucks, wo eine Halterung voller Zwanzig-Liter-Kanister unterm Aufbau hängt, zog zwei davon raus, trug sie zum Toyota und stellte sie ab. »Benzin«, sagte ich. Gefunden, auf dem Dach eines gestrandeten und verlassenen Pkws, und mitgenommen, für eine Gelegenheit wie diese. Man hilft ja, wo man kann.
Johnny öffnete die Kanister, roch dran, verschloss sie wieder und packte sie in den Pick-up, der Afghane nahm den Bunsenbrenner und den Rest des Opiumstabes an sich, ließ sich vorsichtig auf den Beifahrersitz sinken, Johnny schwang sich hinters Lenkrad, Sid kletterte auf die Ladefläche, nahm mit dem Rücken

zur Fahrerkabine Platz, der Motor des Toyotas sprang an und sie fuhren los.
Gern geschehen, dachte ich gallig, und beehren Sie uns nicht wieder, als Sid seine Waffe ruckartig hochnahm und einen Schuss abfeuerte, nur einen, doch den in die Hecktür des Trucks, auf Kniehöhe. Ich stand geschockt da, er schwenkte die Waffe in meine Richtung, zielte, ich stand immer noch, wie gelähmt, erwartete die spitze Flamme aus dem Rohr schießen zu sehen und den fürchterlichen Aufprall zu fühlen, der dich von den Beinen reißt, dir den Atem raubt und, sofern du noch lebst, den Tod in gleichem Maße fürchten wie herbeisehnen lässt. Doch Sid grinste nur mit seinen Cola-Zähnen, nahm die Waffe runter und zeigte mir den Finger. Ich starrte ihm hinterher, bis ihn die Staubwolke des Toyotas verschluckte. Dann rannte ich zum Truck.
Meine Hand auf der Türklinke zitterte. Ich drückte sie runter, zog die Tür auf, Bella und ich sahen uns an und betrachteten dann noch eine ganze Weile die zipfelförmige Ausbuchtung im Alublech der inneren Türbekleidung. »Wenn du willst«, sagte ich und schlang meinen Arm um ihren Hals, zog sie zu mir, »suche ich und finde ich und töte ich dieses Arschloch.«
Sie lehnte sich gegen mich und leckte mir über die Wange. Wenn es nach ihr ging, waren wir fertig mit dem Thema, doch ich habe einen Charakterzug, manche sagen: einen -fehler, mit dem ich schon mein ganzes Leben lang konform gehe: Ich bin nachtragend.
Vermutlich jeder einzelne der zahlreichen Vorbesitzer hat ein paar Änderungen vorgenommen, nachdem sie den Truck gekauft hatten. So auch ich. Eine davon war, die Innenseite der Rückwand mit zwei Lagen Reifengummimatte und dickem Aluriffelblech zu armieren, eine, wie sich gerade gezeigt hatte, vorausschauende Entscheidung.

Der Toyota verschwand am Horizont. Sie hatten es eilig, als ob sie vermuten würden, verfolgt zu werden. Ich fragte mich, was das für mich bedeuten könnte, wenn bald schon die nächste Horde Bewaffneter angeprescht kommen sollte. Ich wusste es nicht. Ich wusste gar nix mehr, war zu keinem klaren Gedanken mehr fähig. Mann, ich war alle. Also machte ich das in meinen Augen einzig Gescheite. Räumte auf. Wusch das Blut von der Isomatte, hängte die Sandbleche zurück, faltete die Böcke zusammen und verstaute sie. Irgendwas roch hartnäckig nach Schießpulver. Ich nahm meine rechte Hand hoch, schnupperte dran – sie war's – und stellte zu meiner Verwunderung fest, dass sie den Hals der Wodkaflasche umklammert hielt.
Eine halbe Stunde später befand ich mich seelisch wieder halbwegs im Gleichgewicht. Seelisch, wie gesagt. Körperlich war ich möglichweise ein ganz klein wenig außer Balance, einen Hauch wackelig auf den Beinen, aber egal.
Die Sonne sank. Ich hantierte herum, sprach eine Menge mit Bella, kochte ihr aus Kartoffelflocken, Trockenmilch, Öl und Wasser einen schönen Topf Püree, das sie liebt. Einmal dabei, setzte ich einen Hefeteig an und stellte ihn abgedeckt auf die Werkbank. Im Küchenschrank fand ich eine Dose gebackene Bohnen, die ich mit nach draußen nahm und zehn Schritte weit wegtrug, ehe ich mit abgewandtem Gesicht die Deckellasche zu mir zog. Doch nichts sprühte übelriechend in die Gegend, also machte ich mir die Bohnen warm, tat zu viel gekörnte Brühe und viel zu viel Chili dran, was aber irgendwie total gut mit zu viel Wodka harmonierte, echt ein Geheimtipp. Ich schlabberte mir das Zeug rein, torkelte eine Weile unter den Sternen herum, bis ich irgendwann meine Decken rausholte, mich einmuckelte und darauf wartete, dass die

Milchstraße zu rotieren begann, oder zumindest zu dröhnen.

Was immer du dir abends mithilfe von Alkohol vom Leib schaffst, es holt dich am nächsten Morgen wieder ein wie ein Bumerang vor die Birne. In meinem Fall war es das zutiefst beunruhigende Gefühl, in die Läufe von gleich zwei Sturmgewehren geblickt zu haben. Warum der Afghane mich verschont hatte, blieb mir schleierhaft, aber die nüchterne Erkenntnis war, dass ich ohne seine Autorität diesen Morgen nicht gesehen hätte. Womit die Frage aufkam, was wohl anstünde, sollte der alte Mann die Nacht nicht überlebt haben. Zeit zu verschwinden, entschied ich. Zeit, mich zu verlieren, bis ich selbst nicht mehr wusste, wo ich war.

Ich weiß nicht, ob es gute Orte gibt, um mit einem Wodka-Schädel aufzuwachen, aber selbst im Vergleich zu einer russischen Ausnüchterungszelle gehört die Wüste definitiv nicht dazu. All das unausweichliche grelle Licht und die rasch steigende Hitze haben brutal entziehende Tendenzen. Ich kochte mir einen steifen Pfefferminztee, den ich mitnahm, als Bella und ich noch mal hoch auf die Felsen stiegen, wo ich mich nach allen Seiten umsah. Keine Staubfahnen, überhaupt keine Anzeichen von Bewegung irgendwo. Grandiose Menschenleere, Balsam für die Nerven.

Zurück im Truck mischte ich Trockenfutter mit Püree und sah zu, wie Bella sich mit einem Ausdruck nahe der Verzückung darüber hermachte. Mir selbst reichte ein Keks, und noch ein Tee gegen den trockenen Hals. Becher in der Hand, drehte ich eine Runde um den Truck, kontrollierte, ob alles reisefertig ist. Etwas wie ein Schatten war über mein Nomadendasein gezogen, eine neue Verunsicherung, eine gefühlte Notwendigkeit, den Risikofaktoren der Gegend besser gewappnet zu begegnen. Nur einer nachsichtigen Laune des Afghanen gehorchend noch am Leben zu sein, weckte den intensiven Wunsch, nicht noch mal eine solche Ohnmacht erleben zu müssen. Ich musste Mombassa sehen, mir seinen Rat holen. Also zurück nach Tamanrasset, mehr oder weniger meinen Spuren folgend. Eher weniger, beschloss ich. Wir waren so ziemlich mittig durch die beiden großen Ergs hergekommen, doch die Mitte ist in dem Fall die naheliegendste Route, mit den wenigsten Verwerfungen und damit einfacher zu fahren und ökonomischer, was den Spritverbrauch anging, immer ein Thema, wenn liegenzubleiben dich mehr kosten kann als nur ein bisschen Zeit und Ungemach. Demnach ist die naheliegendste Route aber auch die, auf der man am ehesten Verkehr begegnet, etwas, auf das ich im Moment noch weniger Bock hatte als eh schon. Mein Dieselvorrat war ausreichend, um einen Tag oder auch zwei durch eine der den Ergs vorgelagerten, mittelschweren Dünenformationen in Kauf nehmen zu können. Ich musste mich nur entscheiden, welche. Die südliche würde größere Nähe zur Grenze bedeuten und damit ein höheres Risiko, von misstrauischen Patrouillen gestoppt und unter die Lupe genommen zu werden. Seit die EU Milliarden in die Kontrolle der Grenzregionen der südlichen Sahara pumpt, um schwarzafrikanische Migranten möglichst früh abzufangen und erst gar nicht mehr bis zum Mittelmeer kommen zu lassen, quert man diese Grenzen am besten zügig und im stumpfen Winkel, man jückelt nicht an ihnen entlang. Deshalb fiel es mir nicht schwer, mich für die nördliche Variante zu entscheiden. Also los.

Irgendwie fühle ich mich immer besser, sobald ich am Steuer sitze und unterwegs bin. Die Illusion von

Kontrolle, wahrscheinlich, das Gefühl, mit dem Lenkrad in der Hand und dem Fuß auf dem Gas Herr über sein Schicksal zu sein. Nun denn, ich gab mich ihm hin. Wir rollten in Richtung Osten, über festen Grund, dem neu aufkommenden Wind entgegen, der die Staubfahne hinter uns verwirbelte. Das Vorwärtskommen verlief problemlos, die Sicht war frei, die Ebene verlassen.

Gegen Mittag hielt ich an, kletterte auf den Dachgepäckträger. Wir waren der Mittelpunkt eines kreisrunden Horizonts, und nach wie vor allein. Allmählich löste sich meine Beklemmung. Wie lange war ich hier jetzt schon unterwegs? Und was war mir bisher zugestoßen? Ein paar unangenehme Begegnungen, aber die hat man am Rhein-Herne-Kanal genauso. Ordnungsamtsmitarbeiter, um nur ein Übel beim Namen zu nennen. Gestern war eine Ausnahmesituation gewesen, aber zusammen mit dem Fund der beiden toten Briten auch ein Weckruf. Wollte ich mich und meinen Hund besser schützen, musste ich etwas ändern, das war beschlossene Sache.

Nach einem ausgiebigen Nickerchen vertraten Bella und ich uns die Füße, fanden die Gegend aber bald langweilig und nahmen unsere Plätze in der Fahrerkabine wieder ein.

Gegen Abend bekamen wir den ersten weichen Sand unter die Reifen. Da sich das die nächsten beiden Tage kaum ändern würde, hielt ich an und holte das Manometer aus der Werkzeugkiste. Die Wüstentruckreifen haben flexiblere Flanken als normale Lkw-Reifen, so dass man Druck ablassen kann, bis sie unten in die Breite gehen, ohne damit die Karkasse zu schädigen. Wer jemals den Fuß eines Kamels betrachtet hat, wird ahnen, woher die Inspiration für diese Konstruktion gekommen sein mag. Reifen weich und breit, fuhren wir weiter, bis die Sterne aufgingen, und stoppten

dann hinter einer der ersten richtigen, sich über die wellige Fläche erhebenden Dünen. Die Mondsichel kam über den Horizont gekrochen, ich holte Tisch und Stuhl raus, fütterte Bella. Mir selbst rührte ich eine Paste aus Kräutern, Tomatenmark und Öl zusammen, knetete den tags zuvor angesetzten Hefeteig durch, rollte ihn auf einem Backblech aus, schmierte die Paste obendrauf und schob das Blech in den Ofen. Ein paar Minuten später war die Pizza fertig, dazu eine Kanne Tee. Ich nahm beides mit hinaus.
Keine Drogen heute, nur ein vernünftiges Abendessen, ein ausgedehnter Spaziergang, eine lange, kontemplative Betrachtung des Himmels, begleitet vom kaum wahrnehmbaren Zischeln, das der Sand verursacht, wenn ihn der Wind bewegt.

Ich erwachte erholt und voller Tatendrang. Wälzte mich aus meinen Decken, stand auf, sah mich blinzelnd um. Der Wind hatte zugenommen, sein Sandgehalt auch. Unsere Spuren vom Vorabend waren weggeblasen, sowohl die Reifen- als auch die Fußspuren, nicht mal mehr zu ahnen. Was einen beim Anblick von Wüstendünenlandschaften immer am meisten in den Bann schlägt ist dieser Eindruck vollkommener Unberührtheit, die sich am ehesten mit Neuschnee vergleichen lässt. So gesehen fühlt man sich hier jeden Morgen aufs Neue wie der Zeitungsbote nach einem stürmischen nächtlichen Wintereinbruch. Okay, ohne die Kälte, die nassen Socken und die ganzen verfluchten Zeitungen, natürlich. Und ohne dass einem die übereifrigen Räumfahrzeuge die ganze Pracht noch vor dem Morgengrauen zu unansehnlichen Haufen zusammenschieben und den Rest mit Streusalz in Matsch verwandeln. Aber so ähnlich, halt. Vollkommene Unberührtheit, unglaubliche Weichheit der Linien, atemberaubende Schönheit, das war, worauf ich

hinausgewollt hatte, bevor es ein bisschen mit mir durchging.
Der Tag wurde bei allem Liebreiz der Umgebung fahrerisch hart, lang und zäh. Im weichen Sand musst du dir Zeit lassen, mit einem nervösen Gasfuß kommst du meist nicht weit. Das Beste ist, man schraubt das Standgas hoch, legt sämtliche Sperren ein, wählt einen Gang, mit dem der Motor glücklich zu sein scheint, und lässt den Truck sich seinen Weg durch die Dünen bahnen wie ein Schiff durch raue See. Mein Job dabei war, die Richtung im Auge zu behalten und alles zu umkurven, was mir zu hoch oder zu steil vorkam.
Gegen Mittag hielt ich an, stieg aufs Dach und ließ meinen Blick schweifen über eine Welt aus Sand. Zum Glück ist Wüstensand zu rundkörnig für die Betonherstellung, sonst wäre die halbe Sahara wohl schon längst durch den Mischer gewandert und irgendwo auf der Welt zu kantiger Infrastruktur erstarrt.
Bella und ich teilten uns eine Decke, rollten uns im Schatten zusammen und verschliefen die Mittagshitze. Danach brühte ich mir einen Instantkaffee, kippte ihn in einen Thermobecher, den ich mit nach vorn nahm. Wir fuhren mit kurzen Pausen weiter, bis die Dunkelheit hereinbrach, und dann noch ein Weilchen. Der Mond nahm jetzt Nacht für Nacht weiter zu, sein Licht hell genug, um bei langsamer Fahrt die Scheinwerfer aus lassen zu können, was ich auch tat. Irgendwann wurde ich müde und Bella unruhig, und ich war drauf und dran, anzuhalten, als es am Horizont vor uns aufblitzte. Dann noch mal. Ich ließ den Truck noch eine Düne erklimmen, stoppte. Scheinwerfer wippten über einen Kamm, verschwanden in einem Tal, leuchteten gen Himmel, in unsere Richtung, in die Tiefe, verschwanden, nur um gleich darauf wieder aufzutauchen. Ein leichtes Geländefahrzeug, das

sich mit einigem Tempo auf uns zubewegte. Noch war die Distanz zu groß, als dass sie uns hätten sehen können, unbeleuchtet, wie wir waren, doch schon bald würde das anders sein. Was ich bei meiner Routenwahl möglichst nah am nördlichen Erg vorbei nicht recht bedacht hatte war, hier unter Umständen auf Leute zu treffen, die genau wie ich nicht gesehen werden wollten.

Ich kuppelte ein, der Truck senkte seine Nase, ich drehte das Lenkrad nach links, Richtung Norden, Richtung Erg. Wir wühlten uns durch ein mäanderndes Dünental, dessen Hänge links und rechts beständig steiler wurden, unpassierbarer, bis nach einer Biegung Schluss war. Wir hatten uns in einen Trog vorgearbeitet, eine Sackgasse. Ich brauchte die Bremse nicht zu berühren, in Sand von dieser Tiefe trittst du die Kupplung und stehst.

Hier würden wir bleiben, entschied ich, und uns morgen bei Tageslicht irgendwie wieder rausackern aus diesem Labyrinth.

Ich ließ die Treppe runter und nahm Bella mit auf einen Erkundungsgang. Wir erklommen die nächste Düne, schweißtreibend selbst in der Kühle der Nacht, der Untergrund weich wie Babypuder, so dass längst nicht jeder Schritt bergan auch einen Höhengewinn brachte, doch schließlich erreichten wir den Kamm, s-förmig geschwungen in sanftem Auf und Ab, flirrend hell auf der Mondseite, anthrazitgrau auf der anderen. Wir kamen gerade rechtzeitig, um einen weißen Pick-up passieren zu sehen, zwei Personen stehend hinter der Fahrerkabine, also wahrscheinlich vier Mann insgesamt. Sie kamen ungemütlich dicht an uns vorbei, vor allem wegen unserer Reifenspuren, doch es war Nacht, die Spuren undeutlich, und der Pick-up fuhr, ohne zu verzögern, weiter in Richtung Westen.

Beruhigt drehte ich mich um und stoppte mitten in der Bewegung. Gegenüber, zwei Dünen weiter, klebte ein schwarzer Kasten am Hang. Auf halber Höhe, schwarz und glänzend. Ein G-Klasse-Mercedes, und auf einer Seite davon, im Schatten von Mond und Wind, saß eine Gestalt mit dem Kopf auf der Brust. Als ob sie schliefe, oder mich unter gesenkten Brauen hervor beobachtete, in ihrem Schoß etwas, das auf einer Seite in einem matt glänzenden Metallrohr endete. Natürlich hätte es ein Golfschläger sein können, eine Angelrute oder ein längliches Blasinstrument. Trotzdem war mir einen Moment lang danach, mich hinter die Düne zu werfen und einen Umweg zurück zum Truck in Kauf zu nehmen. Aber die Gestalt rührte sich nicht, ließ mir Zeit, die Situation einzuschätzen. Mein Blickwinkel war nicht ideal, doch schien mir die G-Klasse bis zum Bodenblech eingesunken zu sein, viel problematischer geht's nicht, und das schon länger. Reifenspuren gab's keine mehr und, jetzt wo ich genau hinsah, auch keinerlei Fußspuren. Bella hob die Nase und ließ ihr Wolfsheulen hören, bestätigte damit meine Vermutung, dass die Gestalt da wohl schon länger saß.

»Lass uns nachsehen«, sagte ich, und wir machten uns auf den Weg.

Man nennt es das Grinsen der Verdörrten, das eintritt, wenn sich die Gesichtshaut im Mumifizierungsprozess zusammenzieht und die Zähne freilegt. Kein schöner Anblick, aber zeig mir eine schöne Leiche. Ich stieg daran vorbei, setzte mich einen Meter oberhalb in den Sand und bat den Toten, mir seine Geschichte zu erzählen. Er trug einen teuer aussehenden Anzug, dazu gepflegte Halbschuhe. Seinen Händen entglitten, quer über seinen Oberschenkeln, lag eine Automat Kalaschnikow 47 – was sonst? Er trug einen Anzug, wie jemand, der erwartet hatte, die Wüste vollklimatisiert und völlig problemlos mit seinem Luxus-SUV zu queren, und den dann irgendetwas von seiner geplanten Route weg- und schließlich halb eine sechzig Meter hohe Wanderdüne hochgejagt hatte. Vor einiger Zeit. Sein Auto war mittlerweile auf einer Seite bis fast an die Türgriffe zugeweht, und auch auf der windabgewandten Seite begann sich der Sand um die Ecken zu schmiegen.

Noch einer, dachte ich kopfschüttelnd. Als ob ich's drauf anlegte, als ob es ein morbides Hobby von mir wäre. Oder als ob ich es bezahlt bekäme. Morgen würde ich den Fund dokumentieren, wie die anderen. Doch morgen erst.

»Abendbrot?«, fragte ich Bella, und sie führte mich mit großer Bereitwilligkeit auf dem kürzesten Weg dorthin.

Soweit bei Tageslicht feststellbar, hatte der Mann im Anzug keine äußeren Verletzungen, keine Löcher im Kopf oder sonst wo, das heißt, er war seinen Verfolgern erfolgreich entkommen, nur um dann der Wüste zum Opfer zu fallen, oder besser gesagt: der Hitze, der Trockenheit, der Isolation. Die Wüste bringt niemanden um, sie hat kein Interesse daran. Zu seiner Rechten stand, schon halb voll Sand geweht, ein aufgeschnittener Wasserkanister. Zum Schluss trinken sie immer das Kühlwasser.

Ich bückte mich und nahm mit einer im Grunde unnötigen, pietätvollen Vorsicht die Waffe an mich. Sein Gürtel war, wie mir dabei auffiel, gelöst, die Hose stand offen. Ganz zum Schluss trinken sie dann ihren eigenen Urin.

Der Gürtel erschien mir in der Mitte dicker als entlang der Nähte und – ich schnickte die Schnalle mit dem Finger beiseite – war auf der Innenseite mit einem Reißverschluss versehen. Ich packte die Schnalle,

zog dran und der Lederriemen glitt geschmeidig aus den Schlaufen. Er war schwer genug, um jemanden damit zu erschlagen. Ich schnallte ihn mir um die Hüften.
Die G-Klasse war auf der Flanke mit ›Biturbo V8‹ beschriftet und hatte reguläre holländische Kennzeichen. Ich machte ein paar Fotos. Das Wageninnere präsentierte sich wie neu, feinstes, weiches Leder und all die anderen als luxuriös empfundenen Materialien, die Kunden dieser Preisklasse so erwarten dürfen. Im Kofferabteil drängten sich Benzinkanister, auf der Rückbank lagen zwei Sporttaschen voll Anziehsachen und Reiseutensilien. Der Schlüssel steckte im Zündschloss. Im Handschuhfach fand sich ein holländischer Pass mit dem Foto eines unauffällig aussehenden Mannes mittleren Alters mit holländischem Namen. Ich schoss ein Bild. Der Pass wies kein algerisches Visum oder einen entsprechenden Einreisestempel auf. Nicht dass mich das etwas anginge. Ich speicherte die GPS-Daten. Verabschiedete mich mit einem Nicken. Mit einem Nicken, seinem Gürtel und seiner Wumme. Ich weiß, es nennt sich Leichenfledderei und ist der gesellschaftlichen Ächtung unterworfen, doch rational betrachtet enden sämtliche Besitzansprüche mit dem Ableben des Inhabers, und ich mag sie nun mal, die rationale Sicht.
Das bogenförmige Magazin des Gewehrs war voll, die Waffe als solche deutlich abgegriffen, wirkte gleichzeitig aber auf diese ernste, nüchterne Art, die Schusswaffen so an sich haben, absolut funktionstüchtig. Ich packte sie zu dem kurzläufigen Revolver der Briten und ihrem Senfglas voll Opium in das Fach für meine diskreteren Besitztümer. Dafür hatte ich, kurz nach Erwerb des Trucks, einen obenrum aufgeflexten Tank im Zwischenraum des Leiterrahmens unter dem Aufbau installiert, danach, zusammen mit der Rück-

wand, den Boden des Aufbaus mit Riffelblech ausgelegt, wobei die Sektion über dem Tank als aufnehmbarer Deckel fungiert. Ein paar dicke Fetzen Schaumstoff sorgen dafür, dass die Dinge in diesem Abteil ruhig liegen.

Alles verstaut, Deckel wieder zu, nahm ich den Gürtel ab, zupfte den Reißverschluss ein Stückchen auf und war nicht weiter überrascht, als es mir golden entgegenglänzte. Münzen, Durchmesser ungefähr wie Zwanzig-Cent-Stücke, dicht an dicht und aufeinander und einmal rund um die Figur.

Wer mich jetzt fragt, was wohl ein Holländer mit einem blödsinnig teuren Mercedes-SUV und genug Gold, um vielleicht nicht gerade eine Revolution, aber zumindest einen vernünftigen Aufstand zu finanzieren, mitten in der Sahara gewollt hat, dem kann ich nur ganz offen antworten: keine Ahnung. Anders als die beiden Briten, die meines Erachtens einfach zur falschen Zeit am falschen Ort ein Motorschaden an der Weiterfahrt zu ihrem Urlaubsziel gehindert hatte, war der Niederländer mit einiger Sicherheit unterwegs gewesen, um irgendeine Form von konspirativer Transaktion zu tätigen, um einen Deal abzuwickeln mit Leuten, die keinen Zugang zum Darknet haben und Bitcoin für die Währung der Fantasten halten und deshalb auf Bezahlung in guter alter barer Münze beharrten. Ankauf, Freikauf, Schmiergeld? Es war nicht zu sagen.

Ich tauschte meinen Gürtel gegen den Neuen, zog ihn stramm und ließ das T-Shirt drüberhängen. Rief meinen Hund und klappte die Treppe hoch.

Es gibt eine simple Faustregel für das Fahren in Dünengebirgen, und die lautet: Es geht immer leichter hinein als hinaus. Ein Grund dafür ist der, dass es überall gleich aussieht, was die Orientierung nicht unbedingt vereinfacht. Der andere liegt wahrschein-

lich in mangelnder Geduld. Rein sieht man sich noch verzückt um, betört von so viel harmonischer Eleganz der Farben, Schwünge, Neigungen, raus will man dann aber meist nur noch das eine, nämlich: raus.
Ich steuerte den Truck im leise jaulenden Rückwärtsgang in eine südliche Richtung, drückte ihn zum Wenden mit viel Gas den ersten halbwegs flachen Hang hinauf und spürte augenblicklich die Hinterräder im Sand versacken. Ja, Scheiße. Fluchend kurbelte ich das Lenkrad in die andere, die gewünschte Richtung, vergewisserte mich, dass alle Sperren drin waren, wählte den kleinsten Gang und kuppelte sanfter ein als Kim Jong-Uns Chauffeur an einem nasskalten Montagmorgen. Alle vier Räder mahlten vor sich hin, die vorderen fanden ein wenig Grip, begannen erst die Nase, dann das kurvenäußere Hinterrad herumzuziehen, zuletzt auch das andere. Unter leichtem Rütteln kämpfte der Truck sich frei und wenig später walzten und schaukelten wir wieder über die Dünensee nach Osten. Ich hätte einen nordöstlichen Kurs einschlagen können und wäre irgendwann auf die Piste zwischen Timiaouine und Tamanrasset gestoßen, aber es gab keinen wirklichen Bedarf dafür. Ja, ich vermied die Pisten, wo ich nur konnte. Sie verbinden – logisch – Orte von menschlichem Interesse miteinander, Oasen, Militärbasen, Bergwerke, Brunnen, doch solange ich keinen Sprit, kein Wasser oder sonstige Vorräte brauchte, waren all diese Kontakte für mich eher unwichtig.
Die meisten halten, manche klammern sich an die Pisten, auch im Vertrauen darauf, dass schon jemand vorbeikommen und ihnen weiterhelfen wird, sollten sie liegenbleiben. Doch diese Wege sind erstens unbefestigt und zweitens selten markiert, wenn, dann bestenfalls durch aufgetürmte Steinhaufen, wovon viele

umgefahren und nur wenige wieder aufgeschichtet werden, also wachsen die Strecken immer weiter in die Breite, jeder sucht sich seine Bahn, seine Linie, und irgendwo an den Rändern fasert das Ganze auf und wenn die Sicht schlecht ist oder die Konzentration nachlässt oder man einfach mal eine Zeitlang weg will von der durch die Reifen in den Boden gehämmerten Wellblechstruktur, passiert es oft, dass gerade Touristen sich verfahren, verlieren, irgendwo stranden. Obendrein sind die vielbefahrenen Routen meist scheußlich und vermüllt, da suche ich mir doch lieber meine eigenen Wege.
Wir fuhren mit Unterbrechungen den ganzen Tag, gerieten irgendwann auf festeres, wenn auch nach wie vor zerfurchtes, schwer berechenbares Gelände, was viel Aufmerksamkeit, Lenkergekurbel und konstante Gangwechsel erforderte. Ich genoss es. Für Tage wie diesen war ich hergekommen, für ungebundenes, selbstbestimmtes Fahren weitab aller Straßen. Wir begegneten niemandem, weder nah noch fern. Der Halbmond stand schon hoch am Himmel, als wir endgültig stoppten und den Abend mit schlichtem Futter, einem längeren Spaziergang und schließlich der wonnigen Mischung aus gepafftem Opium und geschlürftem Pfefferminztee ausklingen ließen.

Ich mag Tamanrasset nicht wirklich. ›Oase‹ hat immer so einen verträumten Beiklang, genau wie ›Karawanserei‹, und obwohl Tamanrasset beides ist, fehlt ihr alles Verträumte. Als Provinzhauptstadt Südalgeriens liegt sie am Fuß des Hoggar-Gebirges, beherbergt den größten Militärstützpunkt der Region und die wichtigste Zollstation, bildet ein Zentrum des Wüstentourismus und fungiert gleichzeitig als eine Art große Raststätte für den Nord-Süd-Transitverkehr.

Und so fühlt sich der Ort auch an. Geschäftig und unpersönlich. Doch zur Verproviantierung ist er ideal, und, um Mombassa zu sehen, unumgänglich.
Wir rollten die Hauptstraße hinunter, überholten eine Kamelkarawane der Neuzeit – in jedem Sattel ein Tourist, vermutlich unterwegs zur größten Attraktion der Gegend, einer Höhle in den Bergen, in der mal ein französischer Mönch gehaust hat –, durchquerten Vororte im französischen Nouvelle-Tristesse-Stil, schließlich die Randgebiete mit ihren immer irgendwie heruntergekommen wirkenden Kleinindustriebetrieben und bogen dann ab ins nördliche Flachland, wo am Ende einer holperigen Asphaltstraße das etwas schmucklose, dafür preiswerte Hôtel du Highway liegt. Ein fünfgeschossiger Kasten, samt der inzwischen mehr oder weniger blinden Aluminiumfenster aus den pragmatischen Siebzigern des vergangenen Jahrhunderts und seither mit einem absoluten Minimum an Instandhaltungskosten betrieben. Sehr beliebt bei Backpackern und Gestrandeten jeglicher Couleur. Der Bau war umgeben von nichts als platter, konturloser Wüste der langweiligsten Sorte, doch das wurde ein wenig wettgemacht durch den Blick auf die schroffen, wilden Berge des Hoggar in seinem Rücken, die Gipfel heute verborgen in einer grauen, unbeweglichen Wolkenschicht.
Ich umrundete das Hotel und stellte den Truck außerhalb des Geländes ab.
Mombassa saß in seiner Stammeshäuptling-Aufmachung – weißes, rundes Käppi, weißer, langer Kaftan, schwärzeste aller schwarzen Sonnenbrillen und dicke, goldene Armbanduhr – im Schatten des Gebäudes auf einer einsamen Plastikgartenbank bei Tee und Gebäck. Er ist gebürtiger Kongolese von sehr dunkler Hautfarbe und mit einer, wie man es früher nannte, stattlichen Figur. Es war noch keine neun am Morgen,

und obwohl das Hotel an die hundert Zimmer hat, befand sich niemand sonst hier draußen.
»Du lebst«, stellte er fest und wog den Kopf hin und her, als ob dieser Umstand etwas durch und durch Verwunderliches hätte.
Dann lud er mich mit einem Nicken und einer Geste ein, die Bank mit ihm zu teilen, der Teller mit Gebäck zwischen uns. Ein Kellner erschien, zwei Gläser Tee auf einem Tablett balancierend, die er links und rechts von uns auf der Bank abstellte, notgedrungen, denn einen Tisch gab's nicht. Mombassa nickte ihm huldvoll zu, der Kellner nahm das leere Teeglas an sich, platzierte es auf dem Tablett, drehte sich um und erstarrte. Bella stand vor ihm und schnüffelte interessiert seine Hosenbeine ab. Bellas Name ist, ich muss es hier mal zugeben, etwas irreführend. Okay, sie besitzt eine ihr eigene innere Schönheit, eine Schönheit des Wesens, die, leider, in ihrer äußeren Hülle nicht so recht zum Tragen kommt, nicht auf den ersten Blick zumindest. Ein Teil davon ist sicher meine Schuld, ich bin beim besten Willen nicht zum Hundefrisör geboren. Doch Nordafrika ist warm, Bellas Pelz dicht, deshalb muss ich da regelmäßig mit der Schere bei. Das Ergebnis fällt, fürchte ich, schon mal etwas, na ja, räudig aus. Für den Rest, also den bulligen Körperbau, den Hang zur Speichelfadenbildung an den Lefzen und schwer geratene Unterlider, die ihren Augen etwas allzu Blutunterlaufenes geben, kann ich nichts.
Der Kellner schluckte, räusperte sich, fing sich, machte ein, zwei, drei unauffällig ausweichende Schritte und enteilte. Bella schloss sich ihm mit freundlicher Selbstverständlichkeit an. Seite an Seite verschwanden beide im Gebäude. Ich erwartete so halb und halb spitze Schreie, klirrendes Geschirr und lautstarken Tumult, doch alles blieb ruhig. Zwei Mi-

nuten später kam Bella wieder raus, einen in eine Papierserviette eingeschlagenen menschlichen Oberschenkelknochen (Scherz) im Maul, gefolgt von dem Kellner mit einem Napf voll Wasser in der Hand, den er vor unsere Füße stellte. Ich dankte ihm, und er meinte im Ton freundlicher Herablassung, Monsieur Mombassas Freunde wären immer auch Freunde des Hauses. Noch Tee?

Bella legte den Knochen ab, wickelte ihn mit der Nase aus dem Papier, nahm ihn wieder auf, trug ihn fünf Meter weiter – warum auch immer, hier auf dem staubigen Gelände sah es überall gleich aus –, bevor sie sich seufzend auf den Bauch legte und den Knochen mit einem einzigen krachenden Biss halbierte.

»Woher will er wissen, dass wir Freunde sind?«, fragte ich Mombassa.

»Ich habe nur Freunde«, antwortete er mit der Gelassenheit desjenigen, der alle seine Feinde sichere sechs Fuß unter der Erde weiß.

Das brachte mich, auf einem kleinen gedanklichen Umweg, zu einer weiteren Frage. »Kennst du so einen älteren Typen mit Gabelbart, der die Gegend in Begleitung von zwei Halbwüchsigen unsicher macht, beide auffallend mager?«

Mombassa nickte wissend. »Der Afghane füttert sie nicht richtig«, sagte er. »Er mag sie mager.«

Wir schlürften ein bisschen Tee und ließen unsere Blicke schweifen – viel zu sehen gab's nicht, im Vordergrund ein großer, häufig benutzt aussehender Grill, im Hintergrund ein überquellender Müllcontainer, noch ein Stück dahinter mein in der Sonne parkendes Gefährt – und lauschten dem lieblichen Geräusch berstenden Gebeins.

»Früherer Söldnerführer«, erläuterte Mombassa. »Eigentlich ein guter Mann, gut ausgebildet, nervenstark, mit natürlicher Autorität und jeder Menge Erfahrung, doch gleichzeitig ein Klugscheißer, so einer, der seine Auftraggeber ständig spüren lässt, was für Idioten sie in seinen Augen sind. Heute ist er Freelancer, kommandiert eine nomadisierende Räuberbande. Wo bist du ihm begegnet?«

Ich schilderte kurz die Umstände unseres Zusammentreffens und meine nicht ganz freiwilligen Bemühungen als Laienmediziner.

Mombassa nickte nachdenklich. »Ja, das passt ins Bild«, fand er. »Der Afghane ist nicht so blöd und raubt Touristen aus. Er und seine Leute haben sich auf eine Kundschaft spezialisiert, die sich nicht beschweren kann. Illegale, Migranten, und Kriminelle. Der Vorteil ist, die Behörden wissen offiziell von nichts und lassen ihn in Ruhe, der Nachteil, gerade die Kriminellen haben meist was dagegen, ausgeraubt zu werden.«

Wir knabberten jeder einen Keks. Neuer Tee kam.

»Solltest du ihm jemals wieder begegnen«, meinte er dann, »geh ihm aus dem Weg. Selbst wenn du ihm geholfen hast, ist und bleibt der Afghane unberechenbar, und du weißt ja, man hasst niemanden so sehr wie einen, dem man etwas schuldig ist.«

Allmählich wurde es etwas belebter um uns herum. Männer kamen raus, Kaffeebecher in der einen, Smartphones und Zigaretten in der andern Hand. Es war, alles in allem, ein bunter Haufen. Osteuropäer in ihren geliebten Jogginganzügen, Westeuropäer in Freizeitklamotten, Schwarzafrikaner zumeist in Shorts, T-Shirts, Badelatschen, Nordafrikaner in Textilsammelcontainer-Chic. Von Anfang zwanzig bis Ende fünfzig war alles vertreten. Sie rauchten, tranken Kaffee, telefonierten oder stierten auf Bildschirme. Manche lehnten sich gegen die Hotelfassade, andere schlurften auf und ab, manche schnickten ihre Zigarettenstummel in die Gegend und gingen wieder rein,

Neue kamen raus. Es erinnerte mich ein bisschen an Hofgang im Gefängnis. Männer mit Zeit an der Hand, Männer ohne rechte Beschäftigung, Männer im Wartestand. Einer versuchte Bella den Kopf zu tätscheln, überlegte es sich aber hastig anders, als die ein Knurren von sich gab, das den Boden zittern ließ wie ein vorbeirollender Güterzug. Normalerweise der denkbar freundlichste Hund, wird Bella zu einer kaum gezähmten Bestie, solange sie einen Knochen in Arbeit hat.

Alle grüßten wortlos in unsere beziehungsweise Mombassas Richtung, hielten aber einen gewissen, nirgendwo festgeschriebenen und trotzdem durchweg respektierten Abstand, wieder wie im Knast. Den ganz Harten, den Anführern kommst du nur nahe, wenn sie dich dazu auffordern.

Mombassa ist nicht unbedingt auskunftsfreudig, was seine Tätigkeit in Tamanrasset angeht, doch was ich davon mitbekomme lässt vermuten, dass er einen Jobvermittlungs- und Trainingsservice innerhalb des Berufsbildes ›Söldner‹ betreibt.

War Brüssel früher die bedeutendste Drehscheibe des Mietsoldatentums, hat sich das in letzter Zeit gewandelt, auch weil immer mehr Söldner auf den Markt drängen, die keinen EU-Pass vorweisen können. Einerseits fluktuiert die Arbeitsvermittlung übers Netz, andererseits gibt es aber weiterhin die altbewährte Methode der Musterung, und dafür braucht es Zentren, bevorzugt in der Nähe eines Flughafens. Tamanrasset ist so eines, nicht zuletzt dank des Standortvorteils, praktisch den Mittelpunkt einer die gesamte Sahara umspannenden Vielzahl von Krisenherden zu bilden.

Und das abgelegene Hôtel du Highway hat sich an die Bedürfnisse dieser speziellen Klientel angepasst und ist so zum vielfrequentierten Anlaufpunkt geworden.

»Bist du wegen des Afghanen hier?«

Ich erwähnte die Briten. Ich erzählte ihm von dem Holländer.

Er wog den Kopf hin und her. »Und du glaubst, dass da ein Zusammenhang besteht?«

»Keine Ahnung. Darauf wollte ich auch gar nicht hinaus«, sagte ich. »Weshalb ich hier bin ist, ich brauche einen Crashkurs. Waffenkunde, vor allem Handhabung.«

»Aha. Sind meine warnenden Worte endlich bei dir angekommen?«

»Auch. Und einer der Halbwüchsigen des Afghanen hat auf meinen Hund geschossen.«

Mombassa blickte hinab auf Bella und nackte Empörung trieb ihm glühendes Rot in die Wangen. Nein, Scherz. Mombassa ist Söldner, so wie andere Männer Köche sind, oder Berufsschullehrer. Es mag öfter mal Momente geben, in denen sie die Sinnhaftigkeit ihrer Berufswahl hinterfragen, doch im Endeffekt bleiben sie dabei, schulen nicht auf Krankenpfleger um und werden auch keine Paketboten, zumindest solange es sich vermeiden lässt. Was ich sagen will ist: Jemand, der auf einen Hund schießt, bringt ihn nicht unbedingt aus der Fassung.

»Weiß der Typ, wie nachtragend du bist?«

»Noch nicht.«

»Okay«, sagte er und stand auf. »Ich gehe mich dann mal umziehen.«

Ich schickte Bella in den Wagen, schloss die Tür und klappte die Treppe hoch, drehte mich um, und Mombassa wartete schon, von Kopf bis Fuß in Khaki.

»Ich kann und kann mich nicht dran gewöhnen«, gestand er und nahm auf dem Beifahrersitz Platz, drehte den Kopf für einen Blick nach hinten, durch den Durchgang. »Du«, sagte er und schüttelte sachte den Kopf, »in einem *Wohnmobil.*«

Eijeijei. Irgendwie konnte ich es selbst noch nicht so recht glauben. ›In den Graben drängen, aus der Karre zerren und an Ort und Stelle niederschießen‹ ist, was ich mein Leben lang über Wohnmobile und ihre unheilbar bräsigen Fahrer gesagt habe. Und jetzt das. Doch ich habe den L312 gesehen und musste ihn haben. Jetzt, wo ich ihn besaß, plagte mich das zwanghafte Bedürfnis, mich für den Umstand zu entschuldigen.

»Es ist nur wegen des Hundes«, erklärte ich, als ob das irgendetwas erklärte.

Mombassa nickte geduldig, wenn auch augenscheinlich alles andere als überzeugt. »In einem Wohnmobil mit *Hippie*-Dekor«, fügte er in unverändert staunendem Tonfall fort.

Hnmjaa ... Es stimmt schon, dass ich die THC-Beseelten mit ihren Filzlocken und Häkelmützen zeit meines Lebens für keinen Deut weniger bräsig gehalten habe als die unerträglich lahmarschigen Wohnmobilisten und das auch bei jeder Gelegenheit kundgetan habe. So was holt einen dann irgendwann ein, und egal wann, es gibt dafür nie einen passenden Moment.

»Schön, oder?«, meinte ich übertrieben munter in der Hoffnung, dem Gespräch eine neue, ins Ästhetische gehende Richtung geben zu können. »John Lennon hatte einen Rolls, der ganz ähnlich lackiert war.«

Der L312 stand auf dem Vorplatz einer Nissan-Niederlassung in Marrakesch. Ein 59er Mercedes-Allrad-Lkw mit Schnauze und Kofferaufbau, der seine ersten Jahre bei der belgischen Armee als Werkstattwagen gedient hatte und nach der Ausmusterung Ende der Sechziger ein florales Dekor der Fahrerkabine und eine Pinienbrettverkleidung des Aufbaus erhalten hatte. Ich war von Bottrop nach Nordafrika aufgebrochen in einem gerade mal drei Jahre alten Navara, der irgendeinen elektronischen Furz quersit-

zen hatte. Es passierte immer wieder, dass er ansprang, nur um sofort wieder auszugehen, ganz egal, was man mit dem Gaspedal anstellte.
›Fehlerhafte Datenübermittlung vom Ansaugluftmengenmesser‹, las man mir in der Werkstatt von einem Laptop vor, auf Französisch mit einer viertelstündigen Umschreibung des mir in egal welcher Sprache noch nie zuvor begegneten Worts. Ansaug- was?
Na und?, dachte ich. Für jemanden, der mit kreischenden Kolbenfressern und von blauem Rauch und lodernden Flammen begleiteten Motorplatzern groß geworden ist, hörte sich das jetzt nicht so dramatisch an. Was ist das Schlimmste, wollte ich wissen, das passieren kann?
Sobald und solange der Luftmengenmesser falsche Werte liefert, erfuhr ich, schaltet die Elektronik den Motor ab.
Ja, und? Kann man das Scheißding nicht irgendwie umgehen? Abkneifen?
Nein, das ist fest einprogrammiert.
Wieso, verflucht noch mal?
Wegen der Emissionen.
Ah.
Der L 312 wird angetrieben von einem Saugdiesel ohne auch nur ein einziges elektronisches Bauteil und ist elektrifiziert mit einem Kabelbaum, so schlicht, so simpel, dass man damit heutzutage nicht mal mehr einen Tretroller verdrahten könnte. Er blickte mich mit seinen freistehenden Rundscheinwerfern über den Parkplatz hinweg an wie ein Zooelefant, halb resigniert, halb sehnsüchtig.
Dann tauschen wir das verfluchte Teil eben, entschied ich und war doch, wie soll ich sagen, nicht mehr mit dem Herzen dabei. In die Wüste mit einer Karre, die halsstarrig den Dienst verweigerte wegen einer solchen Lappalie?

Ein Austauschgerät müsste man aus Japan kommen lassen, hieß es.
Was soll denn der Truck da drüben kosten?, fragte ich, obwohl es mir eigentlich wurscht war. Und dann war er auch noch günstig. Der letzte Besitzer, ein älterer Anwalt aus Paris mit einer Schwäche für jüngere Frauen, hatte sich von seiner neuesten Eroberung zur Anschaffung überreden lassen mit der Aussicht auf wildromantische Nächte unterm Sternenzelt, war dann aber schon nach nur ein paar dieser Nächte nach Marrakesch zurückgekehrt und wollte das Mobil anschließend ohne Angabe von Gründen nur noch loswerden. Ich gab den Nissan in Zahlung, fuhr den Truck noch am selben Tag vom Hof und habe es bisher keine Sekunde bereut. Alles an diesem Fahrzeug ist lokalisierbar, demontierbar, zerlegbar, reparierbar, wiedermontierbar. Ein bisschen Werkzeug, ein bisschen Geduld, ein bisschen Ingenuität, und weiter geht's. Der Tag, an dem die Elektrik zur Elektronik hochgejubelt und die Technik zur Technologie aufgeblasen wurde, war der Tag, an dem die Menschheit es drangegeben hat, begreifen zu wollen, wie irgendetwas funktioniert. Ansaugluftmengenmesser, mein Arsch.
»John Lennon?«, sinnierte Mombassa. »War das nicht einer von den Rolling Stones?« Er lässt nichts unversucht, mich spüren zu lassen, dass er um einiges jünger ist als ich. Mehr up to date, nicht so oldschool. Mehr Taylor Swift als, sagen wir, Patti Smith. Oder, ach du je, Janis Joplin.
»Genau«, bestätigte ich und startete den Motor, »der hat bei denen jahrelang das Tamburin geblasen.« Im Gegenzug behandle ich ihn gern wie einen dicken Schwachkopf.
Mombassa lotste mich zum Trainingscamp, ein wüstentypisch großzügiges, eingezäuntes Gelände, auf dem ein paar Wohn- und Überseecontainer auf Palet-

tenstapeln ruhten, dahinter ein simpler Sportplatz, der Rest eine mit Bulldozern angelegte, von Fahrwegen durchzogene Graben- und Hügellandschaft, auf der man wohl alle möglichen Arten von kriegerischen Situationen simulieren konnte.
Wir passierten einen bewaffneten Wachtposten und stoppten zwischen ein paar Mietwagen und recht mitgenommen aussehenden Übungsfahrzeugen im Schatten zweier aufeinandergestapelter Container. Männer in Sportklamotten und Männer in Kampfanzügen grüßten im Vorbeigehen, alle mit irgendetwas beschäftigt.
»Hast du schon eine Waffe?«, wollte Mombassa wissen.
Ich holte den Trommelrevolver aus dem Fach unterm Fußboden und zeigte ihn ihm. Mombassa schloss kurz die Augen und seufzte tief.
»Sehr gut«, fand er. »Sehr gut, um Selbstmord zu begehen. Und das wirst du damit, so oder so. Wenn man mit so einem kurzen Lauf wirklich sichergehen will, feuert man ihn am besten nur mit aufgesetzter Mündung ab. Bei jeder über einen Meter hinausgehenden Distanz hast du größere Erfolgsaussichten, wenn du deinem Gegner das Ding an den Kopf schmeißt.«
Ich zeigte ihm die AK. Er nahm sie, drehte sie in seiner Hand hin und her, hatte sie plötzlich in zwei Teilen, spähte hier hinein und da hindurch, setzte sie wieder zusammen, gab sie mir zurück und sagte: »Schon besser.«
Wir holten ein paar Schachteln Munition und ein weiteres Magazin aus einem der Container, ließen Bella bei offenen Fenstern im Truck zurück und fuhren in einem zerbeulten Toyota-Jeep zum östlichen Ende des Geländes, bis zu einem vor eine Felswand geschobenen Sandhaufen, davor ein mannshohes, sägebockähnliches Holzkonstrukt, von dem die kopflose Pappscha-

blone eines Soldaten in Kampfmontur hing. Mombassa ging hin und platzierte an die Stelle des Kopfes oben auf dem Querriegel ein Halbliter-Tetra-Pak passierte Tomaten. Für eine gewisse Realitätsnähe, wie er es ausdrückte. Vorausgesetzt man trifft es, fügte er mit leiser Skepsis hinzu.

Was das Abfeuern von Projektilen auf vorher festgelegte Ziele angeht ist mein Leben von jeher, oder vielleicht sollte ich sagen von frühen Schießbudentagen an, mit einem Fluch belegt, der sich in ein einziges Wort fassen lässt: *Daneben*. Und es wird nicht besser, wenn ein Dutzend Professioneller hinter mir aus einem Transporter steigt, um mir bei meinen Bemühungen über die Schulter zu blicken.

Ich lag bäuchlings, linker Arm aufgestützt, hölzerne Griffschale des Laufs in die linke Hand geschmiegt, rechter Arm dicht am Körper, Hand um den Griff, Wange am Kolben, Kolben in der Schulter, Zeigefinger am Abzug, lauschte konzentriert allem, was Mombassa mir über Windrichtung, Erdanziehung und Drall erklärte, während ich Kimme und Korn optisch miteinander verschmolz und auf das rote Rechteck des Tetra Paks ausrichtete, atmete ein, atmete aus, drückte – erstaunlich leicht, ja tatsächlich so leicht, dass man sich nicht länger über die ständigen Zuwachsraten wundert, deren sich die USA immer wieder aufs Neue erfreuen, also, ich meine an Erschossenen –, ich drückte ab, es knallte scharf, abgehackt, die Waffe boxte in meine Schulter, ruckte in meiner Hand, spie eine Hülse und ein Wölkchen von sich, und Sand stob auf, wo die Kugel einschlug. Von irgendwo hoch über meinen Füßen kam ein kurzes, keckerndes Lachen.

»Daneben«, stellte Mombassa fest, was mir *keineswegs* entgangen war. Die Kugel hatte sich ein Stück weit links oberhalb des Tetra Paks in den Hang ge-

bohrt. Doch man lebt und lernt. Also visierte ich im nächsten Versuch eine Stelle an, die eine entsprechende Distanz rechts unterhalb des Ziels lag, zielte somit ganz bewusst daneben. Atmete ein, atmete aus, drückte ab. Sand stob auf. Wieder dieses entnervende Lachen mit, wie es sich anhörte, ansteckender Wirkung.
»Daneben«, sagte Mombassa, und ich spürte meine Zähne knirschen.
Aus einem mir unerklärlichen Grund hatte ich exakt die Stelle getroffen, auf die ich auch gezielt hatte. Folgerichtig nahm ich das Tetra Pak jetzt noch mal ganz genau ins Visier, peilte auf seine Mitte. Atmete aus, drückte ab. Holzsplitter stoben vom Querbalken in alle Richtungen.
»Daneben«, sagte Mombassa, dazu kam das schon bekannte Lachen, und ich spürte keine üble Lust, die Waffe herumzureißen und …
Stattdessen schob ich, ruhig und pragmatisch, mit dem rechten Daumen einen kleinen, stählernen Hebel durch eine Vierteldrehung in die nächste metallisch einklickende Position. Zielte, drückte ab. Hülsen flogen ratternd durch die Gegend, und Sand stob in rascher Abfolge und einem recht eleganten Halbkreisbogen rings um das anvisierte Ziel.
»Daneben«, sagte Mombassa, zu seinem Glück, nachdem das Magazin leer geschossen war. Er beugte sich zu mir runter, nahm mir die Waffe ab und wechselte routiniert das Magazin.
»Blind. Blind in Verleugnung«, stellte der Inhaber des Lachens mit hoher, kratziger Stimme fest, und ich fuhr herum.
»Vielleicht willst du es ja mal versuchen?«, blaffte ich, zur sichtlichen Freude der Umstehenden. Direkt hinter meinen Füßen stand ein kahlgeschorener Ostnik in Trainingsklamotten und von kurzbeiniger, gedrunge-

ner Ringerstatur, bis ich meinen Blick höher wandern ließ. Auf seinen Schultern hockte ein dunkelhäutiger Zwerg mit Flusenbart und einer enormen, jamaikafarbenen Beanie auf dem Kopf. Seine gesamte linke Körperhälfte war unterentwickelt, verkümmert, inklusive des Gesichts, wodurch sein intaktes rechtes Auge riesig wirkte.

»Lass mich runter, Boris«, sagte er mit Entschlossenheit. Ich stand auf, kam mir irgendwie blöd vor. Boris setzte den Zwerg ab, der ließ sich auf den Bauch fallen, rückte mit der Rechten seinen linken Arm zurecht, Mombassa gab ihm die AK, der Zwerg legte sie in die offene Linke, klemmte den Kolben unter den rechten Arm, stützte ihn gegen das angezogene Knie ab, kniff ein Auge zu, ein scharfer Knall, und das Tetra Pak explodierte in außerordentlich bildhaftem Rot.

»Gesehen?«, fragte er und sah zu mir hoch. Alle Umstehenden feixten, okay, bis auf Mombassa, aber die anderen grinsten breit, und ich bereute es intensiv, nicht meinem Impuls gefolgt zu sein und sie schon beim ersten Ausbruch von Heiterkeit alle umgemäht zu haben.

Mombassa nahm die Waffe wieder an sich, Boris hob den Zwerg zurück auf seine Schultern und das Grüppchen entfernte sich dankenswerterweise.

»Kristof«, sagte Mombassa ruhig, »es hat seine Gründe, warum bei der Armee manche zu Scharfschützen ausgebildet werden und andere zu, sagen wir mal, Panzerfahrern.« Sein Tonfall blieb dabei vollkommen neutral, und trotzdem schwang irgendwie unmissverständlich mit, dass er mich eher mit dem Rangieren von schwerem Gerät betrauen würde als mit der Handhabung filigraner Präzisionswaffen.

»Ziel auf den Bauch, Kristof«, sagte er und reichte mir die Waffe. »Wenn du jemanden treffen musst, ziel auf den Körper. Es ist deine einzige Chance. Doch vorher«, fügte er geduldig hinzu, »üben wir noch ein bisschen.«

Zurück am Hotel wurden wir Zeugen eines Massenexodus wie am Hinterausgang eines Clubs während einer forcierten Drogenrazzia. Die Kopfbehaarung gesträhnt oder regenbogenbunt, gefilzt oder gezopft, wenn nicht Barbershop-gestylt, die Ohren verstöpselt und mit Smartphones verbunden, Klamotten im fantasievollen, halsketten- und armbandklimpernden Neo-Hippie-Look, getoppt mit wild fluoreszierenden Sonnenbrillen, runenhaft tätowiert und von Coachella bis Parookaville überall zu Hause, wo die Beats und Bässe wummern, ein einziges farbenfroh schillerndes Partyvölkchen, wenn auch samt und sonders in schönster Offensichtlichkeit geplagt von einer übernächtigten, verkaterten Scheißlaune, zerrten sie ihre Rollkoffer hinter sich her zum Airport-Shuttlebus.
Die Söldner beobachteten das Defilee ausdruckslos.
»Ein paar der Jungs haben gefragt, ob du bleibst, heute Abend«, sagte Mombassa. »Wir wollen grillen, und Bier haben wir auch.«
Ich zögerte. Nette Geste. Bisschen überraschend. Söldner sind für gewöhnlich nicht das, was man gesellig nennt. Nur eine von gleich mehreren Gemeinsamkeiten, die wir haben. Ich war eine Zeitlang, bin es strenggenommen noch, Teil einer Bikergang, habe mehr oder weniger mein ganzes Leben lang mit Hardcore-Typen zu tun gehabt und sollte eigentlich Übereinstimmungen finden können, doch es gibt keine. Nicht wirklich. Biker sind Herdentiere, eingeschworen auf Nähe und Zusammenhalt. Söldner sind das krasse Gegenteil. Zumeist Einzelgänger, bei denen man oft das Gefühl bekommt, sie hätten mit dem Leben abgeschlossen, mit seltsam toten, kalt taxierenden Blicken. Biker sind

sesshaft, territorial, Söldner ständig auf dem Sprung. Biker brauchen zahlenmäßige Stärke, um die Konkurrenz auf Abstand zu halten, und tolerieren dafür bis zu einem gewissen Grad auch Poser, Angeber, Schwätzer. Ein Söldner akzeptiert dich nur, wenn er weiß, aus erster Hand, wie du dich in Extremsituationen hältst. Biker wie Söldner neigen allerdings dazu, mit mir auf bloßen Augenschein hin den Schulterschluss zu üben. Das hat man davon, wenn man eine abgebrochene Bierflasche ins Gesicht geschlagen kriegt und die anschließenden chirurgischen Reparaturen einem Pathologen überlässt. Woher ich den Tausend-Meilen-Blick in meinen – nun – verschiedenfarbigen Iriden habe ist wieder eine andere Geschichte. Männer aus einem gewaltnahen Umfeld erkennen in mir jemanden, der Action gesehen und überlebt hat. Hinzu kommt, dass ich, wenn ich will, das ganze Gehabe beherrsche, die Haltung. Ich kann gut wortkarg, ich kann gut trocken, sarkastisch, ich kann sehr gut latent. Doch speziell im Umgang mit Söldnern ist da noch etwas anderes. Etwas, das tiefer geht als der Augenschein, tiefer als Narben, Auftreten, Haltung. Es gibt eine Sache, die ich mit den meisten teile und die mich prägen und verfolgen wird bis ans Ende, und das ist der Umstand, getötet zu haben. Eigenhändig und mehr als nur einmal. Wenn man es hat, spürt man es in anderen. Es ist nichts, das uns verbindet, es ist nichts, das uns trennt, es ist einfach etwas, das wir gemein haben, wie ein bestimmtes Manko, eine bestimmte Sucht, eine bestimmte Herkunft. Es stellte mich auf eine Stufe, machte mich zu einem der Ihren, ob ich es wollte oder nicht.
Deshalb lehnte ich die Einladung höflich ab, bedankte mich, ließ Mombassa aussteigen und fuhr weiter, einkaufen, volltanken und dann ohne rechtes Ziel irgendwohin in die Einsamkeit. Man will ja nicht dauernd dran erinnert werden.

Am südlichen Stadtrand gibt es einen großen Hypermarché einer französischen Kette mit angeschlossener Tankstelle. Ich füllte den Wassertank, beide Treibstofftanks und alle leeren Spritkanister. Parkte den Truck, nahm einen Einkaufswagen, schob ihn in den Markt und durch die Regalreihen, packte ohne rechten Plan Vorräte für die nächsten ein, zwei Wochen rein, das meiste davon Trinkwasser. Im hinteren Teil haben sie einen kleinen Fotoshop, wo ich eine Anzahl mehr oder weniger schauerlicher Bilder ausdruckte. Ich dachte daran, sie zusammen mit den notierten Daten in einen Umschlag zu stecken, an Abdel Medelci zu adressieren und mir so einen Besuch beim Zollchef Südalgeriens zu ersparen. Gleichzeitig war mein Visum schon länger als lange abgelaufen und Abdel war der Einzige weit und breit, der daran etwas ändern konnte. Zurück im Truck fiepte mein SatPhone und nahm mir die Entscheidung ab.
»Komm her«, sagte Abdel Medelci, noch bevor ich mich gemeldet hatte.

Abdel erinnert mich immer ein bisschen an Gaddafi. Er trägt das schwarzgelockte Haar zu lang und versteckt seine meist geröteten Augen rund um die Uhr hinter schwarzen Gläsern. Ich weiß nicht, wie er es im strenggläubigsten Teil Algeriens zum Alkoholiker gebracht hat, aber geschafft hat er es, und zwar gründlich. Ich weiß auch nicht, wie sich jemand von so unverhohlener Korrumpierbarkeit auf einem so hohen Posten halten kann, aber dies ist nun mal der Maghreb, in all seiner wildromantischen, rätselhaften Exotik.
Abdel besah sich kurz und missmutig die Fotos und Datenblätter und warf sie dann vor sich auf den Schreibtisch.
»Ist das alles?«, fragte er indigniert. »Ein paar Bilder?«
Abdel spricht, übrigens genau wie Mombassa, ein

schlampiges, aufsässiges Französisch, Zeichen der Rebellion gegen die einstige Besatzersprache, arabisch eingefärbt und stark beeinflusst vom gängigen Ghetto-Rapper-Slang. »Du fährst rum und findest diese Leute, diese reichen Leute, und sonst nichts? Gar nichts? Du machst mir nur Arbeit, aber nie Geschenke.«
Es ist nicht so, dass ich nicht teilen könnte, aber Abdel ist so gierig, und ich schuldete ihm rein gar nichts. Im Gegenteil. Ich ließ ihn gut dastehen, ließ es so wirken, als ob er weder Kosten noch Mühen scheute, um Vermisste aufzuspüren. Gleichzeitig war da die Visumsfrage, also musste ich ihn milder stimmen. Ich beugte mich vor, griff in den kleinen Rucksack zwischen meinen Füßen, zog eine Flasche Wodka heraus und stellte sie auf den Schreibtisch. Ich hatte ihren Hals noch nicht ganz losgelassen, da war die Flasche schon in einer Schublade verschwunden und die Lade zugeboxt. Ab da konnte man Abdels Gedanken um die Pulle kreisen sehen wie Haie um ein Gummiboot voll amerikanischer Touristen.
»Du hast mich herbestellt«, sagte ich. »Worum geht's?«
Abdel schmatzte mit den Lippen, trommelte mit den Fingern auf der Schreibtischplatte, rutschte in seinem Sessel hin und her.
»Zwei Deutsche«, sagte er, halb abwesend. Kramte herum, durchstöberte Papiere, gab auf, lehnte sich zurück. »Ein Paar.« Sein Blick wanderte zu *der* Schublade, wieder weg, wieder hin.
»Celebs«, sagte er, zutiefst mürrisch. »Aus dem Internet.«
Ich wartete.
»Deutsche«, wiederholte er. »Eine Million Follower.« Er schüttelte den Kopf. »Nein«, fand er, »es hat keinen Zweck.«
Mit einem Ruck hatte er die Schublade offen, holte zwei hohe, schmale Gläser heraus, stellte sie auf den

Schreibtisch, griff sich die Flasche, knackte den Verschluss und füllte das erste Glas bis zum oberen Rand, griff nach dem zweiten, doch ich hob die Hand.

»Erzähl mir mehr.«

Er schraubte die Flasche gar nicht erst wieder zu, stellte sie nur ab und kippte sich das Glas auf einen Ruck in den Hals. Schüttelte sich, seufzte. Schielte schon wieder nach der Pulle.

»Hast du irgendwas an Unterlagen?«, fragte ich, um ihn irgendwie in der Spur zu halten.

Abdel suchte wieder auf seinem chaotischen Schreibtisch herum, zog verschiedene Schubladen auf, fand schließlich etwas und reichte es mir rüber. Ein Foto und ein angehefteter Zettel mit ein paar persönlichen Angaben.

Sie waren jung, schlank, sonnengebräunt und ach so fotogen. Und sie hießen auch noch Mikkel und Michelle. Beide hatten Surfersträhnchen und buntschillernde Sonnenbrillen in ihren langen, welligen, kunstvoll natürlich verwuschelten Haaren. Michelle trug obendrein noch ein geflochtenes Stirnband und Mikkel einen dieser Bärte, die jeden Tag eine Viertelstunde getrimmt werden müssen, fünfzehn Minuten vor dem Spiegel, die ihm, da war ich mir sicher, keineswegs wie vertane Zeit vorkamen. Sie strahlten mit den weißesten Zähnen, Wange an Wange, so nah, so glücklich miteinander, wobei sie hinter ihm stand, einen ranken Arm um seinen Hals geschlungen, was – Zufall, ich bin mir sicher – ihre Edeluhr in den Vordergrund rückte, die keinesfalls zu klein geraten und samt Armband ganz in bescheidenem Gold gehalten war. Im Hintergrund türmte sich eine spektakuläre Felsformation, davor wedelnde Palmen und darüber der Himmel so blau.

Ein perfektes Paar, das in perfekter Umgebung bei perfektem Wetter den ganzen nasepopelnden Losern

da draußen sein perfektes Dasein vorlebte. Doch wie's aussah, war jetzt erst mal Schluss mit der Show. Die beiden waren, wie Abdel mir nach einem weiteren Glas erzählte, verschwunden. Seit ein paar Tagen, nicht genau zu sagen, wie viele.
»Wer hat sie als vermisst gemeldet?«, fragte ich und dachte an die Million Follower und was einem nicht alles einfällt, sie bei der Stange zu halten. Drama, Drama.
Abdel machte eine vage, desinteressierte Gebärde. »Freunde, Verwandte.«
»Von wo?« *Wir melden sie als vermisst, posten es überall, informieren sämtliche Medien, und in ein paar Tagen – surprise, surprise – tauchen die beiden wieder auf mit einer ganz, ganz wilden Geschichte.* Drama, Drama, Netzpräsenz.
Er breitete die Hände. »Na, von hier.«
»Die Freunde und Verwandten sind extra nach Tam geflogen, um die beiden als vermisst zu melden?« Ungewöhnlich, das. Ein Novum, zumindest für mich. Normalerweise wird schön zu Hause mit den Händen gerungen.
»Nein, nein.« Abdel winkte leicht fahrig ab. »Die waren schon hier.« Damit wollte er wieder nach der Flasche greifen, doch ich war schneller und nahm sie energisch an mich.
»Abdel«, sagte ich und klang so genervt, wie ich war, »erzähl mir alles, und zwar in einem Rutsch. Jetzt.«
Weia, er blickte angepisst drein. Doch dann riss er sich zusammen.
Mikkel und Michelle waren mit ihrem SUV von Tam nach Djado aufgebrochen, einer verlassenen Wüstenstadt, unter anderem, um sie auf ihre Eignung als Veranstaltungsort für ein Festival zu prüfen. Danach waren sie mit fast zweihundert Freunden und Verwandten hier in Tamanrasset verabredet gewesen, wo sie zum

insgesamt dritten Mal zu heiraten gedachten, diesmal auf Tuareg-Art, mit Bauchtanz und Reiterspielen und vollständigen, über Holzkohlenglut rotierenden Tieren, gefolgt von einer Riesenparty unter den Sternen, für die gleich mehrere Star-DJs eingeflogen worden waren. Das alles – Bauchtanz, Reiterspiele etc. – hat dann auch stattgefunden, einschließlich der Party rund um die Uhr, von Freitagnacht bis heute, Sonntagmorgen, nur das Brautpaar ist, anders als erwartet, zu keiner Zeit dazugestoßen. Daher die Vermisstenmeldung.

Ich sagte: »Djado ist im Niger.«

Abdel zuckte die Achseln und winkte mit der Hand, wollte die Flasche zurück. Ich gab sie ihm.

»Ich hab kein Visum für Niger, und das für Algerien ist auch abgelaufen.«

»Nicht mein Problem«, meinte er herablassend und goss sich ein. Er war bockig, jetzt. Ich hätte ihm die Flasche nicht wegnehmen dürfen. Doch Abdel neigt nun mal dazu, sich in der denkbar kürzesten Zeit möglichst komplett von den Beinen zu reißen.

»Ich bräuchte irgendeine Legitimation. Du weißt, wie nervös das Militär ist.«

Die Grenze dicht halten, um Migration zu unterbinden und Tamanrasset vor Terrorangriffen zu schützen, lautete der Auftrag. Ein illegitim durch die Gegend fahrender Deutscher wird da schnell der Förderung des einen oder des anderen verdächtigt. Und ich kann nur eins sagen: Man will hier nichts mit der Polizei zu tun haben, gar nichts mit dem lokalen Zoll, Abdel Medelci inklusive, aber auf gar keinen Fall auch nur das Geringste mit dem südalgerischen Militär. Terroristenbekämpfung bedeutet eine Ausweitung der Machtbefugnisse und damit eine Verschärfung der Maßnahmen. Militärs arbeiten ihre Aufträge ab, und wer ihnen im Weg steht wird untergepflügt.

»Das Konsulat von Niger ist nur ein paar Straßen weiter«, informierte mich Abdel. »Frag die. Und komm nicht hierhin zurück, bis du was für mich hast. Ich hab dich schon viel zu lange gewähren lassen.«
Warum stand ich nicht einfach auf und sagte ihm, er könne seine Verschollenen selber suchen und mich kreuzweise? Die Antwort ist, mit Abdel geht eine Menge, hier in der Gegend, gegen ihn überhaupt nichts. Ich würde fahren, denn das ist, was ich tue, und ich würde suchen, denn das ist, was meinem Fahren Sinn und Zielrichtung gibt. Doch dafür wollte ich meine Papiere in Ordnung haben.
Abdel goss sich das nächste Glas ein und ein bisschen Wodka pladderte daneben. Es blieb nicht mehr viel Zeit.
Ein paar Fotos hatte ich zurückgehalten, in dem kleinen Rucksack. Jetzt holte ich sie hervor und legte eins vor Abdel auf die Schreibtischplatte. Er warf einen mürrischen Blick drauf und das Glas stoppte mitten in der Bewegung hoch an seine Lippen.
»G-Klasse«, sagte ich. »Fast neu.«
Er stierte auf das Foto, von da mich an, wieder auf das Foto.
Das nächste Bild zeigte den Innenraum. Ich schnickte es ihm rüber. »Lederausstattung«, sagte ich.
Er setzte das Glas ab, voll.
Das dritte Foto war eine Nahaufnahme von der Wagenflanke. Chrombuchstaben bildeten das Kürzel ›Biturbo V8‹.
Abdel riss sich die Sonnenbrille runter, starrte mich an, kam halb aus seinem Sessel hoch, halb über den Schreibtisch rüber.
»Wo?«, bellte er.
Ich legte meinen Reisepass in seine Reichweite. »Visum?«, fragte ich leise.
Er griff sich den Pass, schlug ihn auf, haute ein, zwei

Stempel auf die erstbeste freie Seite, trug irgendwas mit Kuli ein, schnappte den Pass zu.
»Wo steht das Auto?«, fragte er grollend.
»Um nach den beiden Deutschen zu suchen, bräuchte ich das Einverständnis der Behörden im Niger, plus, für den Fall, dass ich an eine Grenzpatrouille gerate, ein Schriftstück, das mich als, sagen wir, Emissionär des algerischen Zolls ausweist.«
»Emissionär«, echote er und starrte mich aus Augen an, für die es normalerweise eine ordentliche Dosis Pfefferspray braucht. Dann brüllte er einen Namen, ein Uniformierter erschien in der Tür, Abdel instruierte ihn in Schnellfeuerarabisch, und der Uniformierte machte auf der Hacke kehrt.
»Wo steht das Auto?«, fragte er erneut.
»Zwei Tage von hier«, antwortete ich. »Richtung Westen.«
»Wo genau?« Er legte eine schwere Hand auf meinen Reisepass. ›Arrestzelle, Leibesvisitation inklusive sämtlicher Körperöffnungen‹, stand unausgesprochen im Raum.
»Die Koordinaten«, sagte ich langsam, »habe ich hier drin.« Und ich zeigte auf meinen Kopf.
Abdel setzte sich langsam wieder und wir schwiegen uns ein Weilchen an, bis der Uniformierte zurückkam, in der Hand ein offiziell aussehendes Schriftstück im Din-A4-Format, das er Abdel reichte und um ein paar knappe Sätze in dessen Ohr ergänzte.
Abdel überflog den Wisch, unterzeichnete, hielt ihn mir hin und, als ich danach griff, fest. Ich ließ los, bückte mich zu meinem Rucksack und händigte den Zettel mit den Koordinaten der G-Klasse aus. Abdel besah sie sich, blickte zu einer Landkarte an der Wand, zurück auf den Zettel. Dann kippte er sich das Glas Wodka rein, faltete das Schriftstück, klemmte es in meinen Pass und warf mir beides rüber.

»Niger ist informiert«, sagte er. »Du hast eine Woche.« Ich erhob mich, doch er bedeutete mir, noch einen Moment zu warten, kramte auf seinem Tisch herum, suchte eines meiner Fotos heraus und hielt es hoch. Es war ein Bild des erschossenen und halbverbrannten Briten.
»Du«, sagte er und tippte mit dem Finger drauf. »Sollte ich das Auto nicht finden.«
Ich stand auf. »Haben die Freunde und Verwandten sonst noch irgendwas gesagt, das mir weiterhelfen könnte?«
»Frag sie doch selbst.«
»Zu spät. Die sind garantiert schon längst abgeflogen.«
Er grunzte nur und schüttelte den Kopf.
Ich blickte fragend.
»Air Algérie«, sagte er, als ob das alles sagte. Was es vielleicht tat.

Das Abfertigungsgebäude des Aéroport de Tamanrasset ist, glaube ich, ein guter Ort zum Chillen. Zumindest hat es nichts, aber auch gar nichts, um einen davon abzulenken.
Das Gros der Wartenden bestand, wie zu vermuten gewesen war, aus dem Partyvölkchen, das ich beim Auszug aus dem Hôtel du Highway beobachten durfte. Und seine Laune war seither um keinen Deut besser geworden.
Ich zeigte das Foto von Mikkel und Michelle herum und sprach mit denen, die nicht schliefen oder kompletten Unwillen signalisierten, was bei erstaunlich vielen der Fall war. Erstaunlich deshalb, weil es hier ja immerhin um einen Fall von vermissten Personen ging. Doch nein, kein Bock. Einer sagte nur: »Hey, Patek Philippe, krass«, bevor er sich seine Ohrstöpsel wieder reindrückte, und ich brauchte einen Moment, um zu begreifen, dass er von der Armbanduhr auf dem Foto sprach.

Aus den Aussagen derer, die willens und in der Lage waren, in ganzen Sätzen zu sprechen, zeichnete sich folgendes Bild ab: Man hatte mit den Feierlichkeiten begonnen und sie dann durchgezogen, weil alle Beteiligten der Überzeugung waren, das Brautpaar mache es mit seiner vermeintlichen Verspätung spannend, um seinen Auftritt dann umso eindrucksvoller zu gestalten. Vielleicht mit dem Hubschrauber einschweben oder einem Heißluftballon, mit einer Kamelkarawane angeritten kommen oder auf den Rücken von Elefanten, alle erwarteten irgendein spektakuläres Aha-Erlebnis, das dann aber leider ausgeblieben ist.
»Und bis dahin habt ihr einfach weitergefeiert«, bemerkte ich.
Bis zum Schluss, hahaha. Mit wem ich auch sprach, übergroße Betroffenheit zeigte keiner von ihnen.
Immerhin kam ich in den Besitz des letzten Lebenszeichens der beiden. Ein sechs Tage altes Smartphone-Video, aufgenommen von Michelle. Sie sprach mit dramatischer Mimik und in einem atemlosen, geheimnistuerischen Halbflüstern, wie im Bemühen, retardierte Kinder für irgendetwas zu begeistern, womit sie mir quasi nebenbei verriet, auf welchem geistigen Niveau sie ihre Follower verortete. Sie trug einen Turbanschal im Tuareg-Stil, allerdings hoch genug um den Kopf, dass noch Platz für die Sonnenbrille auf der Stirn blieb.
»Das ist jetzt eine supergeile Foto-Op«, verriet sie uns mit aufgerissenen Augen und wechselte von der Selfie-Optik in eine Totale. »Hier in der Wüste wirst du morgens wach und entdeckst so was.« Die supergeile Fotogelegenheit bestand aus einem zum Sieb zerschossenen Toyota Pick-up mit einem angerosteten Monster von einem Maschinengewehr auf der Ladefläche und in einem Dreiviertelkreis umgeben von, wie ein Schwenk zeigte, einem hüfthohen Sandsackwall.

Innerhalb dieses Walls war der Boden bedeckt mit Patronenhülsen. »Seht nur die ganzen Patronen«, hörte man Michelle staunen. »Was hier wohl los gewesen ist?«
Ja, doch, da kam man schon ans Rätseln und Grübeln. Ein weiterer Schwenk zeigte, dass die Sandsackfestung den Gipfel eines runden Hügels bildete, das umgebende Terrain teils windgebürsteter Sand, teils vom selben Wind freigeblasenes Geröll. Unten, am Fuß des Hügels, näherte sich ein mit jedem denkbaren Offroad-Zubehör behangener und bepackter Land Rover Defender. »Mikkel wird jetzt unser Auto bis ganz hier hoch fahren«, begeisterte sich Michelle und füllte wieder den Bildschirm. »Oh, oh«, machte sie dann und blickte höchst alarmiert drein, »ich glaube fast, mein Akku –«
Und das war's.
Berühmte letzte Worte, dachte ich gallig.

Ich kalkulierte den Ort der Aufnahme. Rund drei Tagesreisen von Tamanrasset, wenn sie pünktlich zur eigenen Hochzeit zurück sein wollten, wahrscheinlich auf der Rückfahrt von Djado nach Tam, doch gibt es zwischen beiden Orten keine Straße, noch nicht mal eine Piste, was die Möglichkeiten der Routenwahl schier endlos machte. Und die Suche erheblich verkomplizierte. Ich hatte nicht die geringste Ahnung, wo genau sich die supergeile Foto-Op befinden mochte, doch ich kannte Leute, die mir da möglichweise weiterhelfen konnten.
Auf dem Rückweg vom Flughafen nach Tamanrasset kam mir ein Militär-Lkw mit Bergekran-Aufbau entgegen, in voller Fahrt und begleitet von zwei Zollpatrouillen-Fahrzeugen mit Blaulicht. Auf dem Beifahrersitz des Lkws meinte ich Abdel zu erkennen.

Obwohl gerade mal kurz nach zehn Uhr abends, war Tam wie ausgestorben. Ich musste durchs Zentrum, um zum Hotel zu kommen, und geriet prompt in eine Straßensperre der Polizei. Ein schneidiger Schnauzbart klärte mich barsch darüber auf, dass ich gegen die nächtliche Ausgangssperre verstieß, von deren Existenz ich keine Kenntnis hatte. Ich machte das geltend und gab das Hôtel du Highway als mein Fahrtziel an, und unter Androhung von einer Woche Gefängnis im Wiederholungsfall ließ er mich weiterfahren.
Ich parkte an der gleichen Stelle wie vorher schon, etwas weg vom Hotel, und ließ Bella raus.
Den Grill hatte man näher an den Hinterausgang des Hotels gerückt, wahrscheinlich um sich beim Auftauchen einer Polizeistreife zügig zurückziehen zu können. Weder Mombassa noch sonst wer reagierte erstaunt auf mein Wiederauftauchen, abruptes Kommen und Gehen gehört hier zum Berufsbild.
Mombassa lud mich ein, mich zu bedienen, also löffelte ich etwas Couscous und Salat auf einen Pappteller und knackte ein Bier auf. Mir war nicht nach Fleisch, schon lange nicht mehr, doch Bella war nach Knochen und somit in Nullkommanichts ein glücklicher Hund.
Teller leer, setzte ich mich auf die Bank, winkte Mombassa zu mir und zeigte ihm das Video. Er besah es sich bis zum Schluss, seufzte dann und murmelte »Merde, merde, merde.«
»Hast du eine Ahnung, wo genau das sein könnte?«, fragte ich.
Er schüttelte den Kopf und rief dann drei oder vier Namen.
»Seht euch das an«, meinte er und ich drehte den Klapprechner in ihre Richtung und startete das Video erneut. Die vier steckten die Köpfe zusammen und be-

trachteten das Filmchen konzentriert. Ihre Meinung dazu deckte sich mit der von Mombassa. Dreimal Scheiße, übersetzt.

Ich hatte den Klapptisch draußen und das Stirnlicht auf und die Karte ausgebreitet und betrachtete den kleinen Kringel, auf den sich die vier nordafrikanischen Söldner als Ort des Videodrehs geeinigt hatten. Er befand sich, wie sie sagten, in der Nähe einer Kupfermine, die eine lokale Unabhängigkeitsbewegung für sich reklamiert hatte, bis staatliche Truppen, unterstützt von privat angeheuerten Söldnern, sie für die chinesischen Eigentümer zurückeroberten. Mithilfe des Lineals bekam ich die Koordinaten des Kringels heraus und notierte sie auf einem Zettel. Sah auf die Uhr. Ich wollte los, trotz der Dunkelheit, doch die Aussicht auf eine Woche Knast ließ mich bleiben und mit den Hufen scharren. Ein Auto rollte heran und stoppte. Ich sah auf. Es war nicht die vermutete Polizeistreife. Es war Gigi.
Gigi fährt das einzige Cabrio in Tamanrasset. Die Leute in der Wüste haben einfach lieber ein Blechdach überm Kopf als die Sonne im Genick. Gigi bräuchte die Strahlung eh nicht zu fürchten, er ist so stark und so dunkel pigmentiert, dass er sich als schwarze Silhouette vor die Sterne schiebt und sein Grinsen aufgeht wie ein liegender Halbmond. Doch davon abgesehen bewegt er seinen ältlichen, ächzenden, blassrotmetallicfarbenen Mercedes sowieso erst nach Einbruch der Dunkelheit. Gigi ist ein Mann der Nacht. Wieso die Ausgangssperre für ihn nicht zu gelten schien blieb erst mal sein Geheimnis. Er fuhr ohne Licht, das fiel mir auf, und er kam über offenes Gelände, aus der Richtung, in der die Illegalen ihre Pappkartonsiedlung im Schatten einer Dattelpalmenplantage unterhielten, in beständigem Wartestand

und immerwährender Hoffnung auf eine Möglichkeit, weiter nach Norden zu kommen, zum Mittelmeer. Gigi ist so ein bisschen der *Patron* dieses Lagers, er ist der Checker, Vermittler derjenigen mit Geld und Zuhälter derjenigen ohne. Ich glaube nicht, dass er irgendjemanden dort zur Prostitution zwingt, das sind eher die Umstände, und die nutzt Gigi dann schlicht zu seinem Vorteil. Wie schon bei unserem letzten Zusammentreffen war er wieder in Begleitung der bezaubernden Chouette, und, diesmal, eines Jungen mit laufender Nase und mehrfarbigen Dreads. Alle drei stiegen aus, sicheres Zeichen dafür, dass Gigi ein taubes Ohr für das Wort ›Nein‹ besitzt.

»Bonsoir, mon ami«, begrüßte er mich und der liegende Halbmond strahlte mich an. Gigi läuft stets geschniegelt herum in einem dunklen Anzug und mit blitzeblanken Schuhen, und sein Französisch ist so geleckt wie das eines Nachrichtensprechers von Radio France. »Du kennst Chouette?«, fragte er mit großer, einladender Geste.

Ein kleine Geste hätte auch, wie soll ich sagen, zu kurz gegriffen. Manche Frauen sind mit dem Lineal gezeichnet, die meisten mit dem Kurvenlineal, doch Chouette ist mit dem Zirkel entworfen. Sie zwinkerte mir zu und ließ die vielen Kugeln, aus denen sie zusammengesetzt ist, einen kleinen Shimmy tanzen. Ich knipste mein Stirnlicht aus, woraufhin sie eine beleidigte Unterlippe vorschob, die Pose aber nicht lange durchhielt. Sie ist ein fröhliches Mädchen, immer vergnügt, immer ein bisschen wackelig auf ihren hochhackigen Sandaletten, weil eigentlich immer mehr als nur ein bisschen angesäuselt.

Ich bestätigte Gigi unsere Bekanntschaft und hoffte, damit die Erinnerung daran zu wecken, dass ich Chouettes Dienste schon beim letzten wie beim vorletzten Mal höflich abgelehnt hatte.

»Und das hier ist Petit-Petit«, stellte Gigi geschmeidig den Knaben vor, der, grinsend, kurz Handjob und Blowjob und Beckenstöße mimte und dann, mit wissendem, abschätzigem Blick, abbrach.

»Gigi«, sagte ich, »wie komme ich aus der Stadt, ohne der Polizei zu begegnen?«

Gigi rieb sich nachdenklich das Kinn, dann Daumen und Zeigefinger vielsagend gegeneinander. Ich fischte einen Fünfzig-Euro-Schein aus der Hosentasche, den er blitzartig verschwinden ließ. Dann wies er mir die Richtung, aus der er gekommen war, plus eine weiterführende Wegbeschreibung dicht am Migrantenlager vorbei und von da aus durch das trockene Flussbett und fertig.

»Bist du sicher?«

Er nickte mit säuerlicher Miene. »Sie waren heute schon da«, meinte er mit einer Offene-Hand-hinterm-Rücken-Geste und seufzte, genervt von der allgemeinen Schlechtigkeit der Welt.

Die spärlichen Lichter von Tam schrumpften in den Außenspiegeln und verschwanden schließlich ganz. Trotzdem zögerte ich noch eine Weile, bevor ich die Scheinwerfer einschaltete. Ich fuhr nach Kompass und Gefühl, einerseits getrieben, andererseits beherrscht genug, mich nicht hinreißen zu lassen. Müdigkeit und die Unvorhersehbarkeit des Geländes müssen immer ins Kalkül einfließen und den Gasfuß notfalls heben. Wir kamen trotzdem ganz gut voran.

Die Sonne ging auf über einer traumhaften Gegend mit warmbraunen, pittoresken Felsformationen, umspült von leuchtend orangefarbenen Sanddünen, darüber ein knallblauer Himmel. Wir umkurvten eine Felsgruppe nach der anderen zu immer neuen Postkartenaussichten, immer neuen Bildbanddoppelseiten, über sanft gewellten Grund, die leichten Buckel fest und die flachen Täler sandgefüllt. Raufschalten und rollen lassen, runterschalten und ein bisschen wühlen, dann wieder hoch. Es wurde ein Tag, wie man ihn sich wünscht, ein Tag, um Tom Petty aufzulegen, lauthals mitzusingen und den Takt aufs Lenkrad zu klopfen, ein Tag, wie er nie zu Ende gehen sollte. Mittags holte ich zwei Stunden des entgangenen Schlafs nach, doch dann knüppelte ich den Truck schon wieder weiter, immer weiter Richtung Südosten, Richtung Djado, Richtung Kringel auf der Karte.

Wir passierten die Grenze zum Niger irgendwann und irgendwo, unbehelligt und unbemerkt. Es war alles perfekt, und ich hätte Tom Petty in den Player geschoben und mitgesungen und mich meines Lebens und meiner Freiheit gefreut, doch etwas lag wie ein Schatten auf meiner Laune und das war Mombassas ›Merde, merde, merde‹.

Es wurde dunkel und ich fuhr, bis ich spürte, es ging nicht mehr. Wir aßen zu Abend, wir liefen unsere Runde, legten uns ab, deckten uns zu oder rollten uns zusammen und schliefen dem ersten Licht eines neuen Tages entgegen.

Die Morgensonne schien durchs Seitenfenster, ich frühstückte Kaffee und Kekse während der Fahrt. Wir gerieten auf eine sich kaum merklich nach Süden neigende Ebene und rollten über glatten, festen Grund im zwölften Gang dahin. Die Landschaft hatte ihren Liebreiz eingebüßt, langweilige Einöde umgab uns in alle Richtungen, nur unterbrochen von einzelnen, schroff und schwarz und abweisend wirkenden Bergen im Osten, aber das war mir egal, solange wir vorankamen. Ich schaltete das Navi ein, lauschte den sich allmählich verknappenden Abständen der Pieptöne mit klopfendem Herzen. Wir hielten jetzt schnurgerade auf unser Ziel zu. Ich wappnete mich, innerlich. Alle Hoffnung, noch jemanden lebend zu finden, wurde eingetrübt von dem, was die vier nordafrikanischen Söldner und Mombassa mit ihrem lokalen und ihrem militärischen Wissen in dem Video entdeckt hatten, und das addierte sich zu insgesamt fünfzehnmal ›Scheiße‹.

Und ich fügte ein sechzehntes hinzu, während die Pieptöne immer hektischer wurden. Schwer zu sagen, wie das Terrain bei der Annäherung von Djado aussah, also auf dem Weg, den Mikkel und Michelle gefahren waren, aus unserer Richtung konnte es keinen Zweifel geben, in ein Kriegsgebiet zu geraten, war unübersehbar, dass hier gekämpft worden war. Wir trafen auf eine in ost-westlicher Richtung verlaufende Piste, vermutlich der Verbindungsweg der Kupfermine mit dem Trans-African Highway 2 und damit zu den Häfen am Mittelmeer oder Atlantik. Die Oberfläche wies die übliche, unangenehm trampelig zu fahrende Wellblechstruktur auf, doch ich bog trotzdem darauf ab und folgte den Reifenspuren. Tiefe Krater, wie Fliegerbomben sie hinterlassen, säumten die Strecke, dazwischen immer mal wieder zerschossene und ausgebrannte Pick-ups, ein umgestürztes Artilleriegeschütz. Mein GPS-Gerät fiepte schneller und schneller und ich fuhr langsamer und langsamer. Beklemmung nagte an mir, Angst. Mombassa hatte mir erklärt, was in Michelles Video nicht zu sehen, nur sehr stark zu vermuten war. So ein Sandsackfort auf einem Hügel ist ein strategischer Punkt, eine Bastion, eingerichtet, um ein bestimmtes Gebiet zu kontrollieren, und dafür bestmöglich gegen feindliche Erstürmung gesichert.

Das Gefiepe wurde wieder langsamer, was hieß, ich war am Ziel vorbei und musste wenden. Ich fuhr ein Stück in den eigenen Spuren zurück, bog dann mit Widerwillen von der Piste ab, erneut Richtung Süden. Meine Augen blieben auf dem Boden vor uns, schweif-

ten unaufhörlich von links nach rechts und wieder zurück, hoben sich immer nur kurz, um nicht noch mal am Ziel vorbeizufahren, um nicht noch mehr Meter in diesem Scheißgelände zurücklegen zu müssen. Wonach ich suchte waren die meist dreieckigen, mal gelben, mal roten Schilder mit dem Totenkopf und den gekreuzten Knochen.
Wie aus Michelles Worten in dem Video hervorging, waren sie und Mikkel wohl im Dunkel der Nacht am Fuß dieses Hügels angekommen. Und morgens, so vermuteten Mombassa und die anderen, nichtsahnend mitten in einem Minenfeld aufgewacht.
Nach einer gewissen Zeit, vielleicht einer Stunde langsamer Fahrt, ragte der Hügel vor mir auf, obendrauf der Sandsackwall, überragt vom rostigen Lauf des Maschinengewehrs. Kein Land Rover allerdings, bis mir einfiel, dass die beiden ja von der anderen Seite gekommen waren. Ich umrundete den Hügel in weitem Abstand, starrte suchend nach den Warnschildern, dann wieder zum Hügel, an dessen Fuß endlich der Land Rover auftauchte, oder besser das, was von ihm übrig geblieben war. Merde, merde, merde. Langsam fuhr ich weiter, bis meine Räder die Reifenspuren des Defenders kreuzten. Es kostete Anstrengung, die verkrampften Hände vom Lenkrad zu lösen, den Motor auszumachen und die Fahrertür aufzuschultern.
Ich ließ Bella im Truck. Das hier würde nicht lange dauern, nicht, wenn ich es verhindern konnte. Ich griff mir die Nikon und einen Kanister Wasser, nahm einen Riesenschluck, Mann, hatte ich einen trockenen Hals, kraxelte raus aus der Fahrerkabine und senkte einen Fuß in die rechte Reifenspur des Defenders, dann den nächsten. Noch waren es mehrere hundert Meter, und ich dachte ernsthaft daran, kehrtzumachen, wieder einzusteigen und wegzufahren, weg, weg, weg, nur weg von hier. Ich nahm noch einen Schluck Wasser

und wünschte, es wäre Wodka. Fuß vor zögernden Fuß folgte ich der schmalen Furche. Auf halber Strecke passierte ich ein kleines, dreieckiges, gelbes Schild mit schwarzem Totenschädel, gekreuzten Knochen und der Aufschrift ›Mines!‹. Alles Wasser, das ich zuvor getrunken hatte, fand zurück an die Luft, das meiste davon auf meiner Stirn. Mein Atem ging hektisch, mein Puls dröhnte in meinen Ohren. Komm, noch einen Schritt, noch einen. Der Defender hatte nur noch seine Hinterachse. Motor und Vorderachse waren in Einzelteilen ringsum in der Gegend verstreut. Jemand, oder etwas, lag unter dem Heck, so viel wurde klar, je näher ich kam. Und ich kam, Schritt für Schritt, die Augen riesig, die Nüstern gebläht wie ein panisches Pferd.

Feuer hatte den vorderen Teil der Alukarosse zusammenschmelzen lassen, ein schwarzes Gerippe hing über dem nackten Metallring des Lenkrades. Ich bückte mich, und da, im Schatten unter dem noch einigermaßen intakten Heck, lag Michelle. An einem Stück, kein Blut an ihr oder ihrer Kleidung, äußerlich unversehrt, wenn auch leider schon im Übergangszustand zur Mumifizierung. Die Realisation, mal wieder zu spät gekommen zu sein, überzog mich mit emotionaler Lähmung.

Die Leute reisen in den Wintermonaten hierher, weil sie meinen, die Wüste sei im Winter irgendwie gnädiger gestimmt, versöhnlicher. Das ist Blödsinn. Die Wüste kennt keine Stimmungen, sie hat kein Bedürfnis zu strafen und keines zu vergeben. Sie erinnert kein Gestern, sie erwartet kein Morgen. Die Wüste *ist*, fertig. Und alles, was wir anstellen, das ganze Abgestrampel, das Erschaffen und das Zerstören, das Kopulieren und das Meucheln, das Siegen und das Scheitern, die ganzen Dramen des Lebens und des Sterbens, all das geht ihr komplett am Arsch vorbei. Sie *ist*,

Punkt. Und wir, wir sind flüchtig, ohne Substanz. Wie der Wind, der den Sand über ihren Rücken pustet.
Ich machte einen langen Schritt von der einen Reifenspur in die andere und ging in die Knie. Michelle trug ihren Turbanschal, ihre Sonnenbrille auf der Stirn, ein weites, khakifarbenes Safarihemd mit dazu passenden Shorts und robuste Wanderschuhe. Neben ihrem Kopf lag ein leerer Wasserkanister und in der Fläche ihrer Rechten ihr – wie sollte es anders sein – Smartphone. Braune Schlieren zogen sich über ihre einst so weißen Zähne und der knochige Schädel wurde unter der ausgetrockneten Haut sichtbar.
Die Leute meinen, weil die Temperaturen im Winter etwas milder ausfallen, sei die generelle Lebensfeindlichkeit geringer. Ein Irrtum. Es dauert im Ernstfall nur ein bisschen länger zu verdursten, doch danach ist man nicht weniger tot.
Ich duckte mich unter den Wagen, um das Handy an mich zu nehmen. Vielleicht hatte sich der Akku ja noch mal weit genug bekrabbelt, dass sie ein paar Worte draufsprechen konnte, oder eine SMS verfassen, die ich von Tam aus verschicken könnte. Ich streckte den Arm vor, bekam das Handy zu greifen, zuckte zurück wie unter einem Stromschlag und stieß mir krachend den Schädel. Michelles Finger hatten sich ruckartig um das Smartphone geschlossen, und ihre Augen sahen mich an.
Sie lebte! Ich war baff, sprachlos. Mein erster Instinkt war, ihr meinen Wasserkanister an den Hals zu setzen und sie vollzutanken wie ein Auto, doch dann bremste ich mich, fast schon gewaltsam. Es war nicht zu sagen, ob Michelle überhaupt in der Lage war zu schlucken, also musste ich, wenn ich sie nicht im Überschwang des guten Willens ersäufen wollte, mir etwas anderes einfallen lassen. Ich zerrte mir das T-Shirt vom Balg, riss einen Streifen ab, rollte ihn fest zusam-

men, tränkte ihn mit Wasser und schob ihn sachte zwischen Michelles Zahnreihen, so dass er auf der Zunge zu liegen kam.
Dann drückte ich meine linke Hand unter ihre Schulterblätter, packte mit der anderen vorsichtig ihre Knie und zog sie Stück für Stück unter dem Wagen hervor. Sie gab ein rasselndes Stöhnen von sich, wie man es als letzten Atemzug erwarten würde. Bang sah ich in ihr Gesicht, und ihre Augen öffneten sich wieder, blinzelten ins grelle Sonnenlicht. Also rückte ich ihre Sonnenbrille runter auf ihre Nase. Auf den Knien – mitten zwischen den beiden Reifenspuren, mitten in einem Minenfeld, wie mir dämmerte, doch nun nicht mehr zu ändern –, auf den Knien also schob ich meine Hände erneut unter ihre Schultern und Knie, hob sie an und drückte mich hoch in eine stehende Position. Sie fühlte sich hölzern an, steif und sperrig wie ein Gartenstuhl. Schritt für Schritt trug ich sie, so gut es ging meinen eigenen Fußstapfen folgend, Richtung Truck. Nach etwa fünfzig Metern setzte ich sie sachte ab, lief zurück, holte den Kanister, nahm den Stoffwickel aus ihrem Mund, wässerte ihn erneut und legte ihn zurück auf ihre Zunge. Als ich sie wieder hochhob, streifte mein Blick kurz ihre spiegelnden Brillengläser und ich sah einen halbnackten Mann mit riesigen, angsterfüllten Augen und offenem Mund, ein Bild der Ratlosigkeit und Überforderung.
Ein halbes Dutzend solcher Stopps später hatte ich Michelle im Schatten des Trucks. Ich ließ Bella raus, die Michelle gründlich abschnupperte und von da an nicht mehr von ihrer Seite wich.
Die Sonne begann ihren Sturzflug zum Horizont, das Einsetzen der Nacht war nur noch eine Formsache. Entscheidungen mussten her. Als Erstes entschied ich, dass wir weit genug außerhalb des Minengürtels

waren, um bleiben zu können. Ich wusste es nicht, ich beschloss es einfach. Dann, dass wir uns hier nicht wegbewegen würden, bis Michelle zumindest einigermaßen transportfähig erschien. Schließlich, dass sie neben Flüssigkeit jetzt ganz sicher auch Schutz vor der nächtlichen Kälte brauchte. Decken, Kissen, Schlafsack, was immer ich in die Finger bekam, ich zerrte es aus dem Truck, drapierte es unter, über und um Michelle, so gut es nur ging. Wann immer ich nur einen Moment von ihr abließ, schmiegte sich Bella wieder an den zusammengekrümmten Körper. Ich fand einen Küchenschwamm, schnitt einen daumendicken Streifen ab, fand ein sauberes Geschirrtuch, riss es mittendurch, wickelte eine Hälfte davon um den Schwamm, nahm beides mit raus, tränkte es gründlich mit Wasser und ersetzte damit den T-Shirt-Wickel in Michelles Mund. Sie nuckelte, und dann sah ich sie schlucken. Mit zwei langen Sätzen war ich am Herd und setzte Wasser auf, rührte Gemüsebrühe hinein, Tomatenmark, schnitt getrocknete Aprikosen, Datteln und Feigen in winzige Stücke und ließ sie mitkochen. Schließlich gab ich noch einen Schuss Olivenöl hinzu und drehte das Gas ab. Salz, Mineralien, Vitamine, Fruchtzucker, Ballaststoffe, Fett … das musste es tun. Musste einfach. Mehr fiel mir nicht ein.

Die Nacht zog herauf. Ich schraubte die Klemmlampe vom Schreibtisch, befestigte sie stattdessen bei geöffnetem Fenster außen am Rahmen, so dass sie auf Michelle hinabschien. Topf, Suppenlöffel, Kaffeebecher in Händen kniete ich mich neben sie. Setzte alles ab, hob sie so sachte ich konnte in eine halbsitzende Position und flößte ihr vorsichtig einen Löffel lauwarmer Suppe ein. Sie schluckte. Ich füllte Wasser in den Kaffeebecher, tauchte den Löffel ein, hob ihn an ihren Mund. Sie schluckte erneut. Sanft ließ ich sie wieder

auf ihr Kissen sinken. Sie stöhnte in Agonie. Kein Wunder, sie war ein einziger Muskelkrampf.
Die nächsten Stunden löffelte ich im Fünfzehn-Minuten-Takt Brühe und Wasser in sie hinein. Ich hatte keine Ahnung, ob das zu schnell oder zu langsam, zu viel oder zu wenig, richtig oder falsch war. Dies war ein Tag, eine Nacht für einsame Entscheidungen. Ich schlief nicht, Bella rührte sich nicht von der Stelle. In den ersten Morgenstunden wurde es immer klarer, dass es Michelle enorme Schmerzen bereitete, bewegt, aufgerichtet zu werden, ihre Augen weiteten sich vor Angst, wann immer ich mich über sie beugte, doch im Liegen konnte ich sie nicht füttern, im Liegen würde sie den nächsten Tag nicht überleben. Ich machte also weiter wie gehabt, so sachte, so vorsichtig ich nur konnte, löffelte Leben in sie hinein, doch Leben bedeutete in ihrem Zustand Pein, und als die Nacht dem Morgen zu weichen begann, waren ihre Schmerzlaute zu einem permanenten Wimmern geworden.
Im Hypermarché hatte ich als Ersatz für den Bunsenbrenner, den der Afghane eingesackt hatte, einen kleinen, runden Campinggas-Kocher gekauft, den ich jetzt rausholte, zusammen mit einem Streifen Alufolie, dem Senfglas und einem gläsernen Strohhalm. Ich verdampfte ein bisschen Opium, saugte den Qualm an und blies ihn ihr in ein Nasenloch. Dann noch etwas, und noch etwas. Ein paar Minuten vergingen, das Wimmern wurde leiser, noch leiser, verstummte, und ich spürte, sie schlief.

Nach zwei Stunden der Ruhe machten wir weiter. Ich sage ›wir‹, weil Michelle jetzt anfing mitzuarbeiten. Sie hatte noch keine Stimme, doch ich sah, wie sie ihre Hände bewegte, wie sie versuchte, Arme und Beine aus der Krampfhaltung zu strecken, beobachtete ihre

Entschlossenheit, sich zurückzukämpfen. Die ganze Zeit flößte ich ihr weiter Brühe und Wasser ein, in gleichbleibenden Abständen, ganz einfach, weil es zu funktionieren schien. Auch hier signalisierte sie große Bereitschaft, wollte mehr, zwei Löffel, drei, bis es für den Moment genug war. Im Schatten des Trucks ruhten wir jeweils ein paar Minütchen, setzten dann die Saturierung von Muskeln und Organen mit Flüssigkeit und Nährstoffen fort. Erst gegen Abend übermannte sie endgültig die Erschöpfung, sie zeigte auf ihr Nasenloch, ich blies ihr den anästhesierenden Qualm hinein, sie entspannte sich, schloss die Augen, seufzte, schlief.
Bella und ich gingen eine kleine Runde, aßen was, ließen uns neben Michelle nieder und warteten darauf, dass sie sich rührte, um fortzufahren mit der selbstgestrickten Therapie.

Selbstgestrickt oder nicht, im Laufe des nächsten Tages konnte man erste Erfolge der Behandlung verbuchen, ja, sie wurden sichtbar. Etwas von Michelles früherer Schönheit stahl sich allmählich zurück in ihre Züge. Es war, wie Zeuge eines Alterungsprozesses im Rückwärtsgang zu werden, von Greisin zu junger Frau, und das im Zeitraffer. Es war faszinierend. Absorbierend.
Während die Feuchtigkeit also schrittweise ihre Haut auffüllte, aufpolsterte, so dass ihre Lippen sich wieder über den Zahnreihen schlossen und ihr Gesicht nicht länger dem einer Mumie glich, blieb sie im Ganzen nach wie vor klapperdürr. Deshalb entschied ich am späten Nachmittag, dass es Zeit wurde für etwas feste Nahrung.
Spaghetti lassen sich schlecht füttern, also kochte ich Reis, mit den gleichen Zutaten wie für die Suppe, weil ich nichts anderes dahatte.

Als ich mit dem Topf in der Hand rauskam, hatte sie sich selbständig aufgesetzt und blickte mir kurz aus klaren Augen entgegen, senkte dann den Blick.
»Ich muss furchtbar aussehen«, flüsterte sie heiser, und ich lachte auf wie ein Blödmann. Frauen!
Ich gab ihr einen Löffel und den Reispamp, sah zu, wie sie vorsichtig, ungelenk, weiterhin unter Schmerzen ihre ersten Bissen selbst zu sich nahm, und ließ sie, beruhigt, einen Moment allein. Drinnen füllte ich den größten Topf mit Wasser, setzte ihn auf den Herd, schnickte das Gas an. Während sich das Wasser erwärmte, packte ich den verbliebenen Rest des Küchenschwamms, Handtuch, Seife, ein kariertes Hemd, Shorts, Unterhose, Rasierspiegel, in einen Einkaufskorb. Ich suchte eine Weile herum, aber eine Hundebürste war und blieb das einzige vorhandene Instrument der Haarpflege, also zupfte ich so gut es ging die Reste von Bellas Fell aus den Borsten und packte die Bürste mit in den Korb. Als das Wasser heiß war, kippte ich es in die Spülschüssel, trug sie raus, holte den Korb, stellte beides in Michelles Reichweite, fragte, ob ich ihr zur Hand gehen sollte, doch sie schüttelte den Kopf und versuchte sich an einem Lächeln.
Ich nahm Bella mit auf eine weitere kleine Runde, immer demselben selbstgetrampelten Pfad nach, weil es keine Garantie dafür gab, dass die Minen wirklich nur jenseits der Warnschilder im Boden lauerten. Ich konnte es nicht erwarten weiterzufahren, diese Gegend für immer hinter mir zu lassen. Noch herrschte Windstille, wie seit Tagen schon, noch waren unsere Reifenspuren zu sehen, noch könnte ich ihnen folgen, zurück zur Piste, und mich dabei zumindest halbwegs sicher fühlen, noch.
Wir umrundeten den Bug des Trucks und Michelle saß da, frisch geschrubbt, das nasse Haar in das

Handtuch gewickelt, und barfuß, wie ich aus irgendeinem Grund registrierte. Und umgezogen. Mein Hemd war ihr zu groß, meine Shorts waren ihr zu weit, mit der Unterhose hatte sie es gar nicht erst versucht, sondern lieber ihren Slip gewaschen, der jetzt zum Trocknen von einem Haken des Aufbaus baumelte.

Als ich näher trat, beugte sie sich vor, nahm ihre Armbanduhr und hielt sie mir hin. Ich verstand nicht ganz, doch sie nickte aufmunternd und reichte sie mir. »Ein Geschenk?«, fragte ich, und sie nickte wieder. Also machte ich das Armband rund zehn Löcher weiter, zog es mir übers Handgelenk, schnappte den Verschluss zu, las ›Patek Philippe‹ vom Zifferblatt ab und tat so, als ob ich mich freue.

Ich will jetzt nicht undankbar erscheinen, dies war mit Sicherheit der teuerste Gegenstand, den ich je besessen habe, doch er ging gerade einmal rund um mein Handgelenk und alles, was er konnte, war, mir anzuzeigen, wie die Zeit vergeht.

Ich sagte: »Wie ist es, fühlst du dich fit genug aufzubrechen, zurück nach Tamanrasset?«

Sie hob den Blick zum Land Rover, in dem ihr Mann gestorben war, senkte ihn wieder, dachte nach. »Morgen«, entschied sie dann, ließ sich zurück in ihr Kissen sinken, schloss die Augen und legte eine Hand um Bellas Brustkorb.

Ich hatte noch Mehl und Trockenhefe, also setzte ich einen Teig an. Morgen also, keinen Tag zu früh. Ich würde langsam fahren, würde Michelle die Distanzen bestimmen lassen. Wir könnten durch dieses traumhafte Gebiet mit den Felsgruppen und dem leuchtend orangeroten Sand stromern, die Fahrt nach Tam eine Woche dauern lassen. Hauptsache weg hier, Hauptsache weg von allem, was sie in den letzten Tagen durchgemacht hatte. Ich mischte getrocknete Kräuter mit

Knoblauch, Olivenöl und Tomatenmark, als Belag für die spätere Pizza. Falls Michelle noch nicht wieder in der Lage war, Pizza zu kauen, konnte man die Paste auch unter Spaghetti mischen, oder in Reis einrühren. ›Maître Kristofs Cuisine Roulante mit dem längst verdienten Michelin-Stern ausgezeichnet‹, dachte ich in zufriedener Heiterkeit, da hörte ich Bella jaulen, wie ich es von ihr noch nie gehört hatte, und stürzte nach draußen.
Sie war tot. Michelle. Tot, einfach so, von einem Augenblick auf den anderen. Tot. Die Augen blicklos, kein Puls, keine Atmung, nichts mehr. Kein Lebenszeichen. Tot.
Ich war perplex, wie vor den Kopf geschlagen. Ich glaube, ich fluchte. Ich weiß, ich schrie irgendwas, kickte einen Topf in die Gegend, hieb meine Stirn gegen den Aufbau, fühlte eine unfassbare Enttäuschung, einen massiven, schüttelnden Groll, mit dem ich nicht wusste, wohin.
Sie hatte gekämpft, verdammt noch mal. Ich hatte … Ach, scheiß drauf, was ich getan hatte. Scheiß drauf, scheiß auf alles. Schon morgen wären wir … wären … hätten … Sie war tot, und ich wollte, konnte es nicht begreifen.
Ich trank, wider besseres Wissen, eigentlich gegen meinen Willen. Aus Trotz, vielleicht. Ich gurgelte mit Wodka, bis mich meine Beine nicht mehr trugen, setzte mich dann schwer auf den Hintern, Rücken gegen ein Rad des Trucks, und stierte vor mich hin, während das Licht wechselte, die Sonne versank, der Nachthimmel heraufzog und sich langsam um mich drehte.
Irgendwann zwang ich mich in die Höhe, fütterte Bella, schleppte mich mit ihr um eine Runde, räumte auf und weg, machte den Truck reisefertig, wusste nicht was tun mit Michelles Leiche, qualmte Opium, bis mich die Ohnmacht umkickte.

Ich hob ein Loch aus, an Ort und Stelle. Michelle zurück zum Land Rover, zurück in Mikkels Nähe zu tragen war eine sentimentale Idee, die ich, kaum dass sie aufgekommen war, als Wahnsinn verwarf. Ich wickelte die Leiche in ihre Khaki-Sachen und eine Wolldecke, zog sie in das Loch, seufzte abgrundtief und schaufelte es zu. Hielt mein GPS-Gerät über die Stelle, speicherte die Daten, klemmte den Spaten zurück in seine Halterung, schickte Bella ins Auto, schloss die Tür, klappte die Treppe hoch, ging nach vorn, schwang mich in den Sitz, zog die Fahrertür zu, startete den Motor, legte den ersten Gang ein, ließ die Kupplung kommen, drehte am Lenkrad und rollte los, ohne einen Blick zurück.

Ich war im Niger, und hatte im Moment keinen Grund und kein Bedürfnis, eine Grenze zu überqueren. Nachdem ich die Piste erreicht hatte, folgte ich ihr eine Weile in östlicher Richtung. Die Gegend war scheußlich, trostlos, und das wurde nicht besser, als ich den größten Teil des Nachmittages an dem schnurgeraden Zaun des Kupferminengeländes entlangfuhr. Ein entgegenkommender Tanklastwagenfahrer winkte mir zu stoppen und füllte dann, für kleines Geld, meine Tanks bis zum Rand mit für chinesische Baumaschinen bestimmtem Diesel.

Am Horizont türmten sich schwarze Berge, die auf mich, in meiner momentanen Stimmung, eine starke Anziehungskraft ausübten. Dazu passte, dass sich der Himmel zuzog, mit einer grauen Wolkenschicht, die vielleicht Regen ins Hoggar-Gebirge brachte, hier aber nur für trübe Lichtverhältnisse sorgte.

Der Zaun bog irgendwann rechtwinklig nach Norden ab, die ihn begleitende Piste machte einen Schlenker in die gleiche Richtung, und ich folgte ihr noch eine Weile, ohne recht sagen zu können, wieso. Es war eh alles egal. Mein ganzer Aufenthalt hier war sinnlos, kontraproduktiv, idiotisch. Es hatte gut angefangen, heilsam, solange ich mich aus allem rausgehalten, mich nur um mich und meine Befindlichkeiten gekümmert hatte, doch seitdem rutschte ich immer weiter ab in einen Zustand von Düsternis. Zu viel Kontakt mit dem Tod und du siehst ihn überall, bis du dich umzingelt fühlst und jede Perspektive verlierst. Mich deprimieren lassen konnte ich auch in Bottrop am Kanal, und das, ohne dauernd Leichen zu sehen, ohne mich mit Fragen nach meiner Verantwortung rumzuquälen, ob ich zu langsam gewesen war oder mich zu blöd angestellt hatte, und ohne eine Hiobsbotschaft nach der anderen verkünden zu müssen. ›Sie sind leider tot. Erschossen, ertrunken, verdurstet, von einer Landmine zerfetzt oder von Organversagen dahingerafft – spielt es eine Rolle? Ich habe sie gesucht, ich habe sie gefunden, und ich kann mich nur wiederholen, immer wieder: Sie sind tot, tot, tot.‹

Was fahre ich hier eigentlich die ganze Zeit an diesem beschissenen Zaun lang?, riss ich mich irgendwann aus dieser gedanklichen Abwärtsspirale, und lenkte den Truck ins Wegelose. Wohin? Djado, entschied ich. Ich brauchte ein Ziel, Djado war eins. Ich sollte es nie erreichen.

Der Tag begann klar, sonnig, windstill, und doch, unerklärlich, irgendwie zu klar, zu sonnig, zu windstill. Als ob er etwas zu verbergen hätte, etwas in der Hinterhand.

Wir frühstückten am Fuß eines anthrazitfarbenen Bergs, umgeben von halbwegs festem, halbwegs gut zu befahrendem ockerfarbenem Sand. Ich war ausgeschlafen und erholt, noch weit entfernt von meinem seelischen Gleichgewicht, aber auf dem Weg dorthin, nüchtern, zielorientiert. Djado. Fahren. Vergessen, oder zumindest versuchen zu vergessen.

Eins noch, vorher. Mein SatPhone. Gestern war ich nicht in der Stimmung gewesen, nicht in der Verfassung, heute musste ich es hinter mich bringen, und am besten gleich. Ich tippte einen kurzen Bericht über den Fund von Mikkels und Michelles Leichen, fügte die Koordinaten ein, schickte die Nachricht an Abdel. So, erledigt. Michelles Smartphone würde ich bei Gelegenheit abliefern, vorausgesetzt, Abdel hatte die G-Klasse inzwischen gefunden. Falls nicht, musste ich recherchieren, an wen ich es mit der Post schicken sollte. Und einen Bogen um Tamanrasset machen.

Wir fuhren in südwestlicher Richtung über offenes Gelände, die schwarzen Berge in unserem Rücken, festes Geröll unter den Reifen, zogen eine in der unbewegten Luft stillstehende Staubfahne wie einen Kondensstreifen hinter uns her. Ich ließ den Truck rollen, ohne Eile. Es war mir egal, wann wir Djado erreichten, wir hatten noch Wasser, Gas, Diesel für Tage, Hundefutter sowieso. Dieses Trockenfutter wird nicht schlecht, nie. Man fragt sich, ob es unter Umgehung natürlicher Zutaten hergestellt wird, so was wie vollsynthetisch ist.

Ich dachte daran, Tom Petty aufzulegen, als Versuch, meine Reisestimmung wiederzubeleben, fand die CD aber nicht. Gegen Mittag stoppten wir, wie gewöhnlich. Es war heiß, brütend heiß. Nicht die trockene Wüstenhitze, der man mit einem Schritt raus aus der Sonne viel von ihrer Wucht nehmen kann, sondern eine schwüle, tropische, drückende Hitze, die einem auch im tiefsten Schatten den Schweiß in Bächen aus den Poren treibt.

Bella hechelte, schlappte viel und ausdauernd in ihrem Wassernapf herum, ich lag da mit einem nassen Lappen auf dem Kopf und hoffte vergeblich auf die vielgepriesene Verdunstungskühle. Kein Windhauch regte sich.

Wir dösten länger als gewöhnlich, und als ich mich endlich aufrappelte, hatte der vorhin noch so klare Himmel einen milchigen Überzug bekommen. Etwas lag in der Luft, etwas Ungutes. Ich kletterte die Leiter hoch aufs Dach. Die Hitze kam von allen Seiten, der Himmel wirkte wie ein einziger riesiger Scheinwerfer. Die schwarzen Berge hatten wir längst hinter uns gelassen, die Wüste um uns herum lag platt da, endlos, deckungslos. Plötzlich fühlte ich mich nackt, ausgesetzt, ausgeliefert, spürte eine diffuse Bedrohung, von der ich nicht wusste, wie ich ihr begegnen sollte. Oder vielleicht doch. Am Steuer.

Am späten Nachmittag manifestierte sich die Bedrohung. Sie rollte auf mich zu wie eine schwarze Walze, bodennah, breit wie der Horizont. Ich musste feststellen, dass ich nicht den Nerv besaß, ihr die Stirn zu bieten. Das Lenkrad drehte sich fast von allein, bis wir das finstere Ungetüm in den Spiegeln hatten, und mein Fuß presste das Gaspedal bis zum Anschlag und hielt es da. Der Sturm holte uns ein, als ob wir stünden.
Er kam mit einem tiefen, rauen Fauchen von unwirklicher, brüllender Lautstärke, brach über uns herein, schüttelte uns durch, tobte über uns hinweg. Dies war kein Nordost-Passat, der Sand über den Boden fegt, dies war Sand, entfesselter Sand, der einen Sturm mit sich riss.
Ich stoppte, kurbelte die Seitenfenster hoch, schlüpfte nach hinten in den Aufbau, schloss und verriegelte sämtliche Fenster und Luken, stand dann da und schwitzte in einer irren Hitze, wusste nicht, was zu tun. Fahren. Ich fuhr weiter, in der schlichten Hoffnung, irgendwo Schutz zu finden. Hinter eine Felsgruppe flüchten, einen Erg umkurven, in ein Wadi abtauchen. Sand raste über den Truck hinweg, überholte uns auf

allen Seiten, klappte die Spiegel nach vorn, verwirbelte sich zu einer taumelnden, davonrasenden Doppelspirale vor dem Truck. Die Sichtweite sank auf unter zehn Meter und ich passte das Tempo notgedrungen an. Konnte komplett vom Gas gehen, so schob uns der Sturm. Plötzlich, ohne Vorwarnung, tauchte ein großer, dunkler Schemen vor uns auf und ich musste voll auf die Bremse treten, oder wir wären ihm ins Heck geknallt. Ein Schwerlast-Lkw, ein Kipplaster, dreiachsig, mit einer großen Stahlmulde. Ich passierte ihn langsam. Soweit feststellbar, kauerte niemand unter dem Chassis, hockte niemand im Führerhaus. Ich hupte, ungehört. Dies, wurde mir klar, war vermutlich die einzige Deckung im weiten Umkreis, also manövrierte ich den Truck vor den Kipplaster, setzte dann so weit wie möglich zurück, und spürte ein Nachlassen des Winddrucks.

Mit einer Schutzbrille auf und vier Metern Schal um den Kopf quetschte ich mich aus der Fahrertür, musste sie mit beiden Händen festhalten und nach dem Rausgleiten mit aller Macht zudrücken, oder der Sturm hätte sie abgerupft und mitgenommen. Mit einer Hand am Aufbau kämpfte ich mich zum Heck, wo ich die Treppe runterließ und durch die Tür wieder einstieg. Der Kipplaster bot gerade genug Schutz, dass Bella und ich auf diesem Weg zumindest mal kurz rauskonnten, ohne die Haut von den Knochen gesandstrahlt zu kriegen. Die Sicht über die Silhouette des Lkws hinaus war gleich null, drei Schritte in dieses Inferno und du wärst verloren gewesen.

Es wurde dunkel, wir aßen etwas, gingen pinkeln, fanden anschließend nichts mehr zu tun als uns abzulegen. Ein ruppiges Rütteln, ein raschelndes, zischelndes Schmirgeln und Feilen an der Karosse begleitete uns die ganze Nacht.

Und den ganzen nächsten Tag. Bella ertrug das Eingepferchtsein mit beneidenswerter Gelassenheit, doch in mir nagte ein Budenkoller, brachen sich Erinnerungen Bahn an die Zeit im langen Korridor, mit den Gittern und den Glasbausteinen an den Stirnseiten, hinter der Tür ohne Klinke, bis ich das einzig Gescheite tat und zum Kochlöffel griff. Ich hatte ja noch den Teig, also buk ich eine Pizza, kochte Reis für Bella und marokkanischen Pfefferminztee für mich, und, nachdem wir uns beide für die Nacht noch mal kurz nach draußen in die tobende Quarzluft begeben hatten, schmauchte ich noch ein bisschen Opium, und etwas von Bellas Gleichmut färbte auf mich ab.

Wir erwachten zu einer Stille, die den Verdacht nährte, über Nacht taub geworden zu sein. Das Inferno war vorbei, genauso unvermittelt, wie es über uns hereingebrochen war.

Mit einem Becher Kaffee in der Hand trat ich raus in eine sturmgebürstete Landschaft, flache, geduckte Dünen in schlierenhaften Reihen, gelb wie Curry, soweit das Auge reichte. Die Sonne kam hoch, der Himmel war klar, die Luft trocken, der Weg frei.

Die Schäden am Truck hielten sich auf den ersten Blick in Grenzen. Ein Stück Blech vom Dach fehlte, zwei, drei Bretter der linken hinteren Ecke ebenfalls, doch davon abgesehen hatten wir Schwein gehabt. Ich klappte die Spiegel wieder in ihre Positionen, holte den Luftfilter aus seinem Gehäuse, klopfte ihn aus und blies ihn sauber.

Bella und ich liefen ein Stück, stapften unsere Fußabdrücke in die makellose, unberührte Sandlandschaft.

Wir könnten nach Mauretanien fahren, fiel mir ein. An die Atlantikküste. Da hätten wir Wüste und Ozean zusammen. Wir konnten, alles in allem, machen, was wir

wollten. Vielleicht war es eine gute Idee, sich darauf zurückzubesinnen.
Zurück am Truck besah ich mir kurz den Kipplaster. Er war hier gestrandet wegen eines Schadens an der Lenkung oder Radaufhängung. Das linke Vorderrad war rechtwinklig abgeknickt, eine Weiterfahrt unmöglich. Wie lange er hier schon stand war nicht zu sagen. Der Sturm hatte alles mit einer Staubschicht überzogen, mit Sand vollgeschaufelt, ließ beide Fahrzeuge aussehen, als ob sie schon Jahre hier parkten.
Auch drinnen. Die Dichtungen an Fenstern und Türen des Trucks sind alles andere als hermetisch, weshalb man regelmäßig durchwischen und fegen muss, vor allem aber nach so einem Sturm. Ich fügte mich ins Unvermeidliche.
Mauretanien, dachte ich, Lappen und Handfeger schwingend. Strand, Brandung, Möwen. Bella liebt es am Meer. Also, was soll uns hindern? Nachdem ich den Staub von allen waagerechten Flächen auf den Boden gewischt und von da aus mit dem Besen nach draußen befördert hatte, kramte ich die Kartentasche hervor. Das SatPhone blinkte, fiel mir dabei auf.
Mombassa hatte eine SMS weitergeleitet. Ein Hilferuf von Transit Secure, einer NGO. Sie hatten den Kontakt zu einem Transport von Migranten verloren. Im Grenzgebiet zwischen Niger und Algerien. Transit Secure fördert solche Transporte nicht, das wäre strafbar, sie versuchen nur, den Migranten Handys an die Hand zu geben, Navis, sie darauf hinzuweisen, wie wichtig es ist, sich vor dem Queren der Wüste vernünftig zu verproviantieren. Sie warnen vor den Risiken, sie versuchen die Leute nicht davon abzubringen. Sie wissen, dass das sinnlos wäre. Und sie bemühen sich, Hilfe zu organisieren, sollten die Migranten auf dem Weg in Schwierigkeiten geraten, was nur allzu oft der Fall ist. Leider verhallen solche Notrufe meist. Was heißt

meist. Um ehrlich zu sein: Kein Mensch reagiert darauf, zumindest keiner bei Verstand. Migranten im Auto mitzunehmen ist mit bloßem, vor allem mit argwöhnischem Auge praktisch nicht von Menschenschmuggel zu unterscheiden, und darauf stehen in Niger und Algerien bis zu dreißig Jahre Haft. Kann man sich das vorstellen? Ja, schon, nur gibt es durchaus angenehmere Vorstellungen.
Ich legte das SatPhone beiseite, ohne zu antworten. Um dieses Problem musste sich jemand anders kümmern. Auf mich wartete der Strand. Ich klappte den Tisch auf, suchte nach der richtigen Karte. Checkte mein GPS-Gerät, um erst mal zu eruieren, wo genau ich mich überhaupt befand. Die versuchte Flucht vor dem Sandsturm hatte mich, wie es aussah, weiter nach Norden driften lassen, als ich es gewollt hatte. Wir waren an einer Oase vorbeigefahren, ohne es auch nur zu ahnen. Nun denn. Wenn ich von hier aus stramm nach Westen weiterfuhr, würde das ein, zwei Tage in unangenehmer Nähe zur algerischen Grenze bedeuten. Das hieß, entweder einen südwestlichen Umweg einzuschlagen oder aber steil nach Norden weiterzufahren, die Grenze zu queren und es von da in nordwestlicher Richtung zu probieren.
Das SatPhone piepte. Ein weitere Nachricht. Ich ignorierte sie. Ich suchte keine Verschollenen mehr, es drohte mich aufzufressen. Ich war hier, um zu reisen, zu vergessen, Traumata abzuschütteln, nicht um mir neue zuzulegen.
Außerdem gab es noch ein Problem: Stell dir vor, du findest die verloren gegangenen Flüchtlinge. Von ihrem Fahrzeug im Stich gelassen, oder von ihren Schleusern. Was willst du machen? Aus den genannten Gründen kannst du sie nicht mitnehmen, Transit Secure kann sie nicht abholen, also bleibt dir nichts, als die Behörden zu informieren. Was dann passiert?

Die offizielle, die EU-Version ist, dass Personen ohne die Mittel und Papiere zur Weiterreise in Lagern untergebracht und mit Sammeltransporten in ihre Heimatländer zurückgeschickt werden. Die Realität sieht eher so aus, dass man die armen Teufel einfach nur einkassiert, über die nächste Grenze schubst und dort wiederum in der Wüste aussetzt. All das hat zur Folge, dass das Queren der Sahara mittlerweile deutlich mehr Opfer fordert als das des Mittelmeeres.
Ich konnte mich nicht entscheiden, welchen Weg ich von hier aus einschlagen wollte. Ich war nicht richtig bei der Sache.
Das SatPhone blinkte vor sich hin.
Mombassa hatte auch die zweite SMS weitergeleitet, eine Ergänzung der ersten, mit mehr Details. Es handelte sich demnach um eine Gruppe von, hoppla, einundfünfzig Personen, unterwegs in einem, ich musste es zweimal lesen, in einem *dump truck*, einem Kipplaster.

Wir fuhren los. Nach Norden. Wir fuhren langsam, wir fuhren zögernd, wir fuhren skeptisch, wir fuhren ohne rechte Begeisterung. Wir rollten durch, wir rollten über eine Landschaft, wie sie ein zwei Tage dauernder Sandsturm hinterlassen hatte. Sand, es gab nichts zu sehen außer gelbem Sand in Wellenform, plattgedrückt vom Furor des Sturms, Dünen, die dalagen wie geprügelt, wie gepeitscht.
Der Truck fand sein Tempo, seine Linie, stieg, sank, stieg, sank, tanzte mit uns einen stundenlangen gemächlichen Walzer. Wir hatten die Seitenscheiben unten, ich den Ellbogen draußen, Bella hockte auf dem Beifahrersitz, die Augen halb geschlossen, ganz Nase. Ich ließ mich Schritt für Schritt in meine Fahrtrance sacken, wo Auge und Hand sich miteinander koordinieren und die Gedanken ihre eigenen Wege gehen.

Einmal in nördlicher Richtung unterwegs würde es sich anbieten, an einem der kommenden Tage in Tam noch einen kurzen Zwischenstopp einzulegen, am besten frühmorgens, alle Vorräte auffüllen und raus aus der Stadt, bevor irgendjemand auch nur mitbekommen hat, dass ich da war. Und von da aus in aller Ruhe quer über den halben Kontinent, bis wir mit Füßen und Pfoten im Meer standen.
Bella erhob sich und streckte den Kopf aus dem Fenster. Heulte auf.
Ich nahm den Gang raus. Wir kamen zum Stehen. Ich machte den Motor aus. Stille folgte. Bella drehte sich um, sprang vom Sitz und lief nach hinten. Ich stieg aus, lief zur Hecktür und öffnete sie. Bella hastete die Stufen runter und verschwand um die Ecke des Trucks. Nach kurzem Zögern ging ich ihr hinterher. Schon nach wenigen Metern machte ich kehrt, holte die Nikon, einen Turbanschal und einen Kanister Wasser. Es war Mittagszeit, wolkenlos, die Strahlung jenseits dessen, was man selbst für kurze Zeit noch als angenehm empfindet.
Mit dem Turban um Kopf und Mund griff ich mir noch den Spaten und Bella und ich machten uns auf den Weg, sie voller Eifer, ich in einem Zustand von Fatalismus.
Was wir zu Gesicht bekamen lässt sich nur mit Bildern aus dem Zweiten Weltkrieg vergleichen, Russland, Winter, der Kessel von Stalingrad, nur dass die Verwehungen hier nicht aus Schnee bestanden.
Eine kilometerlang hingezogene Spur von Körpern, manche halb, manche ganz unter Sand begraben, in teils grotesk anmutenden Verrenkungen. Hände, die wie hilfesuchend aus den Dünen herausragten, offene Augen, offene Münder voller Sand.
Wie ferngesteuert lief ich Bella hinterher, von Sandhaufen zu Sandhaufen, eine Stunde, vielleicht zwei,

ich rief: »Hallo, hallo, ist hier jemand?«, grub Tote aus, bis ihre Gesichter, ihre Köpfe zu erkennen waren, machte Foto auf Foto, rief immer wieder: »Hallo, hallo?«, ohne auch nur eine einzige Antwort zu erhalten.

Die Letzte, die wir fanden, war fast vollständig unter einer Düne verschwunden. Eine Frau, zusammengekrümmt, den Rücken dem Sturm zugewandt, und als ich sie vorsichtig freischaufelte, fiel mir auf, dass sie etwas in ihren Armen hielt. Ich legte es mit den Händen frei. Es war ein kleines Kind.

Emotionale Reaktionen sind nie ganz einfach zu erklären. Wenn ich runterkochen müsste, was ich fühlte, es reduzieren müsste auf zwei Wörter, ich würde sagen: hilflose Empörung. So etwas dürfte nicht passieren, niemals, nirgendwo, dieser Gedanke kreiste in meinem Kopf, kreiste und kreiste und kreiste.

Bella kam angelaufen, wühlte ihre Nase in meine auf den Knien zusammengesunkene Gestalt, fand und leckte mein Gesicht.

»Lass uns nach Hause fahren«, sagte ich, und dann sagte ich es noch hundertmal.

Der Rückmarsch war lang und mühsam, unser Truck anfangs kaum auszumachen in der flirrenden Distanz. Wir folgten unseren Spuren, matt, ausgepowert, überhitzt, ich abgestumpft von zu vielen furchtbaren Bildern, Bella einfach müde vom stundenlangen Suchen. Etwa auf halber Strecke teilten wir das letzte Wasser, dann stapften wir mit hängenden Köpfen und Zungen weiter. Ich dachte Wodka, ich dachte Opium, ich dachte Betäubung, gründliche Betäubung, ich dachte Schlaf.

Bella hörte es zuerst. Sie blickte auf, hob die Ohren, reckte die Nase nach vorn, duckte sich, unsicher, wie das Gehörte einzuordnen sei. Sie blickte Richtung Truck, eindeutig, also tat ich es ihr nach. Sah nichts

Ungewöhnliches, nichts Verdächtiges, nichts, das eine Entscheidung, eine Vorsichtsmaßnahme erfordert hätte. Einen parkenden Pick-up etwa, Männer mit Kalaschnikows. Gar nichts. Also ging ich weiter, einen halb schleichenden Hund an meiner Seite. Dann hörte ich es auch. Schreie. Ich ging schneller, entgegen allen Instinkten. Es waren Schreie der Agonie, mal schrill, mal aus den Tiefen des Zwerchfells, menschliche Schreie, als ob jemand abgeschlachtet würde, doch es war nichts zu sehen, keinerlei Bewegung, und das war unerklärlich, denn die Geräusche kamen eindeutig von draußen, von außerhalb des Trucks, und endeten nach einem schier endlosen Kreischen abrupt. Ich rannte jetzt, hinter Bella her, die alle Vorsicht in den Wind gekickt hatte, und, am Truck angekommen, schnurstracks unter dem Aufbau verschwand. Neue Schreie, Schreckensschreie, dann kam auch ich an, völlig außer Atem, und stählte mich innerlich, bevor ich mich duckte.

Unter dem Truck saß eine junge Frau, allein, nackt, breitbeinig, vom Nabel ab blutverschmiert, und versuchte offenbar, ihre in einer Lache liegenden, blutigen, schleimigen Eingeweide zurück in ihre Bauchhöhle zu drücken. Dabei starrte sie Bella aus weit aufgerissenen Augen an, die wiederum mit dem Schwanz wedelte, sich hinlegte und aller Angstgebärden der Frau zum Trotz großes, freundliches Interesse an deren Innereien zeigte. Woraufhin die ihr Gedärm hochnahm und, mit beiden Armen schützend umschlungen, an ihre Brust legte.

Es war ein Baby.

Kommt, kommt alle her, nur zu, keine Scheu, immer rein in Kryszinskis mobiles Wüstenlazarett. Bringt eure Siechen, eure Angeschossenen, eure Dehydrierten, eure Schwangeren, und während Kristof sich liebevoll kümmert, habt ihr Zeit, schon mal ihre Gräber auszuheben. Das Essen soll auch toll sein, wie man hört. Vorausgesetzt man mag Spaghetti.

Mann, ich war im Grunde durch mit dem Tag, ich war fertig, und jetzt das.

Ich erhitzte Wasser, mal wieder, legte Seife und Schwamm parat, zog aus einer Schublade unter meiner Koje einen in Plastik eingezippten Stapel Frotteehand- und Badetücher, aus einer Schublade der Werkbank ein Teppichmesser mit unbenutzter, ausschiebbarer Klinge. Diese Schneiden sind nahezu skalpellscharf und, wenn man sie kurz in eine Gasflamme hält, auch noch steril. Trotzdem graute mir ein bisschen vor dem, was jetzt anstand.

»Nun schneid schon«, sagte sie, schluchzend, und hielt mir die Nabelschnur hin, also schnitt ich sie schaudernd durch, kurz vor dem abgebundenen Ende am Bauch des Babys. Puh.

»Hey, Patek Philippe«, bemerkte sie, schniefend, mit Blick auf mein Handgelenk. »Cool.« Ich war etwas verdattert, muss ich sagen. Also, über die Umstände.

»Und nun?«, fragte ich, ratlos.

»Und nun: das heiße Wasser«, sagte sie ungeduldig und brach erneut in Tränen aus.

Sie hieß Jamilah, kam aus Somalia und sprach Englisch mit den gedehnten Vokalen von Posh, dem Akzent der Upperclass, was mich aus irgendeinem Grund amüsierte. Zumindest anfangs.

Der Wasserkanister, den ich ihr gleich zu Beginn geholt hatte, war so gut wie leer und die Packung Kekse komplett. Sie war staubbedeckt, von den Füßen bis hoch zu ihrem Kopf voll unterschiedlich langer, schlanker Zöpfe, hatte sich offenbar selbst aus einer Düne befreit und zum Truck geschleppt. Wieso nur sie allein den tagelangen Fußmarsch und den anschließenden Sandsturm überlebt hatte, und keiner der an-

deren, war auch ihr ein Rätsel. Mehr hatte sie zu dem Thema erst mal nicht zu sagen.
Sie hatte ihr Kind auf ihrem Kleid zur Welt gebracht, jetzt breitete ich ihr ein Badelaken im Schatten neben dem Truck aus und ging die anderen Utensilien holen. Als ich die Spülschüssel absetzte, reichte Jamilah mir ihr Kind und begann augenblicklich, sich einzuseifen. Ich stand einen Moment etwas perplex da, das Neugeborene, glitschig von Kopf bis Fuß, in unsicheren Händen und tat dann das, was augenscheinlich von mir erwartet wurde.
Bella ließ mich nicht eine Sekunde aus den Augen. Sie setzte sich direkt neben mich und sah mir mit der pessimistischen Miene einer Hebamme zu, die die Bemühungen eines ausgesprochen linkischen, tapsigen und nervösen Vaters beim ersten Baden seine- – kurzer Blick –, sein*er* Erstgeborenen begutachten muss.
Dabei schlug ich mich ganz wacker, wie ich fand. Ich seifte ein, ich spülte ab, ich wiederholte, wo nötig, wusch das ganze kleine blaurote Bündel sauber, frottierte es mit dem weichsten Lappen, den ich finden konnte, und legte es auf einem sauberen Handtuch ab, wo die Hebamme mit dem grauen Fell schnüffelnd meine Arbeit inspizierte. Prüfung so gerade eben bestanden, hörte ich aus ihrem gnädigen kleinen Grunzer heraus.
Bella, muss man wissen, ist zur Hälfte Kangal, also Hütehund, und zur Gänze Muttertier. Sie mag mich, ohne jeden Zweifel, doch findet sie an mir nie wirklich genug zu hüten und meist viel zu wenig zu bemuttern. Wir waren uns einig, dass gebadete Babys irgendwie gesalbt werden sollten. Und gepudert? Ich ging suchen.
Bei all den wundervollen Dingen, mit denen die Vorbesitzer dieses Fahrzeug ausgestattet haben, Artikel

zu Unterbringung, Transport, Pflege und Wartung eines Neugeborenen waren nicht darunter. Ich fand keinen Puder, keine Salben oder Cremes. Nur Sonnenöl. Immerhin.

Jamilah stand und rubbelte sich trocken, als ich rauskam. Sie war groß, mager, und ohne den ganzen Staub erstaunlich hellhäutig. Sie hatte die Vielzahl ihrer Zöpfe mit einem davon zusammen- und hochgebunden, so dass die Enden nun in alle Richtungen wippten, was ihr ein bisschen was Medusenhaftes gab. Um den Knöchel ihres rechten Fußes trug sie eine Goldkette, deren unterschiedliche Anhänger bei jedem ihrer Schritte bimmelten.

Das Kleine auf seinem Handtuch begann zu strampeln, seinen zahnlosen Mund zu verziehen und dann zu quäken.

Ich reichte Jamilah das Öl, doch anstelle ihres Kindes rieb sie sich selbst ein, vor allem ihren Bauch, der im Moment einem Fußball ohne Luft glich. Sie bemerkte meinen Blick und drehte sich weg. So begegnete sie Bellas Blick, begriff den Vorwurf darin, hob das quäkende Kleine auf und legte es an ihre Brust, bevor sie erneut in Tränen ausbrach.

»Ich brauche etwas zum Anziehen«, schluchzte sie und verwies auf ihr blutiges Kleid, das in der Spülschüssel einweichte.

Also holte ich ihr eine saubere Jogginghose und ein T-Shirt, das sie rundheraus ablehnte. Also holte ich drei andere, von denen sie eines mit einem Gorillaz-Motiv akzeptierte, mir kurz das Kind reichte, hineinschlüpfte und dann so lange am Halsausschnitt herumzerrte, bis er über ihre eine Schulter rutschte. Jogginghose an, setzte sie sich, nahm ihr Kind wieder in Empfang und bettete es, nun satt und momentan ruhig, zurück auf das Handtuch. Bella seufzte und legte sich mit dem Kopf direkt daneben.

Ich holte frisches Wasser und neue Kekse. Vergrub, da sich niemand anders fand, die Nachgeburt, wusch das Kleid aus und hängte es zum Trocknen an einen der Außenspiegel.

Ich muss sie loswerden, dachte ich. Ich bin nicht der Typ für diese Art von Verantwortung. Und auch nicht für diese Art von Beherbergung. Mich um meinen eigenen Kram zu kümmern beschäftigt mich mehr als genug.

»Bist du verheiratet?«, fragte sie unvermittelt und bewies damit, bei aller Kürze unserer Bekanntschaft, ein erstaunliches Talent, mich aus dem Tritt zu bringen.

»Ja«, log ich nach kurzer Überlegung, einfach weil ich hoffte, so dieses Thema abzuwürgen.

»Zu schade«, fand sie, mit einem enttäuschten Blick aufwärts, hoch zu mir. Sie hatte lange, dichte, schön geschwungene Wimpern, die sie genauso wie ihre großen, dunklen Augen sehr, sehr gut einzusetzen verstand. Ihre Bewegungen waren staksig, schlaksig, wie bei Teenagern, die ihren letzten Wachstumsschub gerade überstanden haben und sich erst noch an die neue Länge ihrer Haxen gewöhnen müssen. Und das entsprach bei ihr wohl den Tatsachen, denn meiner Ansicht nach war sie keinen Tag älter als fünfzehn Jahre.

Ich muss sie loswerden, dachte ich. Ich hasse Teenager, sie sind alle bekloppt.

»Kannst du meine Sachen suchen?«, fragte sie und deutete eine vage Richtung an. Die Sonne befand sich im Landeanflug, also fragte ich, wie weit entfernt ihr Gepäck wohl sei, was mit einem Achselzucken beantwortet wurde. Wir kannten uns erst wirklich kurz, und ihre Attitüde ging mir schon auf den Sack.

Stirnlicht auf, winkte ich Bella, die sich mir nur zögernd anschloss.

Jamilahs Spuren waren recht einfach zu verfolgen.

Die momentane Windstille half natürlich. Sie führten seitlich weg vom Truck, durch die Rillen zwischen den Dünen. Nach etwa einer halben Stunde wurden wir fündig. Ich musste ein wenig wühlen, doch schließlich hatte ich, so hoffte ich, alles an Jamilahs Besitztümern geborgen. Es waren vier leere Wasserkanister, ein Paar Chucks, ein mit goldenen Pailletten besticktes Handtäschchen und – ja, ich staunte auch – ein Rollkoffer. Ich schnackte ihn auf. Er enthielt keinen einzigen Babyartikel, nicht ein einziges halbwegs vernünftiges Kleidungsstück, sondern nur und ausschließlich Klamotten, wie frau sie für einen Ibiza-Urlaub einpacken würde. Passend für Strand, Restaurant, Club und sonst gar nix. Im Handtäschchen fand ich neben dem üblichen Krimskrams eine Kreditkarte, ein Smartphone und eine silberne Pistole, nicht größer als meine Handfläche.

Nichts, sagt man, ist enttäuschender, als wenn deine Träume wahr werden. Okay, seit Monaten wollte ich wirklich gerne jemanden lebend finden und in Sicherheit bringen, und jetzt ergab sich tatsächlich die Gelegenheit. Nur hatte ich mir alles etwas anders vorgestellt. Vor allem die Personen. Erwachsener, um es in ein Wort zu fassen. Jahre, am besten Jahrzehnte hinaus über diesen Zustand, den man grob verniedlichend die Zeit des Heranwachsens nennt.

Die Dunkelheit zog herauf, die Sterne auch. Noch war es angenehm warm, aber nicht mehr lange.

Bella und ich kamen am Truck an, wo Jamilah sich sofort auf ihre Sachen stürzte, insbesondere das Smartphone. Es war tot.

Große, aufgerissene Augen. »Hast du …?«

»Drinnen«, sagte ich. »Auf der Werkbank.«

So gut wie alle größeren Oasen haben Mobilfunkmasten, und je nach Bedarf der Regierung, des Militärs und bestimmter Firmen gibt es durchaus auch an-

derswo in der Wüste Zonen mit WLAN und Handyempfang. Nur, sie zu finden ist Glücksache.
Kein Glück, hörte ich an den frustrierten Geräuschen, die aus dem Truck drangen.
Das Kind hatte inzwischen gekackt, ich rief Jamilah, die es mit allen Anzeichen von Angeekeltsein sauber wischte und ablegte, um drinnen noch mal rasch nach ihrem Handy zu schauen.
Es wurde jetzt sehr schnell kühl und kühler. Ich wickelte die Kleine in ein kleines weiches Handtuch, dann in ein Größeres, fand eine Wollsocke, die ich ihr als Mütze aufsetzte. Dann legte ich das ganze Paket im noch warmen Sand ab. Bella schnaufte zufrieden und schmiegte sich sofort wieder daneben.
Ich muss sie loswerden, dachte ich. Das hier ist nichts für mich, mir geht alles Mütterliche ab, ich bin da anders als mein Hund.
Es gab Spaghetti mit Öl und Tomatenmark, ein Getränk aus Wasser, Trockenmilch und Dörrobst und anschließend Tee. Jamilah aß die Nudeln, trank die Milch, und die Augen fielen ihr zu. Ich bezog mein Bett in der Koje frisch und Mutter und Kind legten sich ab und schliefen beinahe augenblicklich ein, Bella dicht an ihrer Seite.
Ich nahm den Tee mit raus, hockte mich unter die Sterne und sah dem nächsten Tag mit Bauchschmerzen entgegen. Zumindest bis ich ihm mithilfe von Opium einen etwas rosigeren Anstrich verpasst hatte. Wird schon, dachte ich, während ein später, fast runder Mond aufging, wird schon werden.

Der Tag begann mit Tränen, nachdem die Nacht schon mit Babygeschrei und Unruhe durchsetzt gewesen war.
Ich muss sie loswerden, dachte ich. Wenn ich irgendwas nicht brauchen konnte, dann eine Fünfzehnjäh-

rige an der Backe zu haben, die ihre Schwangerschaft bis zuletzt verdrängt hat und nun plötzlich feststellen muss, dass ihre absehbare Zukunft mehr aus Windelnwechseln anstatt aus Party, Party bestehen wird.
Wir brachten die Tränen erst mal hinter uns, improvisierten Windeln aus Küchenkrepp, wir frühstückten mit Kaffee und Keksen, ich räumte auf, packte zusammen, ging eine Runde mit Bella, die nicht aufhören wollte, über ihre Schulter zurück zum Truck zu blicken.
Dann setzte ich mich Jamilah gegenüber in den Sand. Fragen standen im Raum, Entscheidungen mussten her.
Woher, wohin, wovon, warum?
Sie war nicht wirklich gesprächig. Eher maulfaul. Müde, geschockt, was ihr zustand. Trotzdem, wir hatten Dinge zu klären.
Sie kam aus Boosaaso, einer Küstenstadt am Golf von Aden. Sie wollte nach Rom, Mailand oder Paris. Um dort als Model zu arbeiten.
Es kostete Anstrengung, aber ich schaffte es, nicht die Augen gen Himmel zu verdrehen. Onkel Kristof, ganz Ohr, berstend vor Verständnis.
Oder nach London. Oder New York. Geld hatte sie keins mehr, das letzte hatten ihr die verdammten Schleuser abgeknöpft, bevor sie sie und die fünfzig anderen mitsamt dem kaputten Kipplaster mitten in der Wüste zurückgelassen hatten. Die anderen sind irgendwann zu Fuß in Richtung Norden aufgebrochen, sie kam mit ihrem Babybauch und den Wasserkanistern nicht richtig hinterher. Verlor die Gruppe aus den Augen. Dann kam der Sandsturm, sie dachte, sie stirbt.
Das brachte die Tränen zurück. Aus irgendeinem Grund fing auch die Kleine an zu quäken und kam an die Brust.

Mit dem Anlass für ihre Flucht wollte sie nicht so recht rausrücken. Ich beließ es erst mal dabei, es war für den Moment ohne Belang.

»Kannst du mich nicht nach Paris fahren?«

»Euch«, korrigierte ich, was meine Beliebtheit nicht steigerte. »Und nein, kann ich nicht. Paris liegt nicht auf meiner Route.« Womit ich mein Ranking weiter in den Keller schickte.

»Du willst bloß nicht.« Ja, da war viel Wahres dran.

»Pass auf: Ich werde dich und dein Baby irgendwohin bringen, wo ihr sicher seid. Vielleicht kann ich noch dabei helfen, dass ihr zurück nach Haus-«

»Auf keinen Fall!« Das Baby begann wieder zu weinen, so heftig hatte Jamilah reagiert.

»Du sagst, du hast kein Geld mehr. Wie stellst du dir die Weiterreise vor? Was ist denn mit deiner Kreditkarte?«

»Gesperrt«, kam die Antwort recht zähneknirschend.

»Also. Reisen kostet, und ohne Papiere reisen kostet doppelt.«

»Warum kannst du mich nicht fahren?«

Weil ich nicht im Knast landen will, dachte ich.

»Ich habe andere Pläne«, antwortete ich knapp. »Termine«, fügte ich zur Untermauerung hinzu. Nicht sehr solide, wie schon ihre nächste Frage offenbarte.

»Was denn für Termine?«

Mangels einer Antwort überging ich das, schlug stattdessen vor, sie in die nächste größere Oase zu fahren, nach Chirfa, auf dieser Seite der Grenze, wo es meines Wissens nach ein Büro von Transit Secure gab. Konnte ich ihnen auch gleich meine neueste Fotostrecke zur Kopie geben. Aah, was für ein Elend.

»Mit Transit Secure zusammen können wir deine Optionen –«

Nein, war die kategorische Antwort. Sie und die ganze Gruppe waren genau da aufgebrochen, in Chirfa, und der Ort sei voller Schleuser, voller Verbrecher.

»Die werden mich versklaven und verkaufen. Araber sind verrückt nach Mädchen, die so aussehen wie ich. Mit so heller Haut«, fügte sie geziert hinzu und strich sich zärtlich über ihren linken Arm.
Ich muss sie loswerden, diese hohle Fritte, dachte ich. Hat es wirklich mal eine Zeit gegeben, in der ich verrückt war nach solchen, tja, Wesen? Ich muss, äh, verrückt gewesen sein.
»Jamilah heißt übrigens ›Die Schöne‹«, informierte sie mich, einmal in Schwung und nicht recht in der Lage zu bremsen.
Bella auch, dachte ich, so für mich.
Das Kleine wollte und wollte sich nicht beruhigen. Und das war das nächste Problem. Ich meine – da musste doch mal ein Arzt drüberschauen, oder? Ich konnte es drehen und wenden, es lief auf eins hinaus. Ob es mir nun passte oder nicht.
»Okay, ich kann dich bis Tamanrasset mitnehmen.« Irgendwo flott über die Grenze, dachte ich. Kopf eingezogen und durch. Hatte ich schon ein Dutzend Mal gemacht, also. »Von da aus musst du selber schauen.«
»Müssen *wir*«, gefolgt von bitteren Tränen. Und natürlich fühlte ich mich mies.
Wir fuhren los, Jamilah mit dem Kind auf dem Beifahrersitz, Bella vor ihnen zusammengerollt im Fußraum. Der Truck fand sein Tempo, und das war nicht hoch. Wir rollten, wir stampften, wir wühlten uns voran. Es war schaukelig, es war nicht sehr bequem, es war eintönig. Es wurde heiß und heißer. Am frühen Nachmittag stoppten wir in einer winzigen Oase, die auf keiner Karte verzeichnet war. Eine Lehmhütte, halb Haus, halb Stall, halb voll mit Sand. Ein paar Palmen, ein eingezäuntes Geviert, ein Brunnen. Kein Mensch, kein Tier, wie lange schon, war nicht zu sagen.
Meine drei Mitreisenden verzogen sich in den Schatten der Hütte, während ich nicht glauben konnte, wie

lang der verfluchte Strick war, den ich Hand über Hand hochzerrte, bis endlich der Ledersack voll trübem Wasser ans Licht kam. Zweimal noch, und der Brauchwassertank des Trucks war wieder voll. Ein Rest blieb, den ich mir über den Schädel kippte. Eigentlich hätte ich jetzt ganz gern ein Nickerchen gehalten, doch ich wollte wenn möglich bei Tageslicht über die Grenze, die nicht mehr weit war. Ich wollte sie hinter mir haben, das war's.

Vom Dach des Trucks sah ich mir die Gegend vor uns an. Keine Gebäude, keine Fahrzeuge, keine Staubfahnen, nichts als wüste Wüstenei. Zwei, drei, vier Stunden, und wir hatten den Kontrollstreifen sicher hinter uns. Hoffte ich.

In der Fahrerkabine bereitete ich mich auf eine mögliche Begegnung mit Grenzern vor. Legte Papiere bereit, Worte zurecht, und Lakritzbonbons.

Hupe, alles einsteigen, ab ging's.

Wir fuhren. Die Dünen wollten kein Ende nehmen, raubten uns jeden Speed und nagten an meinen Nerven. Und damit blieben sie nicht allein.

»Kannst du mir kein Geld geben?« Jamilah hatte meine Jogginghose gegen Shorts aus ihrer Ibiza-Kollektion getauscht und ihre langen Beine auf dem Sitz gefaltet. Das Baby ruhte neben ihr auf einem Kissen, gehalten mit einer Hand. »Nur geliehen. Ich zahl's dir zurück.« Sie versuchte sich an einem eindringlichen, hypnotischen Blick, ohne rechten Erfolg, weil ich konzentriert nach vorn schaute.

Wenn ich das Gefühl gehabt hätte, ihr Geld in die Hand zu drücken würde ihr wirklich helfen, hätte ich es, im Rahmen meiner Möglichkeiten, getan. Doch sie hatte ihre eigene Barschaft an die falschen Leute verschwendet und ich sah gute Chancen, dass sie mit meiner nicht anders verfahren würde.

»Ich bin selber knapp«, antwortete ich. »Doch in Ta-

manrasset gibt es eine Filiale von Western Union. Lass dir Geld von deiner Familie schicken.«
Sie wandte sich abrupt ab, verschränkte die Arme vor der Brust.
»Das geht nicht!«, fuhr sie mich an. »Du begreifst nicht. Gar nichts.« Tränen folgten.
Bitte, dachte ich, bitte lass mich in Ruhe mit familiären Problemen. Sie hängen mir zum Hals raus.
»Hast du keine Freunde oder Verwandte, die du um Hilfe bitten könntest?«
Heftiges Kopfschütteln, begleitet von noch mehr Tränen.
»Niemand darf wissen, wo ich bin.«
Oh, oh, oh, das klang nicht gut. Ich musste mit Gigi sprechen. Ja, ja, dem Zuhälter. Vielleicht kannte er, mit seinen Kontakten, jemanden Verlässliches, um Jamilah und ihr Kind zu transportieren, wohin sie wollte. Paris, von mir aus. Nicht alle Schleuser müssen Halsabschneider sein. Ja, Gigi war mein Mann. Ich hatte die beiden gefunden, ich wollte sie in Sicherheit wissen, ich war bereit, die Kosten zu tragen. Doch erst mal mussten wir nach Algerien hinein.
Je weiter wir fuhren, desto höher wurden die vom Sturm geformten Dünen. Entsprechend zäher das Vorankommen. Langsamer. Ich hatte mich verschätzt, musste ich mir eingestehen. Es würde Nacht werden, bis wir die Grenze unter die Reifen bekamen. Das hatte ich zu vermeiden versucht. Nächtliche Grenzquerung, fernab aller Wege und Kontrollposten, wonach sieht das aus? Eben.
Und es kam genau so. Die Sonne sank und war einen Moment später weg. Der Himmel wurde schwarz, die Sterne kamen raus. Der Mond ließ sich noch Zeit, das war mir ganz recht, und bei dem verhaltenen Tempo, das uns die Landschaft aufzwang, konnte ich sogar die Scheinwerfer auslassen. Jamilah wurde es lang-

weilig, das Kind wurde quengelig, die beiden zogen sich nach hinten zurück, Bella an ihren Fersen. Blieben ich, mein Lenkrad, mein Schaltknüppel, meine nagenden Bedenken.
Jamilah maulte aus der Koje, dass sie Hunger hätte, eine Pause wollte, pinkeln musste, Windeln wechseln.
»Ein Stück noch«, vertröstete ich sie, »eine Stunde, maximal«, hoffte ich. Es war zu früh, um anzuhalten, zu früh, um Lampen anzumachen, obwohl wir die Grenze eigentlich mittlerweile überquert haben müssten. Eigentlich ... müssten. Gewissheit klingt anders, fühlt sich auch anders an.
Ich fuhr, ich starrte Löcher in die Nacht, ich spürte meine Schultern, schluckte schwer an einem trockenen Hals herum, schrak fürchterlich zusammen, als vor mir schlagartig sechs Scheinwerfer auf einmal aufgerissen wurden. Eine Lautsprecherstimme bellte: »Stop. Contrôle.«
Die Arschlöcher waren genau wie ich ohne Licht gefahren. So was ist einfach nicht fair.
Ich stoppte, hob die Hand vor die Augen gegen den gleißenden Lichtschein. Ließ den Motor laufen, ganz so, als ob ich nichts als eine Formalität erwarten würde.
»Coupez le moteur.« Ja, Scheiße, Formalität.
»Licht aus«, befahl ich zwischen zusammengebissenen Zähnen hindurch nach hinten, »Handy aus. In die Koje, Vorhang zu und keinen Ton.« Dann schaltete ich den Motor aus. Lehnte mich aus dem Seitenfenster und wünschte einen guten Abend.
Sie waren zu dritt, in Kampfanzügen mit Schulterklappen, Käppis auf den Köpfen, und zwei davon mit Sturmgewehren senkrecht vor der Brust, so wie es überall immer üblicher wird. Finger an den Abzügen, wie ich nicht umhinkam zu bemerken.

»Ich habe Sie gar nicht kommen sehen«, bekannte ich höflich, wenn auch ein wenig rau. Trockener Hals, dammich.
Der Dritte trat vor, der ohne Gewehr, schon vom Alter her offensichtlich der Kommandeur dieser Patrouille.
»Wir dich schon«, meinte er aufgeräumt und verwies auf das Fernglas an einer Kordel um seinen Hals. »Nachtsichtgerät. Aus Deutschland.« Sein Blick blieb an meinem Handgelenk hängen. »Hey, Patek Philippe. Sehr schön«, fand er.
»Ein Geschenk«, bekannte ich mit Wärme, die gleichzeitig signalisieren sollte, dass ich keinesfalls bereit war, mich davon zu trennen.
»Na komm, aussteigen«, hieß es mit einem Klaps auf die Fahrertür, »Auto aufmachen, Kontrolle.« Er war einer von der jovialen Sorte, schon immer und für immer Mitte fünfzig, grau um die Schläfen und rundlich um die Taille, stoppelbärtig, locker im Umgang, im Grunde desinteressiert, ein Typus, der mich auf die Zehenspitzen zwingt und mein Alarmsystem auf Rot schaltet.
Ich schnackte die Fahrertür einen Spaltweit auf, um ein gewisses Entgegenkommen zu zeigen, und vertraute dem Kommandeur gleichzeitig an, ein Emissionär zu sein, im Auftrag des algerischen Zolls. Reichte den Wisch mit einer gewissen Geschmeidigkeit raus.
Er zog eine kleine Stablampe aus der Hosentasche und prüfte das Schreiben in ihrem Licht.
»Seit gestern nicht mehr«, stellte er trocken fest und gab mir das Schreiben zurück. »Abgelaufen«, fügte er zufrieden hinzu.
»Ich bin ein guter Freund von Abdel Medelci«, behauptete ich. Kann normalerweise nie schaden, so was.
»Sind wir das nicht alle?« Er drehte sich grinsend zu seinen Leuten um, ganz der Unterhalter. Und ich las ›ADTA‹ von seinen Schultern ab. *Armée de terre algéri-*

enne. Militär, also, nicht Zoll. Ja, verflucht. Trotz der Kühle der Nacht fühlte ich mein Hemd an meinem Rücken kleben.
»Hören Sie«, sagte ich gedehnt und wickelte ein Lakritzbonbon aus, äußerlich so was von gelassen, »ich habe da hinten drin nur meinen Hund, und der ist gefährlich.« Ich schob mir das Bonbon in den Mund. Unbesorgt, unschuldig.
»Gefährlich sind wir auch.«
Ich lutschte geräuschvoll, fasste Mut. Mein nächster Schritt entschied über den Verlauf meiner gesamten Zukunft, da muss ich mich dann schon mal sammeln. Und genau in diesem Moment begann das Baby lautstark zu greinen.
»Hund?«, fragte der Kommandeur und konnte es nicht erwarten, das in der Kantine zu erzählen. »Höre ich da einen Hund?«
Jetzt oder nie.
»Ein Bonbon?«, bot ich freundlich an und schob meine geschlossene Faust aus dem Fenster. Er sah hoch zu mir, plötzlich ernst, kalkulierend, hielt dann die Hand auf, und ich streckte die Finger. Ein diskret zusammengefalteter Fünfhundert-Euro-Schein fiel und landete sicher. Der Kommandeur betrachtete ihn ausdruckslos, drehte den Kopf zur Seite, als ob ich ihn beleidigt hätte und er nicht recht wüsste, wie reagieren, und ich sah mich schon aus der Fahrerkabine gezerrt, gewaltsam zu Boden gebracht und mit den Händen auf dem Rücken gefesselt auf dem Weg ins nächste Militärgefängnis. Doch dann schien er zu einem Entschluss zu kommen, zog in aller Offenheit wieder die Stablampe zurate, entfaltete den Schein, strich ihn glatt und prüfte ihn von beiden Seiten.
Echt war er, so viel wusste ich. Seit man meinen einzigen verlässlichen Abnehmer verhaftet und einer Vielzahl verschiedener Delikte beschuldigt hat, verteile ich

die Dinger wie Prinz Karneval seine Kamelle. Sie sind allesamt registriert, stammen aus einer Lösegeldübergabe, mit der ich betraut war und die in mancher Hinsicht nicht ganz nach Wunsch verlaufen ist. Seither meint Hauptkommissar Menden, meine Bewegungsmuster mit Orten und Zeiten der wiederauftauchenden Scheine in einen Zusammenhang bringen und daraus eine Anzeige basteln zu können. Er ist ein bisschen manisch, in dieser Hinsicht, regelrecht verbissen, und jede neue Meldung über jeden weiteren Schein treibt seinem Kardiologen frischen Schweiß auf die Stirn.
»Wir sind zu dritt«, ließ mich der Kommandeur, Schein nach wie vor in der Hand, wissen. Und mit einem kleinen Seufzer griff ich in meine Hemdtasche. Was sind schon Fünfzehnhundert im Vergleich zu lebenslänglich?
»Und ich stehe im Rang höher«, fügte er hinzu. Neuer Griff in die Tasche. Ein Moment prekärer Ruhe, dann drehten die drei sich wortlos um, gingen zu ihrem sandfarbenen Nissan Patrol, stiegen ein, setzten zurück, fuhren davon.
Ich war plötzlich müde. Erschöpft, wenn auch erleichtert.
Irgendwo ein Stückchen hinter meinem rechten Ohr hörte ich ein leises, metallisches *Klick* und wie jemand eine Menge angehaltene Luft ausatmete. Langsam drehte ich mich um zu Jamilah und ihrer kleinen, silbernen Pistole.
»Gib das her«, sagte ich, müde, doch sie wollte nicht.
»Gib das her!«, brüllte ich, außer mir, und sie gehorchte erschrocken, während das Baby wieder zu weinen begann.
Ich warf die Pistole in die Nacht, zog die Fahrertür ins Schloss, startete, fuhr an.
Ich muss sie loswerden, dachte ich. Sie hätte uns gerade um ein Haar alle umgebracht.

Wieder in Tamanrasset, und ich mochte den Ort immer noch nicht. Der Truck parkte am äußersten Ausläufer der Dattelplantage, räumlich so auf halber Strecke zwischen dem Hôtel du Highway und dem Pappkarton-Slum der Illegalen, außer Sicht der nächsten Straßen und im Schatten der Palmwedel.
Ich übermittelte einen kurzen Bericht und eine lange Liste von Fotos an Transit Secure, was von den Verantwortlichen mit resignierter Bestürzung aufgenommen wurde. Dann verbrachte ich eine deprimierende Viertelstunde mit dem Löschen der Bilder. Es fühlte sich, schwer zu sagen, herzlos an. Diese Menschen hatten gelebt, sie hatten gehofft, sie waren betrogen worden, waren gestorben, jetzt wurden sie gelöscht, und fertig. Als hätte es sie nie gegeben. Andererseits hatte ich nicht vor, mir die Aufnahmen jemals im Leben wieder anzuschauen, und darüber hinaus war überhaupt nicht abzusehen, was für Fragen es provozieren könnte, sollte dieses Material einer Behörde in die Finger fallen. ›Sie scheinen bevorzugt Leichen zu fotografieren, Herr ... Kryszinski. Haben Sie irgendetwas mit dem Tod der abgelichteten Personen zu tun? Ich meine, ursächlich? Nein? Können Sie das beweisen?‹ Weia.
Ich hatte Jamilah klarzumachen versucht, dass es unklug wäre, sich vom Truck zu entfernen, und äußerst riskant, ohne gültige Papiere durch die Straßen der Stadt zu laufen, doch sie hatte das beiseitegewischt.
»Sehe ich etwa aus wie eine Illegale?«
Nein. In fast neuen Chucks, einem allzu luftigen Glitterflitter-T-Shirt, kurz unterm Hintern abgeschnittenen Jeans und mit einer riesigen Sonnenbrille auf der Nase und einem winzigen Täschchen an der Hand sah sie aus wie eine hirnverbrannte Touristin auf arrogantem Konfrontationskurs zu den örtlichen Gepflogenheiten. Südalgerische Frauen tragen Burka mit,

man mag es glauben oder nicht, einem Sehschlitz für nur noch ein Auge, und selbst der ist noch mit Schnüren vergittert. Nach den Freitagsgebeten kann einem der Ort schon mal vorkommen wie die Geburtsstätte des islamischen Fundamentalismus. Da passt man sich entweder modisch ein bisschen an oder man lernt recht schnell, wie wenig belastbar das lokale Toleranzempfinden ist.

Ich sagte: »Das hier ist Tamanrasset, nicht Playa d'en Bossa«, doch es verhallte, ohne irgendwo anzukommen. Ich hätte argumentieren können, wie ich wollte, und doch nur das Gegenteil bewirkt.

»Ich muss Sachen kaufen für mich und Bijoux.«

Ich wollte vorschlagen, das für sie zu übernehmen, doch stattdessen hörte ich mich fragen: »Für *wen*?«

»Für Bijoux. Ich werde mein Baby Bijoux nennen.« Mit so einer ›Was dagegen?‹-Haltung, die einem am besten die Sprache verschlägt, weil jedes Wort … siehe oben. Also wurde ich einen Hunderter los, bekam dafür das arme Mädchen mit dem bescheuerten Namen in die Arme gedrückt und sah seiner Mutter beim Davonstaksen hinterher, so halb und halb hoffend, man möge sie aufgreifen und von einer fanatisierten Menschenmenge steinigen lassen.

»Beeil dich«, rief ich ihr noch nach, ungehört.

Mit den beiden Briten hätte ich mir vermutlich die eine oder andere Nacht um die Ohren gehauen, mit den Schweizern ausführlich über Höhlenmalerei und die Geschichte Nordafrikas geredet. Möglich, dass der Holländer mir abends am Lagerfeuer anvertraut hätte, wie man ohne viel Arbeit an ein Luxusauto kommt. Michelle wäre sicherlich eine super Instruktorin darin gewesen, durch plumpe Beeinflussung möglichst vieler Schwachköpfe im Internet ein flottes Leben zu finanzieren. Und mit den fünfzig Passagieren des Kipplasters hätte ich das Tableau ›Überfülltes Flüchtlingsboot auf Rädern‹ darstellen können, doch wen musste ich lebend aufgabeln? Ausgerechnet?

Ich werde dich Nadeschda nennen, dachte ich und wog die Kleine in meinen Armen. Nach Nadeschda Tolokonnikowa. Oder Ana. Nach Ana Carrasco. Nadeschda-Ana? Hm. Holprig. Ana-Nadeschda? Hm. Spitzname ›Ananas‹. Aber selbst der wäre immer noch besser als *Bijoux*.

Erst als das Baby anfing zu schreien, merkte ich, dass ich mich von seiner Mutter hatte überrumpeln lassen. Ich wusste nicht, was zu tun. Schließlich hatten wir noch nicht mal ein Fläschchen. Also nahm ich sie hoch und lief ein bisschen herum. Beschattet von den Palmen, auf und ab und hin und her. Begleitet von Bella und ihren vorwurfsvollen Blicken. Hin und her und auf und ab. Denn die Kleine wollte sich nicht beruhigen. Sie wollte ihre Mama, doch die war shoppen. Wenn die gleich zurückkommt mit nichts als Eyeliner und Lipgloss, trete ich ihr in den Arsch, bis mir der Fuß wehtut, dachte ich grimmig. Und versuchte es mit Gesang. Lief ein bisschen, sang ein bisschen. Harry Belafontes ›Banana Boat Song‹, Chor und alles. Die Kleine schrie. Ich ließ ›The World We Knew‹ folgen, glatt und geschmeidig über zweieinhalb Oktaven. Man nennt mich nicht umsonst den Sinatra von Eppinghofen. Die Kleine quäkte. Als Nächstes … Dean Martin? Ja, warum nicht? Ich fühlte eine Nähe, eine Seelenverwandtschaft mit diesen letzten echten Performern. Dagegen kann der … Wie heißt der mondgesichtige Barde mit den roten Haaren und karierten Hemden noch mal? Komm grad nicht drauf. Egal. Einpacken kann der gegen uns, so viel ist sicher. Doch auch meine gefühlvollste Interpretation von ›That's Amore‹ schaffte es nicht, Nadeschda zu trösten. Es war in gleichem Maße anrührend wie nervtötend. Vielleicht half ein bisschen was Flotteres? Ich wollte gerade ›Welcome to the Jungle‹ von Guns ´n Roses anstimmen, als mir auffiel, mich recht weit vom Truck entfernt zu haben, dafür aber den improvisierten Unterkünften der Migranten recht nahe gekommen zu sein. Und aus dem Schatten einer dieser Behausungen löste sich ein … Schatten. Ein großer Schatten. Groß und … schattig. Ich kann mir nicht helfen, mich gruseln diese verfluchten Burkas. Und es wird nicht unbedingt besser, wenn sie mich auch noch überragen. Die Trägerin blickte runter auf Bella, die sah hoch, setzte sich und fächelte Staub mit ihrem Schweif.

»Lass uns tauschen«, sagte die Frau mit sanftem Timbre, zauberte aus den Falten ihres Gewandes ein Wickelkind und reichte es mir, so wie ich ihr Nadeschda. Ihres war größer, schwerer, dunkler, glücklicher. Die gurgelnde Sorte. Ich sagte: »Guddieguddieguddie«, und das Kleine strahlte zahnlos und griff nach meiner Nase. Nadeschda wiederum verschwand unter der Burka und Ruhe kehrte ein. Hey, dachte ich, sind hier noch mehr Mütter? Kann ich die kennenlernen? Vielleicht finde ich ja ein spätes Glück als allseits beliebtes Mitglied einer Stillgruppe.

Eine Fliege setzte sich dem Baby aufs Gesicht. Ich pustete sie weg, doch sie kam sofort wieder und dann noch eine. Genervt hob ich den Blick und bemerkte das erste Mal, von was für einem Haufen Müll wir hier umgeben waren. Und wie ruhig es war. Niemand zu sehen, niemand zu hören.

»Wo sind die Leute hier?«, fragte ich.

»Unsichtbar«, kam die Antwort. »Lass uns rübergehen.« Schweigend liefen wir zum Truck, wo sie in einem der beiden Klappstühle Platz nahm, sich überzeugte, dass wir unbeobachtet waren, und dann erst den Kopfteil der Burka lüftete und zurückwarf. Sie war zu meiner gelinden Überraschung weder vom

Volk der Tuareg noch von dem der Berber, sondern eine Schwarzafrikanerin, so rund und so dunkel wie ihr Kind, mit sehr kurz geschorenem Haar und einem aufmerksamen Blick. Ihre bedächtigen Bewegungen und ihre nachdenkliche Art zu sprechen strahlten eine enorme Ruhe aus.

»Du solltest nicht singen«, sagte sie ruhig.

Ich hob eine Braue, die ein warnendes ›Und wieso, bitte schön, nicht?‹ transportieren sollte.

»Du kannst es nicht. Deine Stimme ist schauerlich und macht der Kleinen Angst.«

Was? Ich fuhr komplett aus der Haut, brüllte: »Gib mir sofort mein Kind zurück!« Nein, Scherz. Ich schluckte das einfach und beschloss, ihr diese infame Herabwürdigung meiner Sangeskunst bei nächster Gelegenheit heimzuzahlen. Bald schon, dachte ich, willst du was von *mir*, und dann, haha, dann ...

Sie hieß Oumou, ihre Tochter Ami. Ich stellte mich, Bella und, mit einem zögernden Seufzen, Bijoux vor. Oumou sah mich an und ich machte eine hilflose Geste. Sie nickte verstehend. Sie und ihre Tochter kamen aus Mali, waren vom Volk der Dogon. Und Christen. Sie trug die Burka nur zur Tarnung.

»Ich muss einkaufen, ich habe ein kleines Kind zu versorgen«, erklärte sie in einem klaren, korrekten Französisch. »Deshalb diese Maskerade. Wenn man mich als Illegale erkennt, bringen sie uns in den Niger und setzen uns irgendwo aus. Und das gilt für alle da drüben. Es ist nicht umsonst so still. Keiner will gesehen oder gehört werden.«

Das sind so Statements, zu denen man als Außenstehender nur schwer etwas beitragen kann. Oumou wirkte auch nicht so, als ob sie das erwarten würde. Sie holte Nadeschda wieder hervor und wischte ihr den Mund ab.

»Ist das lange, dünne Ding etwa ihre Mutter?«, fragte sie.
Ich nickte.
»Wie alt ist sie?«
»Ich weiß nicht. Fünfzehn?«
»Und woher?«
»Aus Somalia.«
»Hat sie einen Vater für das Kind? Ist sie verheiratet? Nein? Dann ist sie deshalb hier?«
»Keine Ahnung. Glaubst du das?«
»Anzunehmen«, meinte sie. »Großes Thema, in Somalia, die Ehre.« Und sie strich sich mit dem Daumennagel einmal quer über die Kehle.
Na super, dachte ich. Volltreffer.
Ich gab Oumou ihr Kind zurück, ging rein und kochte Tee. Als ich mit Kanne und Bechern wieder rauskam, war Jamilah zurück. Mit leeren Händen, dafür aber einem dicken Hals. So wie sie es schilderte, hatte man sie wegen nicht ausreichender Bekleidung aus dem Hypermarché geworfen und dann, auch wenn sie es anders formulierte, wegen anhaltender Großmäuligkeit noch die Polizei hinzugerufen. Die hatte ihr meine hundert Euro abgeknöpft, Begründung ›Profanität‹.
»Halbaffen, verfluchte.«
»Und anschließend haben sie dich einfach wieder laufengelassen?«, wunderte sich Oumou.
»Ich hab denen gesagt, dass ich mit meinem deutschen Stiefvater« – Geste auf mich – »auf Urlaubsreise bin und dass er ein sehr guter Freund von Abdel Medelci ist.«
Mein Handy bimmelte, bevor ich das auch nur ansatzweise kommentieren konnte.
»Komm her«, befahl Abdel Medelci und fügte, wie ich fand unnötig pointiert, »mein *Freund*«, hinzu.
Ich muss sie loswerden, dachte ich. Bevor sie uns alle in den Abgrund reißt.

»Deinen Pass«, verlangte Abdel anstelle einer Begrüßung, kaum dass ich durch die Tür war. Kein guter Start in dieses Gespräch, musste ich feststellen und auch, dass ich vergessen hatte, Wodka mitzubringen. Das Einzige, woran ich so gerade noch rechtzeitig gedacht hatte, war, meine Armbanduhr abzunehmen und einzustecken.
Abdel legte ein schwere Hand auf meinen Pass und starrte mich aus Augen an, die mir noch roter als sonst vorkamen und auch tiefer in den Höhlen zu sitzen schienen. Dies, wurde rasch klar, war keiner von Abdel Medelcis besseren Tagen.
»Weißt du, was los ist«, begann er grollend, »wenn die verdammte Polizei sich in den Kopf setzt, ich wäre mit Menschenschmugglern befreundet?«
Eine Sekunde lang spielte ich mit dem Gedanken, mich komplett doof zu stellen, so wie ich es ein Leben lang mit einigem Erfolg bei Hauptkommissar Menden praktiziert habe, doch nur eine Sekunde lang. Da war die Hand, auf meinem Pass, und da war der Umstand, dass ich mich sehr, sehr weit weg von zu Hause befand, in einer Gegend mit einer rigorosen Rechtsauffassung.
Ich sagte: »Ich weiß nicht, was in sie gefahren ist. Sie ist jung, sie ist hochnäsig und sie ist dumm.« Immer so nah wie möglich bei der Wahrheit bleiben ist ein guter Tipp für Verhörsituationen.
»Und sie ist illegal in Algerien.« Es war keine Frage.
»Sie ist die einzige Überlebende eines Transports von über fünfzig Personen.« Ein Appell an sein Mitgefühl. Komplett in den Wind gepisst, um es salopp auszudrücken.
»Wo sind die anderen?«, kam es barsch.
Oh, oh, oh, Vorsicht, Kristof. »Na, tot, sag ich doch.«
»Wo sind die Leichen?« Er wurde sauer, ungeduldig. Schwer, sich davon nicht beeindrucken zu lassen. Aber ich habe Erfahrung. Und diese wirklich überzeugende

Unschuldsmiene, deren Anblick Menden einen blasigen Schaum vor den Mund zaubern kann.
»Na, in der Wüste. Ihr Lkw ist liegengeblieben, dann kam dieser Sandsturm ...«
»Im Niger!«, brüllte er. »Du warst im Niger, die beiden Deutschen suchen, da hast du die Kleine eingesammelt und anschließend über die Grenze geschmuggelt, und soll ich dir sagen, was dir blüht ...«
»Unsinn«, unterbrach ich ihn. »So etwas würde ich nie tun. Ich hab sie nur hier in Algerien die letzten Kilometer bis nach Tam mitgenommen, ein Akt der Menschlichkeit. Das musst du mir glauben.« Oder das Gegenteil beweisen, stand tonlos pfeifend im Raum.
»Doch wo wir gerade beim Thema sind ...« Ich zog Michelles Smartphone aus der Tasche und legte es auf den Schreibtisch zwischen uns. »Es gehörte der Deutschen«, erklärte ich. »Vielleicht magst du es ja an ihre Angehörigen weiterleiten. Falls sie die Leichen bergen wollen, vergiss bitte nicht zu erwähnen, dass sie in und an einem Minenfeld liegen.«
Er nickte, wenig interessiert.
Wir sahen uns an. Irgendwas nagte an ihm.
»Die Polizei erwartet eine Klärung des Sachverhalts«, sagte er schließlich.
»Da gibt's nicht viel zu klären. Stell mir einen Passierschein aus und ich bin in Nullkommanichts aus der Stadt.«
»Einen *was*?«
Falls sich niemand anderes finden sollte, blieb es an mir hängen, Jamilah ans Mittelmeer zu bringen und da weiterzusehen, und zwar schnell. Der kürzeste Weg, räumlich wie zeitlich, war der Trans-African Highway, nur waren entlang dieser Strecke Kontrollen an der Tagesordnung.
»Einen Passierschein. Für drei Personen.«
»Drei?«

»Sie hat ein Kind. Ein Neugeborenes.«
»Völlig ausgeschlossen. Wenn die EU dahinterkommt, dass wir Passierscheine für Schleuser ausstellen, streichen sie uns die Gelder zusammen. Und dann noch mit meinem Stempel, meiner Unterschrift? Es wäre mein Ende. Wir reden hier über Millionen, Hunderte von Millionen.«
»Fährt gut, der Mercedes?«
»Welcher Mercedes?« Seine Unschuldsmiene war nicht halb so überzeugend wie meine, selbst wenn ich es bin, der das beurteilt.
»Die schwarze G-Klasse da draußen. Mit Ledersitzen und, wie mir aufgefallen ist, neuerdings algerischen Kennzeichen.«
»Ich habe einen regulären Kaufvertrag dafür.«
Blieb nur die Frage, wer dem Verkäufer die verdorrte Hand zur Unterschrift geführt hatte. Ich dachte daran, damit zu drohen, die Verwandten des Holländers zu informieren, sah in Abdels Augen, die auf genau so etwas lauerten, und vergaß es augenblicklich.
»So, mein *Freund.*« Abdel kam zu einem Entschluss. Er schlug meinen Pass auf, nahm einen Kuli zur Hand, zog ein paar energische Striche, krakelte irgendetwas darunter, klappte den Pass zu und warf ihn mir rüber. »Du hast achtundvierzig Stunden, Algerien zu verlassen.«
Maghrebinische Dankbarkeit, dachte ich bitter. Es war ein Fehler gewesen, ihm die G-Klasse zuzuschanzen, es machte mich in dieser Sache zu einem Mitwisser, und Jamilah lieferte Abdel jetzt den perfekten Vorwand, um mich aus dem Land zu kicken.
»Und noch ein Ratschlag«, schickte er mir hinterher. »Du musst sie loswerden.«
Als ob ich das nicht wüsste.

Achtundvierzig Stunden. Verflucht. Einmal draußen in der Wüste, konnte mir die Frist ziemlich egal sein. Nur

hier, in Tamanrasset, zwang sie mich zum Handeln, zum Weiterreisen.
Ich war zu Fuß zum Zollgebäude gelaufen, hatte den Truck für Jamilah und ihr Baby stehen gelassen. Oumou war so nett, uns für einen Tag mit Windeln und Puder und Säuglingsmilch auszuhelfen. Morgen würde ich einen Großeinkauf tätigen, Proviant für eine Woche oder mehr einladen. Je nachdem, wohin die Reise denn ging. Und in welcher Begleitung. Für heute Abend besorgte ich nur Gemüse, Reis, Parmesan, Fladenbrot, ein paar Tomaten. Risotto und Salat, so war der Plan. Ich musste mit Gigi sprechen, mit Mombassa, mit Jamilah.
Achtundvierzig Stunden. Verflucht.

Mombassa war busy. Grenzstreitigkeiten zwischen Eritrea und Äthiopien ließen beide Seiten Söldner anheuern, und Mombassa holte Angebote ein und schrieb Namen in Listen. Für mich und meine Probleme blieb da im Moment keine Zeit.
Der Abend kam, das Tageslicht schwand und nahm die Hitze mit, die Ausgangssperre leerte die Straßen von Tamanrasset und spülte mich zurück zum Truck.
Oumou und Jamilah hatten draußen den Klapptisch zum Wickeltisch umfunktioniert, kümmerten sich um ihre Kleinen, Bella zu ihren Füßen, ich stand drinnen am Herd.
Gemüse anschwitzen, Reis dazugeben, Brühe angießen, umrühren, zwanzig Minuten ziehen lassen, dann geriebenen Parmesan daruntermischen … Risotto zu kochen ist nicht besonders schwer. Nur das Ziehenlassen auf einer Gasflamme ist knifflig, ohne einen Teil des Gerichts in Rauch aufzulösen. Ich versuchte es, indem ich den Topf in eine Pfanne voll köchelnden Wassers stellte, und war ganz zufrieden mit dem Ergebnis. Während der Reis quoll, schnippelte ich noch

einen Tomatensalat mit Zwiebeln und Knoblauch und arrangierte Fladenbrot in einem Korb, den ich vorher mit einem karierten Tuch ausgelegt hatte. Wenn schon, denn schon.

Wir aßen unter den Sternen, Oumou, Jamilah und ich, während die Kleinen, bewacht von Bella, schliefen. Das reinste Idyll, oder nahe dran.

Schemen bewegten sich in der Behelfssiedlung am anderen Ende der Plantage, gedämpfte Stimmen waren zu hören, kleinere Kochfeuer zu sehen. Eine schmale Gestalt löste sich aus der Szenerie, kam in unsere Richtung geschlendert, gefolgt von einer kugelförmigen Gestalt im Trippelschritt. Gigi und Chouette. Weil eine Tasse Reis nicht so aussieht, als bekäme man damit drei Personen satt, hatte ich zwei genommen, deshalb war noch eine Menge Risotto übrig, also ging ich rein und holte zwei Teller und zwei Gabeln. Die beiden nahmen hocherfreut am Tisch Platz, Oumou setzte sich zu Bella und den beiden Babys, Jamilah verzog sich wortlos nach drinnen.

»Hey, Patek Philippe«, bemerkte Gigi, als ich den Teller vor ihn hinstellte. »Möchtest du vielleicht verkaufen?«

»Ein Geschenk«, erklärte ich, begleitet von Kopfschütteln.

Er nahm's mit Gleichmut hin, griff zur Gabel, aber pickte eigentlich nur im Essen herum, schien mehr daran interessiert, seine schlanken, beringten Finger in möglichst eleganter Bewegung zu halten, während Chouette sich mit halb geschlossenen Augen und verträumter Miene mittenrein in das Herz des Kochs mampfte. Als alles aufgegessen war, räumte ich das Geschirr drinnen in die Spülschüssel und kramte eine Flasche Wodka hervor. Jamilah saß vorn im Beifahrersitz, umgeben vom erstaunlich vielteiligen Inhalt eines kleinen Schminktäschchens und voll mit der

Dramatisierung ihres Augenaufschlags beschäftigt. Die Frage: ›Für wen?‹, striff mich flüchtig und ich konnte nur hoffen, dass nicht für Gigi.

»Wodka, jemand?«

Oumou deutete nur kurz von Kind zu Brust und schüttelte den Kopf, doch Gigi nahm gern einen und Chouette schlug bescheiden die Augen nieder, rang ein bisschen mit sich und akzeptierte dann »vielleicht ein halbes Gläschen«.

Wir plauderten eine Weile über dies und das, bis ich nachgoss und dann ohne große Umschweife, wenn auch halblaut, auf meine Anliegen zu sprechen kam, angefangen damit, dass ich nicht recht wusste, wohin mit Jamilah, während gleichzeitig meine Aufenthaltserlaubnis heruntertickerte.

Damit stieß ich bei den beiden auf nicht viel mehr als ein recht bemüht höfliches Interesse. Ich dachte kurz daran, den Wodka wieder zuzuschrauben und wegzuschließen. Aber echt.

»Wenn sie kein Geld hat, und niemanden, der ihr etwas schickt, wird sie arbeiten müssen«, meinte Gigi, ganz der Pragmatiker.

»So ist das Leben«, seufzte Chouette und nippte damenhaft an ihrem Glas, wie die ganze Zeit schon, nur ein winziges Schlückchen, dafür aber eins nach dem anderen, kontinuierlich, man könnte behaupten permanent. Ich kam kaum mit dem Nachgießen hinterher. Schleuser? Gigi kannte zwei, vielleicht drei, denen halbwegs zu trauen war, nur waren die zurzeit unterwegs und keiner konnte sagen, ob und wann sie zurückkehrten. »Oumou wartet auch«, fügte er hinzu.

»Egal, was ihr besprecht«, unterbrach uns Jamilah von der Tür des Trucks her, »ich werde auf keinen Fall in diesen dreckigen Slum da drüben ziehen und mit dem ganzen Ungeziefer zusammenwohnen.« Es war nicht ganz klar, wen oder was sie damit meinte. Und

es war auch nicht klar, was sie dagegen tun wollte, sollte ich mich entscheiden, sie rauszukicken und allein weiterzureisen. Sie ging mir auf den Sack, die somalische Prinzessin.
»Wir würden es sowieso nicht zulassen«, meinte Gigi, kaum dass Jamilah wieder reingestürmt war. »Das Lager ist jetzt schon zu voll, es gibt immer mehr Stress, nicht zuletzt mit der Polizei.«
Es ist eine der bittereren Erfahrungen des Lebens, dass Probleme, die man sich selbst aufgehalst hat, meist nur schwer an andere weiterzureichen sind.
Kurz darauf erschien Jamilah wieder, die Augen geschminkt wie Disneys Bambi, das Haar straff zu einem vielzopfigen Pferdeschwanz zurückgebunden, in einem Kapuzensweater über einem kurzen, wippenden Rock, und verabschiedete sich mit knapper Geste, klimpernden Armreifen und klingelndem Fußkettchen.
»Wo gehst du hin?«, fragte ich und hasste mich dafür.
»Aus«, kam die knappe Antwort.
»Du weißt, dass Ausgangssperre ist?« Warum hielt ich nicht einfach die Schnauze?
Genervtes Aufstöhnen. »Nur für eine halbe Stunde. Nur die paar Schritte bis zum Hotel.«
Drüben stiegen die Funken über dem Grill auf, alle Söldner waren draußen, Flaschen in Händen, Rufe und Gelächter schallten herüber, die Atmosphäre sichtlich aufgekratzt, viele würden schon morgen früh aufbrechen zu was die Medien in vornehmer Zurückhaltung gern ›Kampfhandlungen‹ nennen.
Gigi erhob sich, half auch Chouette auf die Höhe ihrer Sandaletten. Beide bedankten sich, mussten aber weiter, ebenfalls Richtung Hotel, versuchen, möglichst vielen Söldnern den bevorstehenden Abschied zu versüßen. Gigi legte mir noch kurz und vertraulich eine Hand auf die Schulter.

»Du musst sie loswerden«, raunte er.
Am besten noch heute, dachte ich finster, da fing Bijoux an zu weinen, und ich seufzte, nahm sie hoch, in den Arm, trug sie ein bisschen hin und her, machte beruhigende Geräusche, und sie fand zurück in den Schlaf.
»Ich weiß nicht, was ich machen soll«, gestand ich Oumou. »Mir wächst das über den Kopf.«
Sie legte den Kopf schräg. »Sie ist allein, sie ist entwurzelt, vollkommen überfordert. Und sie ist noch so jung, in einem extrem schwierigen Alter. Selbst wir Pädagogen geraten da oft an unsere Grenzen. Und wir haben das studiert.«
»Du bist Lehrerin?«
»Ich war.« Sie zögerte. »Ich war mal eine respektierte Person. Ich hatte einen Beruf, ein Haus, einen Mann. Doch mein Mann ist bei einem Unfall gestorben, die Schule, an der ich unterrichtet habe, existiert nicht mehr, das hat mir den Job genommen, schließlich das Haus. Und nun bin ich hier.«
»Wie lange schon?«
»Neunundzwanzig Tage.« Sie brauchte nicht nachzurechnen.
»Was ist mit der Schule passiert?«
»Niedergebrannt, viele Lehrer, viele Schüler ermordet.« Oumou starrte einen Moment ins Leere. »Ich hatte Glück«, beantwortete sie die Frage, die ich nicht zu stellen gewagt hatte, und starrte einen weiteren Moment vor sich hin. »Es gibt viele Methoden, Menschen in Bestien zu verwandeln«, fuhr sie dann fort, »doch keine funktioniert so gut wie Religion.«
Bijoux begann wieder zu weinen. Oumou stand auf, und wir tauschten Babys. Es kam mir langsam ganz natürlich vor.
»Zurück zu Jamilah«, sagte sie sachlich. »Sie muss von hier weg. Sie ist hier nicht sicher.«

»Du meinst, vor ihrer Familie?«
Sie nickte. »Religion, Tradition und Familienehre. Eine letale Addition.« Nuckelnde Geräusche unter der Burka lösten das kindliche Geschrei ab. Ami in meinem Arm schlief tief und fest.
»Sie will nach Paris«, sagte ich.
Oumou seufzte. »Wo man schon den roten Teppich für sie ausgerollt hat, es kaum erwarten kann, sie über Nacht zu einer Berühmtheit zu machen, was dann Rockstars und Fußballprofis Schlange stehen lässt, bis sie sich gnädig für einen entscheidet, um ihr Luxusleben anschließend als Seifenoper ewiger Glückseligkeit zu inszenieren.«
Ich sah sie fragend an. »Französischlehrerin?«, riet ich.
»Mädchenschule«, antwortete sie nickend.
Wir schwiegen eine Weile.
»Ich wollte in dem Alter Gangster werden«, bekannte ich dann. »Fluchtwagenfahrer für Bankräuber.«
»Und ich Tänzerin«, sagte sie.
Wir schwiegen wieder ein bisschen.
»Doch dann haben sie die Banken gegen Überfälle gesichert.«
»Und ich bin gewachsen.« Sie deutete Höhe und Breite an.
»Und jetzt?«, fragte ich.
»Ich möchte irgendwohin, wo ich ohne Angst leben und mein Kind ohne Angst zur Schule schicken kann.«
Aus der Richtung des Hotels kam ein leises, langsames, rhythmisches Scharren, oder Knirschen. Und es schien sich zu nähern. Ich stand auf und sah nach. Doch da war nichts zu sehen. Das Gelände hinter dem Hotelgebäude war, abgesehen vom Grill, unbeleuchtet, und das restliche Terrain lag trotz eines recht vollen Mondes komplett im Dunkeln, weil im Schatten der nahen Berge. Ich blickte runter zu Bella, die mit mir aufgestanden war. Sie spähte, lauschte, prüfte

die Luft, und kratzte sich dann mit der Hinterpfote am Ohr. Unbesorgt, kann man sagen. Ich setzte mich wieder.

»Hörst du das auch?«, fragte ich, und Oumou lächelte. »Das ist Roots«, sagte sie. »Er kommt oft abends vorbei, um mir Honig ums Maul zu schmieren.«

»A-ha. Und?«

»Er ist Äthiopier.« Er ist über hundert. Er ist Junkie. Er hat Lepra. So hörte sich das an. Bedauernd, dabei endgültig. »Und er …«

»Und er ist ein verkrüppelter Zwerg«, kam es aus dem Dunkel, begleitet von knirschenden Geräuschen. Bella setzte sich auf und senkte interessiert den Kopf. Jemand näherte sich auf einem Skateboard mit recht großen Rädern, so wie sie unter Disco-Roller geschraubt werden. Liegend. Schob sich Meter für Meter mit der rechten Hand und dem rechten Knie voran. Jemand mit heller, kratziger Stimme und einer riesigen Beanie auf dem Kopf.

»Ach du je«, sagte er, als er mich erkannte. »Der Schießkünstler.«

»Bella, *fass*!«, befahl ich. Nein, Scherz.

Roots rollte bis an den Tisch und richtete sich auf.

»Na, Süße?«, wandte er sich an Oumou. »Ich kann nur hoffen, du machst dem Colon hier keine schönen Augen.«

›Colon‹ ist kurz für ›Colonist‹, also Siedler, und in Afrika ein Synonym für ›weißer, ahnungsloser Schwachkopf‹.

»Du weißt, dass du mir versprochen bist.«

»Wie könnte ich das vergessen?«, antwortete sie und klang müde dabei.

»Und du mach dir erst gar keine Hoffnungen«, ranzte er mich an und zog sich hoch in einen Klappstuhl. Angekommen, beugte er sich vor, legte den linken Arm mithilfe des rechten auf den Tisch, deutete mit

dem Kinn auf die Wodkaflasche und sagte: »Ich nähm einen.«
Also ging ich und holte ihm ein Glas, die schlafende Ami weiterhin auf dem Arm. Man gewöhnt sich dran.
»Hey, Patek Philippe«, meinte er, als ich ihm eingoss. »Wem hast du die denn geklaut?«
»Ein Geschenk«, korrigierte ich ihn knapp.
»Würd ich an deiner Stelle auch behaupten.« Damit kippte er sich den Wodka rein und hielt mir das Glas wieder hin.
Ich fragte mich, wie ich das nachher vor mir selbst rechtfertigen sollte, einen verkrüppelten Zwerg geohrfeigt zu haben, und entschied mich gerade für ›im Affekt‹, da streifte ein Tetra Pak den Pfad meiner Gedanken und rief mich zur Vernunft. Ein Tetra Pak Passata di Pomodoro.
»So, du bist also der Sugardaddy der Kleinen, die vor den ganzen Kerlen da drüben mit ihrem mageren Arsch wackelt?«
»Und wenn schon«, sagte ich, entschlossen, mich nicht weiter provozieren zu lassen, und musste feststellen, dass die Flasche leer war und ich einen sitzen hatte.
»Sie sagt, du bist schwerreich, willst sie heiraten und mit nach Paris nehmen.«
»Nuuun«, sagte ich gedehnt, »das erzähle ich immer allen.«
»Trotzdem, ganz schön mutig«, fand er. »Kennst du ihre Familie?«
»Noch nicht«, bekannte ich. »Du denn?«
»Klar. In Somalia kennt die jeder.«
»Ich dachte, du bist Äthiopier?«
»Jamaikaner. In Äthiopien geboren. Aber unsere Nachbarn wollten mich aufs Feuer werfen, kaum dass ich auf der Welt war. Strenggenommen suchten sie nur einen Vorwand, meine Eltern zu vertreiben, und den fanden sie dann in mir und meiner angeblichen Teu-

felsbesessenheit. Deshalb sind wir nach Somalia umgezogen. In eine Gemeinschaft anderer heimatloser Rastafaris.«
»Ah«, sagte ich, dachte nach, ob ich noch eine Flasche aufmachen sollte und entschied mich dagegen.
Ami wurde unruhig, strampelte und quäkte, deshalb gab ich sie ihrer Mutter zurück und bekam dafür die unter der Burka schlummernde Bijoux ausgehändigt.
Roots blickte verblüfft drein. »Seit wann hast du zwei davon?«, fragte er Oumou.
»Hab ich nicht. Das da ist Jamilahs Kind.«
»Im Ernst?« Er pfiff leise zwischen den Zähnen hindurch und, als ich an ihm vorbeiging, packte er meinen Arm mit festem Griff. Ich blieb zwangsläufig stehen, sah gereizt auf ihn herunter, wir starrten uns in die Augen. Und begriffen gleichzeitig. Wir hatten etwas gemein, das uns nicht trennte, aber auch nicht verband. Etwas, das uns auf eine Stufe stellte. Ob wir wollten oder nicht.
»Du musst sie loswerden«, sagte er eindringlich.

Babygeschrei weckte mich im allerersten Morgengrauen. Unterm Truck, wie ich bemerkte. Das Babygeschrei kam von oben, aus dem Aufbau. Ich wartete, dass Jamilah das Kind beruhigte, und wartete vergebens.
Sie war spät zurückgekommen, lange nachdem sich erst Roots und anschließend auch Oumou verabschiedet hatten, und hatte mir voll Verzückung irgendeinen Mist über einen sehr netten Jungen erzählt, den sie kennengelernt hatte. Einen *Engländer*. Sie sprach das aus, wie man in Kostümfilmen ›von Adel‹ haucht.
Ich war gezwungen gewesen, auf sie zu warten, weil ich ja wohl kaum die kleine Bijoux unbeaufsichtigt lassen konnte, und in einer entsprechenden Laune. Ob

ich ihn sehen wollte, hatte Jamilah gefragt und ihr Smartphone gezückt.
Ich hatte »Nein!« geblafft, und sie hat ihn mir natürlich trotzdem gezeigt. Und, was soll ich sagen, ich kannte ihn. Es war der Drecksack, der auf meinen Hund geschossen hatte. Sid Vicious.
Bijoux heulte jetzt, und ich kickte unter den Wagenboden, um die Mutter zu animieren. Nichts tat sich.
»Jamilah!«, brüllte ich. Keine Antwort. Es wurde Zeit für den schon lange fälligen Tritt in den Arsch und ich war in prächtiger Stimmung, ihn auszuführen. Mit wütender Entschlossenheit riss ich mir die Decke vom Balg, wälzte mich raus ins Freie, sprang auf die Beine und war mit drei langen Schritten die Treppe hoch und im Truck.
Und allein. Allein mit Bijoux und Bella. Ein Blick in die Koje, da lag die Kleine, und nur sie, ein Blick nach vorn in die Fahrerkabine, da war niemand, und das war's. Ich nahm Bijoux hoch, trat raus, sah mich im ersten Licht des Morgens um, protestierendes Gequäke im Ohr, doch der Truck stand einsam in der Gegend, einsam und verlassen.
Sie ist abgehauen, war mein erster Gedanke. Ohne ihr Kind, der zweite. Ich konnte es nicht glauben, ging wieder rein. Was wird jetzt aus dem Kind?, fragte ich mich und spürte einsetzende Panik. Das Fläschchen mit dem Schnuller obendrauf stand auf der Arbeitsfläche neben dem Herd, aber leer, es war nichts vorbereitet und ich in einem Zustand wie vor den Kopf geschlagen. Ich riss den Vorhang der Koje beiseite, legte die Kleine wieder hin, musste ja irgendwie die Hände freihaben. Am Kopfende lag Jamilahs Rollkoffer, offen, Klamotten quollen heraus. Die waren also noch da. Hm. Rasch durchstöberte ich die Sachen, suchte hastig die ganze Kabine ab, aber Jamilahs Smartphone fand sich nicht. Noch mal hm.

Mit heiß aufflammendem Ärger wurde mir bewusst, mich die ganze Zeit nicht für ihre Nummer interessiert zu haben. Wo, verflucht noch mal, konnte Jamilah hin sein?

»Lass mich raten«, sagte Oumou von der Tür her und ich fuhr zusammen, »Jamilah ist weg. Und ohne ihr Kind«, stellte sie fest, was nicht zu überhören war.

»Du wirkst nicht überrascht.«

»Zwei meiner Schülerinnen haben sich Boko Haram angeschlossen.« Sie reichte mir Ami, nahm Bijoux auf. »*Nach* dem Überfall. Nach dem *Massaker*. Bei Teenagern überrascht mich gar nichts mehr.«

»Ihre Anziehsachen sind noch hier«, sagte ich.

»Soso«, machte sie, griff nach einer Packung Windeln und ging die Treppe runter zum Tisch. »Das heißt, sie ist nicht weit.«

»Moment mal, du glaubst, sie würde ihr Kind zurücklassen, aber nicht ihre Klamotten?«

»Ja. Sie hat noch gar nicht richtig begriffen, dass sie Mutter ist. Und wenn sie es ansieht, dann sieht sie nur dieses schreiende kleine Ding, das ihrer ganzen gloriosen Lebensplanung im Weg steht. Aber wenn ich sage, sie ist nicht weit, muss das nicht bedeuten, dass sie nicht in Schwierigkeiten ist.«

Man hatte sie nicht gewaltsam aus der Koje geholt. So tief schlafe ich nicht, und da war immer noch Bella. Gleichzeitig brauchte man nur »Paris« zu raunen, und Jamilah würde einem folgen wie eine Schlafwandlerin. Sid Vicious, dachte ich. Ein verrohter, jugendlicher Straßenräuber. Ich hätte sie warnen müssen. Blieb die Frage, ob es etwas genützt hätte. Ach, verflucht. Vielleicht kam sie ja gleich zurück, mit irgendeiner flapsigen Erklärung.

»Hast du schon gefrühstückt?«, fragte ich.

»Nein.«

»Kaffee oder Tee?«

»Kaffee.«
»Kommt.«
Na, ein großes Büfett würde es nicht werden. Ich packte Fladenbrot in den Korb, Marmelade dazu, arrangierte Kekse und getrocknete Früchte auf einem Teller, kochte eine Kanne Kaffee. Als ich mit dem ganzen Krempel rauskam, hatte Oumou inzwischen Bijoux gewickelt und an ihre Brust gelegt. Die Sonne kam hoch. Mein letzter Tag in Tamanrasset brach an und ich wusste nicht ein noch aus.
»Ich kann hier nicht hocken und warten«, sagte ich.
»Du fühlst dich verantwortlich. Das ist normal.« Irgendwas an Oumous Art regulierte mich runter wie eine Hand am Dimmer. Bijoux war erst mal versorgt. So. Ich schlürfte Kaffee, aß einen Keks.
Sid Vicious ging mir nicht aus dem Kopf. Er hatte ausgesprochen dämlich in Jamilahs Handykamera gegrinst mit seinen Cola-Zahnstümpfen und ich hätte mich gefragt, was Jamilah in ihm sah, wenn mir nicht schon längst klar geworden wäre, dass für sie bei Männern im Moment nur eine Qualität zählte, und das war die ihrer Pässe. »Er ist nicht verheiratet«, hatte sie mich wissen lassen, und ich hatte noch darüber nachgedacht, wie ich ihr klarmachen sollte, dass europäische Einwanderungsbehörden minderjährige Dritte-Welt-Ehefrauen alles andere als mit offenen Armen empfangen und dass auf ihren jungen Mann mit dem wundervollen Pass in der Heimat mit hoher Wahrscheinlichkeit nur das warme Nest des britischen Strafvollzuges wartete. Na, ohne Belang, jetzt.
»Sprich mit Roots«, riss mich Oumou aus meinen Gedanken. »Auch wenn es dir schwerfällt.«
Ich warf ihr einen schrägen Blick zu. Macht mich immer misstrauisch, wenn jemand mich so durchschaut. Undurchschaubar, wie ich eigentlich bin.

»Du darfst Jamilahs Familie nicht vergessen. Die bleibt nicht untätig. Eine Tochter, die in Sünde lebt, kommt in Somalia einer sozialen Ächtung gleich. Roots kann dir dazu mehr sagen.«
Hab ich erwähnt, dass ich in keine Familienangelegenheiten mehr hineingezogen werden möchte? Hört mir mal jemand zu?
»Kann ich euch für eine Weile allein lassen?«, fragte ich.
Konnte ich.

Mombassa saß in frühmorgendlicher Ruhe auf der Bank hinterm Hotel, neben sich einen Teller voll Croissants und honigsaturierten Backwerks.
Der Kellner kam heraus, als ich die Tür passierte, und wir gingen die paar Schritte bis zur Bank zusammen.
»Heute ohne Hund?«, fragte er.
»Sie wollte nicht mit, hat wichtigere Aufgaben, wie sie meint.«
»Tee?«
»Gern.«
Mombassa aß ein Croissant wie jemand, der vollkommen in dieser Beschäftigung aufgeht. Gestern früh hatte er noch zwei Smartphones gleichzeitig an den Ohren und rund fünfzig Männer um sich herum gehabt.
»Ruhig, heute«, stellte ich fest. »Alle schon abgereist?«
»Nein, keiner«, antwortete er und stippte sein Croissant in seinen Milchkaffee. »Sämtliche Aufträge sind von jetzt auf gleich auf Eis gelegt. Waffenstillstand. Diplomatie«, seufzte er. »Idiotische Erfindung. Nutzt keinem was.«
Mein Tee kam, begleitet von einem in eine Papierserviette gewickelten Knochen. Ich bedankte mich, ausdrücklich auch in Bellas Namen.
»Die kleine dünne Jamilah war gestern Abend hier«, sagte ich.

Er nickte.
»Sie hat mit einem Typen gesprochen, der ein bisschen aussieht wie Sid Vicious?«
»Sid wer?«
»Ah, ich vergesse ja immer wieder, dass du mitten im Dschungel aufgewachsen bist. Wer hat dich noch mal großgezogen? Nilpferde? Ein Wunder, dass du überhaupt sprechen kannst.«
»Und lesen und schreiben noch dazu. Das waren ein paar verdammt smarte Hippos.«
»Also, Punkrock. Schon mal gehört? So was wie eure Urwaldtrommeln, nur mit elektrischen Gitarren dabei? Sex Pistols? Der dürre Pseudo-Bassist?«
»Du meinst Vinnie«, sagte er. »Wieso Pseudo?«
»Er hat nie ein Instrument gelernt.«
»Und was haben sie bei Konzerten gemacht?«
»Sie hatten einen Bassmann hinterm Bühnenvorhang. Weißt du, wo dieser Vinnie zurzeit übernachtet? Hier im Hotel?«
»Nein, irgendwo da draußen. Der Afghane und seine Bande hausen meist in Zelten, heute hier, morgen da.«
»Weißt du, wie viele das sind?«
»Nein. Die Zahlen schwanken, aber auf niedrigem Niveau. Fünf, zehn max, würde ich sagen. Für gewöhnlich unterhält der Afghane immer zwei Teams. Eins fährt herum, macht Beute, eins hält die Basis und bewegt sie alle paar Tage. Doch er ist geizig, zahlt schlecht. Wer kann, sucht sich bald was anderes.«
»Was machen sie in Tam?«
»Na, einkaufen. Tanken. Zum Arzt gehen. Zum Frisör. Was interessiert dich an denen?«
»Gestern Abend hat Jamilah mit Vinnie gesprochen, heute Morgen ist sie weg. Irgendwann im Laufe der Nacht verschwunden, ohne eine Nachricht, ohne ihr Kind.«

»Ah.« Mombassa sah mich an. »Kristof, wie schaffst du es nur, dir immer wieder solche Probleme aufzuhalsen?«
»Reine Glücksache. So was fliegt mir einfach zu.«
»Glücksache, ja, wundervoll. Bist du nicht in die Wüste gereist, um runterzukommen? Und stattdessen verstrickst du dich in Schwierigkeiten, und noch dazu in denen anderer Leute. Hör mir zu: Halt dich raus. Die Kleine ist auf dem direkten Weg ins Verderben, so oder so, und wenn du nicht aufpasst, gehst du mit. Also. Nimm deinen Hund, schwing dich in deinen Truck, fahr in die Ténéré, freu dich des Lebens. Und mach vor allen Dingen einen Riesenbogen um den verfluchten Afghanen. Dieser Kerl hat mehr Leute umgebracht als jeder andere, den ich kenne.«
Wenn ich so was sagen würde, wäre das nichts Besonderes, so viele Leute mit Tötungsdelikten auf dem Kerbholz kenne ich nicht, aber aus Mombassas Mund waren das Worte wie Donnerhall.
»Was ist mit Roots? Wohnt der hier?«
Mombassa nickte. »Du willst ihn sprechen?«
»Muss.«
Mombassa wählte eine Nummer auf seinem Handy und kurz darauf konnte man die Skateboardräder drinnen über die Fußbodenfliesen rattern hören.
»Lass mich raten«, krähte Roots, kaum raus aus der Tür, »sie ist dir abgehauen.«

Zurück zum Truck fuhr ich mit einem Toyota-Jeep ohne Verdeck, ohne Windschutzscheibe, ohne Türen, den ich mir von Mombassa geliehen hatte. Ich war in dieser seltsam halsstarrigen Verfassung, die mich immer packt, wenn alle Welt zu mir sagt: Tu's nicht. Das sagt sich so einfach, halt dich raus, mach einen Bogen, du kannst eh nichts ändern, vergiss das Ganze. Aber obwohl sich solche Situationen in den seltensten Fäl-

len einfach durch Passivität lösen lassen, ist es überhaupt nicht zu sagen, was mir alles erspart geblieben wäre, wenn ich diese Ratschläge jemals hätte befolgen können.
Roots hatte Jamilahs Handynummer rausgekriegt. Ein bisschen auf seinem Smartphone rumgetippt und zack. Nicht nur das, er wusste auch, dass sie heute Morgen um drei Uhr das letzte Mal online gewesen war. Mittlerweile war ihr Handy aber nicht mehr zu erreichen, ausgeschaltet. Oder irgendwo ohne Empfang. Oder kaputt.
Ich bat Oumou, mir eine Einkaufsliste zu machen. Dinge, die sie benötigte, Dinge, die die Babys brauchten. Sie ging rein, setzte sich an den Schreibtisch und griff zu Stift und Papier, Bella an ihrer Seite.
Ich knöpfte mir derweil den Truck vor, kleine Inspektion vor vermutlich großer Fahrt. Wenn Jamilah jemanden gefunden hatte, der sie hoch zum Mittelmeer brachte, würde ich die Verfolgung aufnehmen. Doch das erschien mir unwahrscheinlich, nicht so sehr wegen Bijoux – was Oumou dazu gesagt hatte, deckte sich mit meinen Eindrücken –, mehr wegen des Koffers. Eine Dreitausend-Kilometer-Reise antreten ohne Klamotten zum Umziehen? Nicht mit Jamilah. Blieb die Möglichkeit, dass man sie vom Truck weggelockt, in die Wüste verschleppt, vergewaltigt und ausgesetzt hatte. Hässliche Vorstellung, aber von der Hand zu weisen war sie nicht. Das Hotel war voll mit abgebrühten Männern, für die sexualisierte Gewalt zum Berufsalltag gehörte. Ich hätte Jamilah gestern Abend nicht dahin gehen lassen dürfen und hatte doch keinerlei Handhabe, sie daran zu hindern. Gleichzeitig wurde Oumou nicht müde, mich vor Jamilahs Familie zu warnen, doch noch gab es nicht das geringste Anzeichen dafür, dass die tätig geworden wäre. Etwas anderes beschäftigte mich viel mehr. Wie es sich an-

hörte, hatte Jamilah überall herumerzählt, ich wäre reich und hätte vor, sie zu ehelichen. Vielleicht um einen der europäischen Passinhaber eifersüchtig zu machen, um einen Naivling zu animieren, sie vor mir zu retten, oder was sonst in ihrem pubertierenden Hirn vorging. Dieses Geschwätz könnte jemanden mit krimineller Fantasie …

Ein weißer Pick-up stoppte neben mir, gerade als ich Öl nachfüllen wollte. Vinnie grinste mich durch das offene Beifahrerfenster an wie das ›Vorher‹-Foto einer Zahnklinik-Werbebroschüre. Neben ihm, am Steuer, saß sein schwarzafrikanischer Kollege und blickte nervös drein.

»Wenn du sie zurückwillst, Kinderschänder«, sagte Vinnie, »musst du zahlen.«

Offen und geradeheraus, so hab ich's gern. Aus irgendeinem Grund fühlte ich mich erleichtert. Das Spekulieren hatte ein Ende, ich wusste jetzt, woran ich war. Allem Anschein nach lebte Jamilah also. Sehr gut.

»Ha, kein Cent«, entgegnete ich. »Ich bin froh, dass ich sie los bin.«

Das wischte ihm das Grinsen aus dem Gesicht, kann man sagen. Er stieg aus, blickte grimmig, und ich fragte mich, ob seine Eltern ihn nach Vinnie Jones benannt hatten, dem Premier-League-Fußballer, der Gegenspieler schon mal mit ›Ich reiß dir den Kopf ab und scheiß dir in den Hals‹ begrüßte. Na, wenn man dem Kleinen sonst nicht viel mit auf den Weg geben kann, dann zumindest diesen sympathischen Namenspatron.

»Wenn wir sie als Fickfleisch verkaufen, kriegen wir locker hundertfünfzig dafür«, behauptete er. »Dir lassen wir sie für hundert.«

»Hundert Euro?«

»Hundert*tausend*.« Er wurde giftig. Leicht zu provozieren.

Durch die offene Beifahrertür sah ich, dass der schwarze Johnny Rotten eine große Pistole quer auf dem Schoß liegen hatte. Es wäre vielleicht ganz klug, mahnte ich mich, meine Attitüde ein wenig zu zügeln.
»Sekunde, ich schau mal eben nach, wie viel ich dahabe.« Ich kletterte hoch in die Fahrerkabine des Trucks.
»Joseph, steig aus«, befahl Vinnie seinem Kollegen, ohne mich aus den Augen zu lassen. Der gehorchte, sah sich kurz um, konzentrierte sich dann ebenfalls auf mich, die Waffe flach an seinen rechten Oberschenkel gedrückt.
Ich ließ die Fahrertür offen. Mit Bewaffneten, vor allem mit nervösen Bewaffneten, muss man jede Möglichkeit eines Missverständnisses vermeiden.
»Hier ist schon mal nichts«, stellte ich nach einem Griff hinter die Sonnenblende fest. Ich fasste mir in die Hemdtasche. »Ah, schon besser. Ich hätte noch …«, ich zählte Scheine, »… vierhundert. Haben wir einen Deal?«
»Ich hatte hunderttausend gesagt. Willst du uns verarschen?«
»Na, ein bisschen Verhandlungsspielraum wird ja wohl drin sein. Mein Vorschlag: Treffen wir uns in der Mitte.« Ich kramte in meiner Hosentasche, fand noch einen Schein, hielt das Geld hoch. »Neunhundert. Na, kommt! Gebt euch einen Ruck.«
»Du nimmst das nicht ernst.«
Ich ließ die heitere Pose verpuffen. »Doch«, sagte ich fest. »Nur ihr habt die falschen Informationen.«
Vinnie und Joseph tauschten einen Blick, zuckten die Achseln, stiegen wieder in den Pick-up, denselben übrigens, den sie bei unserer Begegnung in der Wüste gefahren hatten, Einschusslöcher und alles.
Ich sprang aus dem Truck, ging zu ihnen, stützte mich auf dem Dach ab und beugte mich ins Beifahrerfenster.

»Hey, Patek Philippe. Ist die echt?«
»Was? Aber selbstverständlich! Was glaubt ihr denn? Total echt. Hab ich irgendwo ein Zertifikat drüber. Kann ich euch zeigen. Gehäuse und Armband sind aus reinem, massivem 988er Gold. Da hab ich damals, als ich noch Geld hatte, fünfundneunzigtausend für gezahlt, und sie steigt täglich im Wert. Ein Sammlerstück. Also, was sagt ihr? Lasst uns tauschen. Ich kriege Jamilah, ihr diese wirklich kostbare Uhr.«
Vinnie sah Joseph an, der griff zu seinem Smartphone, tippte und wischte ein bisschen, hielt es Vinnie hin. Der warf einen Blick drauf, drehte sich wieder zu mir und sagte: »Hör auf. Das Ding ist aus China, das sehe ich von hier aus und ich würd's nicht für 'ne Schachtel Kippen tauschen.«
Es ist verletzend, wenn dein Wort weniger gilt als das Ergebnis einer schlampigen Internetrecherche, aber was will man machen. Moderne Zeiten.
»Okay, dann sag ich es jetzt klipp und klar: Die neunhundert sind alles, was ich habe. Und mehr kann ich auch nicht besorgen. Was die Kleine über mich erzählt, ist alles Blödsinn. Also am besten bringt ihr sie einfach zurück oder sagt mir, wo ich sie aufgabeln kann. Und ihr erspart euch eine Menge Ärger.«
»Versuchst du etwa, uns zu drohen?«
Ich richtete mich auf, starrte in Vinnies gelbliche Augen, todernst.
»Nein, ich versuche, euch zu beraten. Algerien ist kein rechtsfreier Raum. Und ich bin kein rechtloser Migrant.« Ich machte einen Schritt zurück, sah von einem zum anderen. Sie wirkten unbeeindruckt, wahrscheinlich weil ich bei unserem letzten Zusammentreffen nicht eben eine beeindruckende Figur abgegeben hatte. Man muss bei solchen Gelegenheiten einfach gewohnheitsmäßig einen von ihnen über den

Haufen schießen, dann begegnen einem die anderen anschließend mit wesentlich mehr Respekt.
»Wenn du die Hunderttausend nicht auftreibst, verhökern wir Jamilah an den Meistbietenden«, meinte Vinnie gelassen, und Joseph startete den Motor. »Wahrscheinlich an einen Puff in Doha.«
Dazu gab es nichts zu sagen. Mit einer resignierten Geste drehte ich mich weg, griff wieder zum Ölkanister und hörte, wie sie wegfuhren. Die Unverschämtheit des Ganzen war schon erstaunlich. Man kam nicht umhin, sich zu fragen, wie gut vernetzt der Afghane wohl war. Und wie gut versteckt.
»Was machst du jetzt?«, fragte Oumou, die alles mit angehört hatte.
»Ich gehe einkaufen«, sagte ich, plötzlich klar im Kopf und voll fokussiert. Für das, was ich vorhatte, musste ich bis zum Einbruch der Dunkelheit warten, und bis dahin gab es Dinge zu erledigen. »Und ich denke, Bijoux sollte einen Arzt sehen. Nur um sicherzugehen, dass alles in Ordnung ist. Ami vielleicht auch? Gibt es hier irgendwo einen Kinderarzt?«
»Nur das Krankenhaus.«
»Dann fahren wir da jetzt hin.« Ich dachte kurz nach. »Brauchen wir dafür irgendwelche Papiere?«
»Nein, die fragen nicht danach. Eher schon nach Geld.«

Krankenhaus. Hast du eins gesehen, hast du sie alle gesehen. Und wie immer, wie überall, hieß es warten, warten, warten.
Ich kann mir nicht helfen, ich bin kein Typ für Krankenhausflure und Wartezimmer, ich kriege da keine Luft. Kurz bevor ich blau anlief, ließ ich Oumou ein paar Scheine da und verabschiedete mich zum Einkaufen. Bloß raus hier. Mit langen Schritten Richtung Ausgang, stoppte ich plötzlich, regelrecht abrupt. Aus dem

Augenwinkel hatte ich in einem der Zimmer einen Bekannten wahrgenommen, beziehungsweise, wenn ich ehrlich bin, in erster Linie dessen schwarzgrauen Gabelbart. Der Afghane, ganz recht. Er sprach mit einem Arzt, der sehr viel nickte, immer wieder ein Klemmbrett konsultierte und dabei ernst und fachmännisch wirkte, so wie sie es alle gern tun. Mein Blick wanderte sofort hoch zur Schulter des Afghanen, doch die sah gut aus, ausgesprochen gut sogar, nur noch verpflastert; dafür trug er nun einen breiten Verband um den Bauch, aus dem sich ein Schlauch in einen Plastikbeutel halb voll Blut und ... Weißnichwas schlängelte. Entweder hatte der afghanische Hotzenplotz sich schon wieder eine Kugel gefangen oder aber ein anderes internistisches Problem. Na, noch trug er ein Engelshemdchen, noch hing er am Tropf und sah irgendwie nicht nach einer baldigen Entlassung aus.
Ich ging weiter, bevor er mich bemerkte. Man könnte auf die Idee kommen, dachte ich, Vinnie und Joseph versuchten, während der Abwesenheit ihres Bandenchefs ein bisschen schnelles Geld auf eigene Rechnung zu machen. Mein Puls hob sich. Ohne den alten Halunken waren die beiden nur zwei unterbelichtete kleine Ratten. Und in Eile. Das ließ hoffen, das eröffnete Möglichkeiten.
Doch erst mal hieß es Vorräte anschaffen. Ich musste aus der Stadt, noch war nicht klar, unter welchen Umständen, was bedeutete, eventuell auch fluchtartig, und wenn, dann wollte ich ohne Zwischenstopp so weit wie möglich weg.

Ich packte die Ladung zweier großer Einkaufswagen in den Toyota-Jeep, nach kurzer Fahrt von da um in den Truck, in Schränke und Regale, unter den Schreibtisch und die Werkbank, die meisten Wasserkanister hoch aufs Dach. Gas, Diesel und Brauchwasser hatte

ich schon direkt bei meiner Ankunft im Ort aufgefüllt, vorausschauend wie ich bin. Bald würde ich am Steuer sitzen und fahren, fahren, fahren, und der Gedanke hatte etwas Befreiendes.
Oumou war noch nicht zurück, und Bella erwartete sie sehnsüchtig, platt auf dem Bauch, Kopf zwischen den Pfoten, die Nase in der Richtung, in der wir vorhin davongefahren waren. Jedes Geräusch, jede Bewegung riss ihr die Augen auf, Kopf und Ohren in die Höhe.
Ich machte mir einen Tee, holte die Kartentasche raus und mein SatPhone, setzte mich an den Tisch. Der Truck hat – oder besser hatte – einen eigenen GPS-Tracker, mehr für den Fall, dass ich ihn aus welchen Gründen auch immer nicht wiederfinden sollte, als für den eines Diebstahls, und deshalb nur halbherzig unter der Sonnenblende versteckt. Dort hatte ich ihn vorhin abgepflückt und anschließend in eines der Einschusslöcher des Pick-ups geschoben. Jetzt ließ ich ihn durch mein SatPhone orten. Das Signal stagnierte, das hieß, der Pick-up parkte. Mit Lineal und spitzem Bleistift übertrug ich die Koordinaten auf eine Karte Südalgeriens. Dort, wo sich die Linien kreuzten, etwa fünfundzwanzig Kilometer außerhalb der Stadt, war nichts. Was heißt nichts. Die ganze Gegend war grob schraffiert und mit ›Zone Militaire‹ beschriftet. Das konnte alles Mögliche heißen. Von ›Brachland in militärischem Besitz‹ bis ›Betreten unter Androhung von Schusswaffengebrauch verboten‹. Nun, falls der Wagen am Abend noch dort stehen sollte, würde ich es herausfinden.
Oumou kam mit einem Taxi zurück, allerdings unverrichteter Dinge. Man hatte sie weggeschickt, wegen eines Busunglücks mit zahlreichen Verletzten, ihr aber einen Termin für den frühen Abend gegeben, mit einem beruhigend großen Zeitpolster bis zum Eintreten der Ausgangssperre. Ich kochte uns Tee und Spa-

ghetti mit Pesto aus dem Glas, während sie sich, unterstützt von Bella, um die Babys kümmerte.
Mit den Kleinen in Bellas Obhut kam sie rein und ließ ihren Blick über die Vorräte streichen, sagte aber nichts. Genauso wenig wie ich. Es war völlig unabsehbar, was die nächsten Stunden, was dieser Tag, diese Nacht noch bringen würden, und es wäre unfair gewesen, möglicherweise unhaltbare Versprechungen zu machen, unerfüllbare Hoffnungen zu wecken.
Ich goss die Nudeln ab, sie griff sich Geschirr und Gabeln und wir deckten den Tisch. Kaum dass wir saßen, kam Roots auf seinem Skateboard um die Ecke geschrammt, also stand ich auf, um ihm einen Teller zu holen.
»Sie sind hier«, sagte er, leicht außer Atem.
»Wer?« Ich stoppte, halb die Treppe hoch.
»Jamilahs Familie.«
»Merde, merde, *merde*!«, entfuhr es Oumou. Es war das erste Mal, dass ich sie fluchen hörte.
»Wie?«, fragte ich, wie man so fragt, überrumpelt.
»Flugzeug«, antwortete er, wie man so antwortet.
»Woher wussten sie ...?« Ich ließ den Satz auslaufen, holte den Teller und eine Gabel.
»Wie ich schon sagte.« Roots zog sich in meinen Klappstuhl, ich nahm meinen Teller und hockte mich auf die Treppe. »Die Familie ist bekannt in Somalia. Einflussreich. Eine der führenden Familien eines der führenden Clans. Man kann fast sagen Royalty. Ich vermute, einer der Somalis im Hotel hat Jamilah erkannt und ihre Leute benachrichtigt. Dieses Mädchen ist saudämlich, sich so offen zu zeigen.«
»Ja, und jetzt?«
»Sei froh, dass du sie los bist. Du erinnerst dich, was ich dir über diese Sippe erzählt habe?«
Ja, ich erinnerte mich. Der Vater war offiziell ›Unternehmer‹ gewesen, aber jeder in Somalia wusste, dass

er Schiffe kaperte und Lösegeld erpresste, ›Pirat‹ wäre somit eine präzisierende Berufsbezeichnung. Gewesen deshalb, weil ihn französische Marineinfanteristen bei seinem letzten Überfall erschossen hatten.
»Und jetzt sind seine Söhne hier, um ihre eigene Schwester umzubringen«, meinte er und mampfte Spaghetti. »So was gibt's nur bei den Muslimen.«
»Ja, und das Kind?«
»Tja. Wir können nur hoffen, du wolltest immer schon eins.«
»Ääh …«
»Sie wird dir schon ans Herz wachsen«, meinte Roots mit vollem Mund und schwer vergnügt. »Warte nur ab, bis sie dreizehn oder vierzehn wird.«
Oder fünfzehn, dachte ich. Und schauderte unwillkürlich.
Nach dem Essen ging ich rein, spülte Geschirr und verstaute alles, was es zu verstauen galt, bevor man sich in raues Terrain begibt. Eine wachsende Anspannung überkam mich. Ich würde agieren müssen, ich würde improvisieren müssen, und was dabei herauskam, war nicht zu sagen.
Oumou wollte gern zurück ins Krankenhaus, auch wenn es bis zu ihrem Termin noch etwas dauerte, also fuhr ich sie und die beiden Babys dahin und setzte sie ab. Als ich zum Truck zurückkam, hatte Roots sich inzwischen verabschiedet.
Ich kletterte hoch in die Fahrerkabine, hockte mich hinters Steuer und versuchte eine Art von Bilanz, als eine Art von Grundstein für eine Art von Plan. Okay. Jamilah befand sich, wie es aussah, in der Hand von einer nicht genau definierten Anzahl von Geiselgangstern. Gleichzeitig wurde sie verfolgt von ihren eigenen Brüdern, Anzahl ebenfalls noch unbekannt. Und dann war da ich. Auf der anderen Seite, wenn man so will. Wenn ich so wollte. Ich war mir nicht

wirklich sicher. Es gab da eine nicht von der Hand zu weisende zahlenmäßige Diskrepanz zu meinen Ungunsten. Es wäre deshalb sicherlich von Vorteil, wenn ich es so drehen könnte, dass ich sie zumindest nicht alle auf einmal gegen mich hatte. Fazit: Ich musste, wenn, agieren, improvisieren und tricksen wie schon lange nicht mehr. Eine kleine Stimme in mir sagte: Hau ab. Hör auf Mombassa, hör auf Roots, schmeiß den Truck an und mach dich augenblicklich vom Acker. Doch da war noch Bijoux. In Nadeschda umbenennen und im Waisenhaus abgeben wie einen Streuner im Tierheim? Eijeijei. Bella würde mir das nie verzeihen.
Ein Auto näherte sich von hinten. Polizei, war mein erster Gedanke, Zoll, mein zweiter, bevor ich realisierte, dass es sich um einen Mietwagen handelte, einen der lokalen Land Rover Freelander, lackiert in diesem peinlichen Zebramuster. Er stoppte neben dem Truck, am Steuer eine vollverschleierte Frau, daneben ein großer, schlanker Typ von vielleicht Anfang zwanzig, dahinter eine rundere Gestalt, nicht recht auszumachen aus meinem Blickwinkel. Alle drei stiegen aus, also drückte ich die Fahrertür auf und drehte mich in meinem Sitz in ihre Richtung. Die rundere Gestalt erwies sich als ein übergewichtiger Jüngling von vielleicht vierzehn Jahren, der sich einen Marshmallow nach dem anderen aus einer Riesentüte ins Maul stopfte. Er und der Größere trugen dunkle Trainingsanzüge mit drei weißen Streifen die Seiten runter und hatten schwarze Sonnenbrillen auf. Die Frau war in eine bodenlange, kaffeebraune Burka gehüllt, doch nicht in die südalgerische Version, sondern in eine, die ihr zumindest einen Sehschlitz über beide Augen zugestand. Der Größere löste sich von den anderen, trat auf mich zu, wünschte mir in mühelosem, wenn auch etwas steifem Englisch einen guten Nachmittag.

»Mein Name ist Abdirahim, dies ist mein Bruder Abdiraxman, und das hier ist unsere Mutter.«
Ich nickte allen zu. Mutter schien keinen Namen zu brauchen.
»Wir sind auf der Suche nach unserer Schwester Jamilah.«
Ich nickte wieder.
»Man hat uns gesagt, dass Sie der Mann sind, der sie und ihr Kind aus der Wüste gerettet hat.«
Ich dachte daran, ein drittes Mal zu nicken, entschied mich dann aber für eine Lautäußerung. »Das ist richtig.«
»Mein Kind! Wo ist mein Kind?«, schluchzte die Mutter.
»Wir würden uns erkenntlich zeigen, wenn Sie uns Hinweise zum Aufenthaltsort unserer Schwester geben könnten.«
»Ich habe sie nicht verkauft«, warf ich ein, »falls ihr das meint.«
Nein, nein, nein, nein, nein. Kopfschütteln, generelle Beschwichtigung.
Abdirahim sprach mit dem gleichen Akzent wie seine Schwester, fiel mir auf. Dieses Oberklasse-Englisch, das aus Marks & Spencer ›Mawks 'n' Spinsaa‹ macht. Ich fragte ihn, woher sie das hatten. Er lachte.
»Englische Hauslehrerin«, erklärte er. »Genannt ›Miss Snotty‹. Trug die Nase immer soooo hoch.« Er drückte seine Nase mit dem Zeigefinger nach oben, bis er den Kopf komplett im Nacken hatte. »Ab einem gewissen Einkommen kann man in Somalia seine Kinder nicht in öffentliche Schulen schicken«, erklärte er dann. »Zu gefährlich, es gibt immer noch zu viele Milizen.«
»Mein Kind!«, mischte sich die Mutter ein und stampfte mit dem Fuß auf. »Ich will zu meinem Kind! Und zu meinem Enkel! Wo ist mein Enkelkind?«
Weder Abdirahim noch Abdiraxman gingen auf das Lamento ihrer Mutter ein. Beide blickten unverwandt

in meine Richtung. Der Größere, Abdi 1, steckte sich eine Zigarette an, Abdi 2 mampfte einen Marshmallow nach dem anderen, mechanisch, wie zwangsgesteuert. Äußerlich wirkten sie ruhig, doch ich spürte einen Stresslevel, eine mühsam kaschierte Nervosität, ähnlich Lampenfieber, wenn nicht nackter Angst. Es strahlte von ihnen ab, pulsierend wie blaues Licht von einem Autodach. Sei gewarnt, sagte es zu mir.

»So wie ich das verstehe«, tastete ich mich vor, »hat Jamilah Schande über eure Familie gebracht.«

Ooooh, große Gesten der Abwiegelung von allen dreien. Ich konnte mir nicht helfen, es hatte ein bisschen was Verabredetes, Einstudiertes.

»Das mögen manche so sehen«, gestand Abdi 1 ein. »Altmodische Menschen, davon gibt es zu Hause immer noch viele. Doch wir sehen das anders. Wir stehen für das moderne, das tolerante Somalia. Wir sind hier, um Jamilah und ihr Kind heimzuholen. In den Schoß der Familie.«

»Mein Kind, ich will mein Kind zurück«, schluchzte die Mutter und schlug die Hände vors Gesicht.

»Jamilah ist entführt worden«, sagte ich und kletterte aus der Fahrerkabine.

»Entführt?«, heulte die Mutter auf und rang die Hände in blanker Verzweiflung.

»Wissen wir«, stellte Abdi 1 klar. Die Inszenierung bröckelte ein wenig, Mutter schien ihren Part nicht richtig draufzuhaben. »Die Entführer haben uns kontaktiert.« Fast hätte ich gefragt, doch dann fiel mir ein, dass Jamilah ja ihr Handy dabeihatte. »Sie wollen hunderttausend Euro.«

»Und, habt ihr das Geld?«

»Wir wären bereit, es zu zahlen.« Bereit, wenn auch nicht scharf drauf, hörte ich heraus.

»Wo sind sie? Wo ist mein Kind? Wo mein Enkelkind?«

»Niemand trennt sich gern von so einer Summe«, sagte

ich, als ob ich täglich vor ähnlichen Entscheidungen stünde. »Deshalb hier mein Vorschlag: Ich biete meine Hilfe an, meine Dienste, wenn man so will. Ich bin Privatdetektiv mit jahrzehntelanger Erfahrung darin, Vermisste aufzuspüren und ihnen aus allen möglichen Zwangslagen zu helfen. Mein Honorar wäre zehn Prozent der Lösegeldforderung. Gesetzt den Fall, ich bringe euch Jamilah unversehrt zurück.«
»Das klingt angemessen«, fand Abdi 1. Sein jüngerer Bruder signalisierte Zustimmung, ohne dafür die Marshmallow-Zufuhr zu unterbrechen. Es konnte einem vom bloßen Zusehen schlecht werden.
»Bringen Sie mir mein Kind zurück«, flehte die Mutter mit sich überschlagender Stimme, »ich sterbe sonst. Mein Herz hält diesen Schmerz nicht mehr aus.«
So langsam näherten wir uns einem Punkt, an dem ich der Frau die Hände um den Hals legen und zudrücken wollte. Vehement.
»Doch ich habe eine Bedingung: Ihr müsst mir etwas Zeit geben. Sagen wir, vierundzwanzig Stunden. Ich kenne die Entführer, sie sind zu allem fähig. Ich möchte, dass ihr euch nicht einmischt, im Gegenzug nehme ich sämtliche Risiken auf mich.«
»Das klingt vernünftig«, fand Abdi 1.
»Gut. Haben wir einen Deal?« Sie nickten. »Wenn alles nach Plan läuft, und davon gehe ich aus, kann ich euch Jamilah und ihr Kind schon morgen früh übergeben.«
»Ja, ja, ja! Bringen Sie mir mein Kind! Mein Mädchen! Meine Jamilah!« Die Mutter stürzte auf mich zu, fiel vor mir auf die Knie und grabschte nach meiner Hand, wohl um sie zu küssen. »Mein Enkelkind!«, flehte sie. »Ich möchte endlich mein Enkelkind sehen!«
Ich riss meine Hand aus ihrem Griff und starrte auf sie hinunter. Sie blickte hoch, Wimpern und Lider geschminkt wie eine Hollywood-Kleopatra. Es ist seltsam, doch wenn die ganze Mimik und Gestik von einer

Burka verhangen ist, konzentriert sich alles auf die Stimme, die in ihrem Fall intensiv an eine Bratsche in den Pranken eines Wahnsinnigen erinnerte. Auf die Stimme und den schmalen Schlitz, durch den man die Augen sieht. Und ein Blick in diese Augen war wie ins Eis eines schwarzen Gewässers einzubrechen. Es raubte einem den Atem. Das ganze Geheule, Geflenne, die ganze Theatralik, all die gemimten Emotionen, nichts davon fand sich in diesen bodenlosen, kalten Augen wieder. Sie las meinen Blick und stoppte die Show, als ob man ihr den Stecker gezogen hätte, stand auf, klopfte ihre Knie ab und kommandierte etwas auf Arabisch, woraufhin alle zum Freelander gingen und einstiegen.

»Wo wohnt ihr?«, rief ich noch. Hotel Caravansérail, erfuhr ich. Sehr gut, anderes Ende der Stadt. Mir wäre nicht wohl dabei gewesen, die drei in einem Hotel voller arbeitsloser Söldner zu wissen. Nachher kämen sie noch auf Ideen.

Kühle Nachtluft wehte mir um die Nase, der Motor des Toyota-Jeeps summte, mein Herz saß da, wo es hingehörte, und funktionierte einwandfrei, denn ich spürte es deutlich schlagen. Die Ausgangssperre war schon über eine Stunde in Kraft, also rollte ich ohne Licht und mit einem Minimum an Geräusch durch die von Wellblechzäunen und -baracken gesäumten Gassen des nördlichen Kleinindustriegebiets aus Tamanrasset hinaus und ab da über offenes, wegeloses Terrain, zu Anfang noch übersät mit allem möglichen ausrangierten Gerät, Bauschutt und schlichtem Müll. Die ersten Kilometer steuerte ich nach Gefühl. Ich wusste, ich musste Richtung Nordosten, etwa fünfundzwanzig Kilometer weit, über größtenteils ebenen Grund, auch ohne Scheinwerfer gut ausgeleuchtet von einem schwangeren Dreiviertelmond. Erst ab der halben Strecke schaltete ich das GPS-Gerät ein und schraubte meine Konzentration in die Höhe. Mombassa kannte das Areal, hatte es aber nie gesehen, weil, wie er sagte, das Militär ›biestig‹ auf Eindringlinge reagierte. Es war dort schon seit Jahren niemand mehr stationiert, aber es gab schwerbewaffnete Patrouillen, die wohl verhindern sollten, dass sich Milizen einnisteten. Von Minen, meiner Hauptsorge bei der Annäherung, wusste er nichts. Das nahm sie mir nicht unbedingt, meine Sorge. Also fuhr ich langsam, leise, achtete auf jede mögliche Bewegung und hielt intensiv Ausschau nach kleinen, unmissverständlich gestalteten Warnschildern.

Zwei Kilometer vor dem Ziel, zwei Kilometer vor dem Signal meines Trackers, stoppte ich, den Hoggar zwischen mir und dem Mond und so in einem der langen Schatten, die die Berge warfen. Zwei Kilometer, das ist außerhalb der Hör- und Sichtweite und eine problemlos zu Fuß zurückzulegende Distanz. Motor aus. Stille. Ich saß einen Moment da, alle Sinne geschärft, doch nichts geschah, einen davon zu reizen. Gut.

Ich hatte meine Werkzeugkiste mitgebracht, zog sie auf und kramte herum, wählte einen kräftigen Seitenschneider, ein kurzes, schlankes Nageleisen und meinen unverzichtbaren Sägedraht aus und verstaute alles in den Beintaschen. Ich habe für solche Gelegenheiten ein ›nocturnes‹ Outfit. Schwarzgefärbte Sneaker, schwarzer Monteursoverall, schwarze Handschuhe, manchmal noch eine Sturmhaube, auf die ich diesmal aber meinte verzichten zu können. Genau wie auf Mitnahme einer Schusswaffe. Ich wollte niemanden töten, wenn möglich nie mehr, und ich wollte kein Feuer auf mich ziehen, deshalb ging ich diese Aufgabe unbewaffnet an, und ohne festen Plan. Mein Stirnlicht steckte ich auch noch ein, genau wie mein GPS-Gerät, nachdem ich die Parkposition des Toyotas abgespei-

chert hatte. Es ist peinlich, wenn man flüchten muss und dann ziellos herumirrt, weil man sein Auto nicht wiederfindet.
Ich stieg aus. Zwei Kilometer sind zu weit, um sie zu robben, deshalb lief ich ganz normal, schlug aber einen Kurs ein, der im Mondschatten blieb, auch wenn das einen Umweg bedeutete.
Schon bald zeichnete sich mein Ziel am Horizont ab. Unbeleuchtete, flache Bebauung, es sah aus wie ein ehemaliges Militärbarackenlager im Nirgendwo. Ein aufgegebener Vorposten, dessen Sinn und Zweck sich einem Zivilisten wie so oft nicht so recht erschließen will. Zumindest nicht auf den ersten Blick.
Alle hundert Meter blieb ich stehen und sah mich um, lauschte und schnupperte die Luft. Menschliche Anwesenheit verrät sich des Nachts durch Licht, durch Schall und, nicht zu unterschätzen, Geruch. Die trockene Wüstenluft trägt Gerüche sehr gut, und das war es dann auch, das mir verriet, auf der richtigen Spur zu sein. Kebab. Irgendjemand grillte. Als ich näher kam, nahm ich auch Stimmen wahr, aber ohne ein Wort zu verstehen oder Personen zu sehen, doch ich konnte eine Richtung ausmachen und einen exploratorischen Bogen drumrumschlagen. Das Gelände war, nicht weiter überraschend, eingezäunt. Stacheldraht, engmaschig zwischen altmodischen, oben abgeschrägten Betonpfosten gespannt. Etwas ungewöhnlich waren die zweireihige Ausführung des Zauns und der Umstand, dass beide Reihen nicht nur obendrauf, sondern auch zu ihren Füßen mit Rollen von Natodraht armiert waren. Sich da mit dem Seitenschneider durchzukneifen würde eine Menge Zeit in Anspruch nehmen. Ich ging weiter, umrundete eine Ecke. Vielleicht hatte sich ja an anderer Stelle schon jemand vor mir die Mühe gemacht. Nie vergessen: Es gibt immer, immer, immer einen Weg hinein.

Das Lager hatte man offensichtlich schon vor Jahren geräumt. Die Gebäude waren zum Teil unter Dünen begraben, zum Teil zerstört worden, wenn auch eher halbherzig. Es handelte sich fast ausschließlich um längliche Baracken mit jeweils nur einer Tür an den Stirnseiten. Sämtliche Fenster waren klein und solide vergittert. So langsam dämmerte mir, was der Zweck dieser Anlage gewesen sein könnte. Nahe am Zaun bemerkte ich einen rostigen Stahlrahmen, ähnlich einem Fußballtor, nur um einiges höher und auf einem Podest, mit drei Haken im oberen Querbalken, und unter jedem Haken eine quadratische Öffnung im Boden, wo, wie mir aufging, Falltüren angebracht gewesen waren. Dies war kein fröhlicher Ort, so viel stand jetzt schon fest. Und auch kein einladender. Leisen Schrittes umrundete ich die nächste Ecke. Und sah die erste Bewegung, die ersten Bewohner der Anlage. Ein paar Hühner, ein paar Schafe, ein paar Ziegen, die rings um einen Pferdetransportanhänger herumstromerten. Licht drang aus einem Fenster der nächsten Baracke, der letzten in dieser Reihe. Vor der Tür qualmte ein simpler, transportabler Grill vor sich hin, Quell des vorhin wahrgenommenen Miefs. Daneben standen ein wackelig aussehender Tisch und ein paar Metallstühle, die wirkten wie zurückgelassenes Inventar. Eine vollverschleierte Frau bewegte sich zwischen der offenen Tür der Baracke und dem Grill hin und her, wohl mit der Zubereitung einer späten Mahlzeit beschäftigt. Ich wartete, bis sie wieder im Gebäude verschwunden war, bevor ich meinen Weg fortsetzte. In der Mitte des Geländes befand sich eine Freifläche, und darauf stand ein großes Beduinenzelt, gut in Schuss, sauber aufgebaut, daneben der weiße Pick-up. Ich war am Ziel, oder so gut wie, musste nur noch den Zaun überwinden. Meine Adrenalindrüse fuhr auf mittlere Drehzahl hoch, zog den Pulsschlag in ähnliche Bereiche. Das Blöde war, dass der Schatten der Berge hier endete. Wollte ich weiter, musste ich ins unangenehm helle Mondlicht treten. Bisher hatte ich fast drei Viertel des Camps umrundet, ohne eine Möglichkeit zum einfachen Einstieg entdeckt zu haben. Eine komplette Zaunlänge von mir entfernt sah ich durch den Stacheldraht hindurch das Zugangstor, zweiflügelig, aus Stahl, dazu eine Schranke, ein Wachhaus. Ein Torflügel stand weit offen, der Schlagbaum war hoch, das Wachhaus dunkel. Was hielt mich? Nur eins: Das ganze Ensemble wirkte wie eine liebevoll arrangierte Todesfalle für Idioten. Irgendwie unwiderstehlich. Ich trat ins Mondlicht, ich ging, als ob mir das Camp gehörte, ich passierte eine weitere Baracke und blieb stehen wie vor eine Wand gelaufen. Ein Auto parkte neben dem Gebäude, ein Land Rover Freelander, gestreift wie ein Zebra.

Das kam jetzt etwas unerwartet. Wie zum Teufel…? Jamilahs Familie begann mir unheimlich zu werden. Das heißt, die Brüder begannen, die Mutter war es schon längst. Was hatte mir Roots über sie erzählt? »Die Mutter hat das von ihrem Mann geerbte Geld in ihren eigenen Laden gesteckt. Sie organisiert Hochzeiten. In Palästen, in Wüstenforts, auf Luxusyachten. Für die extrem konservativen oberen Zehntausend Somalias. Kannst du dir vorstellen, wie viele Hochzeiten sie noch ausrichten wird, mit einer Tochter, die in Sünde lebt? Es wäre das Ende.«

Und jetzt waren sie hier, und, schlimmer noch, sie waren mir zuvorgekommen. Trotz der empfindlichen Kühle der Nacht brach mir der Schweiß aus.

Ein Knall wie von einer Verpuffung drang aus dem Zelt, gefolgt von Tumult, von Schreien. Ich rannte weiter am Zaun entlang, ich bog ums Eck. Da war das Tor, weit offen, da war das Wachhaus, stockdunkel. Niemand sprach mich an, nichts regte sich. Ein Schritt

vor, noch einer. Und noch einer. Immer schön mittenrein, bis es *Schnapp!* macht. In der offenen Tür zum Wachhaus lag etwas auf dem Boden. Stiefelsohlen blickten mich an, Stiefelschäfte folgten, Hosenbeine, ein Oberkörper, schwarzglänzend nass im Dunkel, in einer Lache von gleicher Farbe und Textur. Den Händen des Toten entglitten war ein Sturmgewehr, das ihm nichts mehr genutzt hatte.
Piraten wissen in den seltensten Fällen, wie groß die Mannschaft eines Schiffes ist, das sie kapern wollen, und wie gut bewaffnet. Eines der ersten Dinge, die ein Pirat deshalb lernen muss, ist das geräuschlose Töten von Wachleuten. Und der Papa der beiden Abdis hatte seine Söhne wohl früh ans Familienbusiness herangeführt.
Stille war wieder über das Gelände gefallen, der Tumult im Zelt beendet. Mir war übel vor Anspannung. Ich bückte mich, blickte dem Toten in die erstarrte Fratze schieren Entsetzens. Er war mir nie zuvor begegnet. Im Aufrichten fand das Sturmgewehr fast von allein seinen Weg in meine Hände. Es war eine AK 47, und mir somit zum Glück vertraut. Geladen, auch.
Ich schlug einen Haken, näherte mich dem Zelt so leise und so schnell ich es vermochte die verschattete Längsseite einer Baracke entlang. Stoppte an ihrem Ende. Zwang meine Atemfrequenz runter und lauschte. Stille. Das an Irrsinn grenzende Gefühl beschlich mich, dass direkt ums Eck jemand anders stand und ebenfalls lauschte, scharfe Waffe in der Hand. Ich nahm die AK hoch an die Schulter, zählte bis drei, machte einen Ausfallschritt, riss die Waffe herum und hätte in meiner Paranoia um ein Haar abgedrückt. Doch da war niemand. Weia. Rasch zog ich mich wieder zurück, Puls wie eine Basstrommel in meinen Ohren. Beruhige dich, sagte ich mir. Sie sind der Überzeugung, dass sie dich ausgetrickst haben. Sie

erwarten dich nicht. Genau wie du, vor ein paar Minuten noch, nur andersrum. Okay, ich riss mich zusammen. Mit der AK auf Hüfthöhe in beidhändigem Griff hastete ich geduckt zum Zelt. Schwaches Licht schien unter den Planen hindurch. Nichts zu hören. Kein Räuspern, kein Herumgeschlurfe, kein *Schrick!* eines Feuerzeuges, kein Gluckern von Flüssigkeit, gar nichts. Ich holte tief Luft, zog die Leinwand des Eingangs zurück, riskierte einen Blick. Vinnie sah mich an. Joseph nicht. Wenn er es denn war.

Ich trat ein. Das Zelt war spartanisch eingerichtet. In der Mitte ein Klapptisch, umgeben von Klappstühlen, Feldbetten säumten die Ränder, eine LED-Lampe baumelte. Vinnie lehnte auf dem Boden sitzend gegen einen der Zeltpfosten, schien in meine Richtung zu blicken, doch in Wirklichkeit nahm er nichts mehr wahr, seine Gurgel eine einzige, klaffende Wunde, sein Sweater vollgesogen mit Blut. Joseph, wenn er es denn war, saß in einem Stuhl, weit vornübergebeugt mit dem verkohlten Kopf in den verkohlten Resten eines Attaché-Koffers.

Piraten können nicht zulassen, dass sich die überfallene Schiffsmannschaft irgendwo an Bord verbarrikadiert, sei es die Brücke, sei es der Maschinenraum, sei es ein Saferoom mit Funkgerät und Waffenarsenal. Deshalb lernt jeder, der sich in diesem Beruf ausbilden lässt, schon früh den Umgang mit Sprengmitteln. Vinnie und Joseph hatten es eilig gehabt. Sie wollten über alle Berge sein, bevor der Afghane aus dem Krankenhaus kam, oder bevor die andere Truppe von ihrem Beutezug zurückkehrte, oder beides. Eile macht unvorsichtig. Abdi 1 hatte die Verhandlungen geführt, ich war mir sicher. Er hatte sich mit Vinnie erst auf eine Summe geeinigt, und dann auf dieses Camp hier als Übergabeort. Der Wachmann vorn am Tor war beauftragt, ihn nur allein und unbewaffnet durchzulas-

sen und die beiden geldgierigen kleinen Genies hatten sich die Hände gerieben und sicher gefühlt.
Sobald das Geld die Bühne betritt, gehen alle Augen in seine Richtung. Abdi 1 wusste das, und er und sein Bruder wussten das zu nutzen. Abdi 1 ist wie verabredet allein ins Zelt gekommen, hat den vermeintlichen Geldkoffer überreicht, Joseph wollte rasch nachzählen, öffnete den Koffer. Ein Knall, eine Stichflamme, Tumult, Schreie.
Schreie rissen mich aus meinen Gedanken. Ich stürzte nach draußen.
Jamilah schrie. Sie schrie, zitternd vor nacktem Terror, und es war nur zu verständlich. Im kalten Licht des Mondes zerrten ihr großer Bruder und ihre stämmige Mutter an ihren Armen, im Bemühen, sie in Position zu halten, damit ihr jüngerer Bruder ihr von hinten die Kehle durchschneiden konnte. Terror spiegelte sich auch in seinen Zügen, ganz ähnlich in denen von Abdi 1. Nur die Mutter wirkte kein bisschen verängstigt, dafür geschüttelt von selbstgerechter Rage. Statt der Burka trug sie heute einen weißen Maleroverall, sinnvoll bei dem zu erwartenden Blutbad. Sie war wohl eine ehemalige Schönheit, die in den letzten Jahren viel Geld in die Hand genommen hatte, um sich in eine Groteske ihrer selbst zu verwandeln. Fürchterlich geschminkt, schauerlich blondiert, Lippen und Wangen aufgespritzt, Brauen tätowiert, Brüste aufgepumpt, und was nicht noch. Auch der kleine dicke Abdi 2 trug einen weißen Overall, schon mit reichlich Blut besudelt, genau wie der Trainingsanzug seines Bruders. Alles, was mir Roots und Oumou über diese Familie erzählt hatten, war wahr, doch ich hatte ihre Warnungen nicht ernst genug genommen, hatte gehofft, diese Leute übertölpeln zu können. Ja, Scheiße.
»Lasst sie los!« Da war keine Emotion in meiner Stimme, dies war ein nüchterner, drohender Befehls-

ton, den ich so von mir noch nicht kannte, in seiner Wirkung sicherlich unterstützt von dem Sturmgewehr an meiner Schulter.
Niemand reagierte. Es war nur schwer zu glauben.
»Afealha!«, schrie die Mutter ihren jüngeren Sohn an, »Afealha!« Voll hasserfüllter Wut erinnerte ihre Stimme nicht länger an eine malträtierte Bratsche, sondern eher an etwas, das sich mit hoher Drehzahl in Metall frisst, ein flirrendes, schneidendes Kreischen.
»Lasst sie los!«, brüllte ich, und die Brüder starrten mich an, doch niemand folgte meiner Anordnung. Ich bedrohte sie mit einer Schusswaffe, die Mutter hatte nur ihre Stimme, und wovor fürchteten sie sich mehr? Vor Mutti.
»Afealha!«
»Ruhe!«, schnauzte ich sie an.
Das Gesicht des kleinen Abdi war käsig, er wirkte wie im Begriff, eine Schubkarrenladung halbverdaute Marshmallows hervorzuwürgen, doch er gehorchte seiner Mutter, hob das Messer mit der Rechten an Jamilahs Hals, krallte seine andere Hand entschlossen in ihre Zöpfe. Ich nahm ihn ins Visier, doch ich würde ihn niemals treffen, viel eher Jamilah. Wenn du dir für Fragen von Leben und Tod den Rat eines Experten holst, solltest du ihn möglichst auch befolgen. Ziel auf den Bauch, hatte Mombassa mir geraten.
Erstes Blut tröpfelte von Jamilahs Hals, noch wehrte sie sich, so gut sie konnte, trat um sich wie ein wildes Pferd, doch es würde ihr nichts nutzen. Ich musste handeln. Jetzt. Ich spürte, wenn die Mutter noch einmal diesen Befehl kreischte, wär's das gewesen. Ich hörte, wie sie scharf Luft einsog, sie schrie: »Afe…!«, und das war's. Die AK zuckte in meinen Händen, knuffte in meine Schulter, spie eine blaue Flamme von sich, eine goldene Hülse, ein graublaues Wölkchen, und die Mutter taumelte, ließ Jamilah los, sah entgeistert an

sich herunter, wollte sich an die Brust fassen, doch ihre Arme erlahmten auf halbem Weg, ihre Knie gaben nach, sie kippte nach vorn und Staub stieg auf, als sie hart mit dem Gesicht voran auf den Boden schlug.
Jamilah fuhr herum, grub Abdi 2 ihre Zähne in den rechten Arm, das Messer fiel aus seiner Hand, sie stürzte sich drauf, kam wieder hoch und rammte es noch in der Aufwärtsbewegung ihrem Bruder von unten in den Brustkorb. Er riss die Augen auf, wollte schreien, doch es kam nur gurgelndes Blut, er stolperte ein, zwei Schritte rückwärts und sackte dann in sich zusammen.
Ein Motor heulte auf, durchdrehende Reifen schlurrten über losen Grund, und ich bemerkte erst jetzt, dass der größere Abdi geflüchtet war.
Jamilah, ihr Hals voll blutender Striemen, stand vornübergebeugt, blutverschmierte Hände auf die Knie abgestützt, keuchend wie eine Läuferin nach der Zielankunft, abgekämpft im wahrsten Sinne des Wortes. Mein Blick wanderte von ihr zu der Leiche des Bruders und von da zu der der Mutter. Koste es, was es wolle, dachte ich in dumpfem Begreifen. Im Grunde hatte ich den Entschluss schon im Niger gefasst, gleich am ersten Tag unserer Begegnung. Ich hatte sie gefunden, und ich wollte, dass sie lebten. Koste es, was es wolle. Das Schicksal würde mir keine weitere Michelle unterjubeln.
»Ich habe sie immer schon gehasst«, sagte Jamilah und betrachtete ihre tote Mutter ausdruckslos. »Und ihn habe ich noch nie leiden können.« Auch für ihren jüngeren Bruder hatte sie nicht mehr als einen abschätzigen Blick übrig.
Habe ich schon erwähnt, dass ich der Einblicke in die familiären Verhältnisse anderer Leute gründlich überdrüssig bin? Nun, an dieser Front ist keine Besserung zu erwarten.

»Wir müssen los«, entschied ich, ruckartig, wie aus einer Trance hochkommend.
»Warte!« Jamilah rannte zum Zelt. Ich wollte sie warnen, doch sie blickte nur kurz über die Schulter und rief: »Mein Handy!«, und ich wusste, sie war nicht zu stoppen.
Smartphone in Händen, kam sie wieder heraus, und ihre Augen füllten sich mit Tränen. Was war los? »Mein Baby!«, schluchzte sie.
Man beachte die Reihenfolge, dachte ich.
»Mein Baby!« Wir stiegen in den zerschossenen Pick-up, ich startete, wendete, wir rasten mit Vollgas vom Gelände, nahmen Kurs auf den Toyota-Jeep. Sie stützte sich auf meine Schulter ab, heulte Rotz und Wasser. »Mein Baby! Bring mich zu meinem Baby!« Sie war zweifellos die Tochter ihrer Mutter, auch wenn ihre Stimmlage mehr Richtung Geige als Richtung Bratsche ging, doch die Pranken, die das Instrument bedienten, waren eindeutig die desselben Manikers.
Im Toyota-Jeep hatte ich einen Wasserkanister gebunkert. Wir tranken beide gierig, in Riesenschlucken. Dann nahm ich mein Stirnlicht zur Hand und besah mir den Zustand von Jamilahs Hals. Ein Teil des Blutes fing an zu trocknen, an anderer Stelle suppte es noch weiter. Am Heck des Jeeps war ein Metallgehäuse angebracht, darin ein großer militärischer Verbandskasten, komplett mit Knochensäge und anderem praktischen Zubehör. Ich riss eine Packung Kompressen auf, tränkte eine davon mit Wasser, bedeutete Jamilah, sich auf den Schweller des Jeeps zu setzen, und wusch vorsichtig das Blut ab. Alles in allem hatte sie fast ein Dutzend sich überkreuzender Schnittwunden davongetragen, doch keine davon erschien mir so tief, dass sie hätte genäht werden müssen, da hatte sie unfassbares Glück gehabt. Und ich

auch, denn es bedeutete, dass wir gleich ohne große Verzögerung aufbrechen konnten.

»Mein Baby«, schluchzte sie, während ich ihr einen Verband um den Hals wickelte. »Ich will zu meinem Baby.«

Wir fuhren, doch ich war alles andere als entspannt. Ihren großen Bruder irgendwo da draußen zu wissen war entnervend. Ich hatte seine Arbeit gesehen, seine Handschrift kennengelernt, und sie machten mir Angst. Unmöglich zu sagen, was er als Nächstes vorhatte, doch was immer es war, ich wollte unter keinen Umständen zugegen sein.

Ich fand den alten Zufahrtsweg zum Camp, folgte ihm bis zum Trans-African Highway, bog darauf ab, schaltete die Scheinwerfer ein und die Gänge hoch, bis der Fahrtwind meine Augen tränen ließ. Die ersten Stunden des neuen Tages waren angebrochen und brachten dieses seltsame Gefühl mit sich, zwischen zwei Welten in der Schwebe zu hängen. Das Gestern mit Ach und Krach überstanden und noch ohne rechte Vorstellung, womit einen das Morgen konfrontieren wird.

Die sparsamen Lichter von Tamanrasset zogen am Horizont auf, als uns ein Auto entgegenkam, blöderweise nur einen oder zwei Kilometer, bevor wir zum Hôtel du Highway abgebogen wären.

»Duck dich! Mach dich klein!« Jamilah gehorchte ohne Widerspruch, glitt in den Fußraum und faltete sich zusammen.

Das Fahrzeug näherte sich mit hoher Geschwindigkeit, Scheinwerfer voll aufgeblendet. Ich senkte den Blick aus diesem Gleißen, konzentrierte mich darauf, meine Spur zu halten. Der Highway ist nicht besonders breit, und an beiden Rändern dekoriert mit reichlich Schrott. Der Wagen flog vorbei. Ein Pick-up, mehr ließ sich nicht sagen, nur dass ich in dem Sekundenbruchteil, als seine Scheinwerfer vorbei waren, die Fahrerkabine aber noch nicht, auf dem Beifahrersitz jemanden mit einem auffällig gegabelten Bart sitzen sah. Mein Magen gab Geräusche von sich wie eine dunkle, von Wetterleuchten durchflackerte Wolkenwand.

Ich stoppte vor dem Truck. Oumou stand in seinem Mondschatten, beide Kinder schlafend in den Armen. Jamilah sprang mit einem Satz aus dem Auto, nahm Bijoux in Empfang und drückte sie an sich, weinte hemmungslos. Ich packte den Werkzeugkasten zurück in den Truck, stellte fest, dass Tisch und Stühle und alles andere inzwischen verstaut worden waren. Wir konnten los, und ich war komplett rappelig, mich hinters Lenkrad zu schwingen und das Weite zu suchen, buchstäblich.

Mombassa kam ums Eck, eine Limo in der Hand, Kopf schräg, Blick prüfend.

»Du hast es geschafft«, stellte er fest. Ich würde gern behaupten, einen bewundernden Unterton ausgemacht zu haben, aber er klang einfach nur staunend. Mich lebend wiederzutreffen scheint für Mombassa ein sich ständig selbst erneuernder Quell der Verblüffung zu sein.

»Ja, hab ich«, bestätigte ich. »So eben. Aber der ältere der beiden Brüder läuft frei herum, und der Afghane müsste jetzt jeden Augenblick über die Leichen von drei seiner Leute stolpern. Ich muss los.«

»Wo willst du hin?«

»Nach Hause«, sagte ich und seufzte unwillkürlich. Dieses Wort hat so eine Anmutung von ›Tür zu, Füße hoch, Ruhe, Frieden, Dosenbier‹. »Übers Meer, und wenn möglich mit dem Truck.«

»Warum das?«

»Sentimentale Gründe.« Die Wahrheit war: Der Truck ist mittlerweile mein Heim. Die Behausung in Bottrop fungiert nur noch als ein Ankerpunkt, ein Ort, den man ansteuert, um möglichst bald wieder aufzubrechen. Trotzdem, jetzt, im Moment, zog es mich dorthin.

Mombassa dachte nach. »Wir arbeiten immer mal wieder mit zwei, drei Schiffen zusammen, die auf heikle Ladungen spezialisiert sind. Im Moment kommt viel Material über Libyen …«

Ich fragte nicht, wen er mit ›wir‹ meinte, und ich fragte nicht, um was für heikles Material es sich handelte. Ich blickte einfach nur skeptisch, und das bezog sich auf Libyen.

»… den Libanon …«

Ich wog den Kopf hin und her. Beide Länder boten zurzeit fantastische Chancen, von allen Seiten abgezogen und bis auf die Unterhosen ausgeraubt zu werden, bevor du auch nur das mediterrane Blau vor Augen hast.

»… und Mauretanien.«

Ich nickte. Immer noch riskant, ein weiterer Krisenherd, aber am Atlantik, ein bisschen ab vom Schuss, das gefiel mir.

»Ich höre mich um«, versprach er. »Es wird sicher nicht leicht und ganz sicher nicht billig.«

»Lass uns einfach in Kontakt bleiben.«

Mombassa nickte, lehnte sich gegen den Toyota, nuckelte an seinem Getränk und besah mich, als ob er sich nicht recht von meinem Anblick losreißen könnte. Manchmal glaube ich, er hält mich für eine Art von Freak.

Ich warf einen Blick in den Aufbau. Bella lag vor der Koje, Jamilah mit Bijoux darin, leise weinend. Da konnte ich im Moment wenig helfen, also schloss ich nur die Tür, klappte die Treppe hoch und verriegelte sie. Der Drang zu starten, abzufahren, schüttelte mich regelrecht durch. Doch da war noch etwas.

Oumou stand unverändert da, die Augen groß und voll banger Erwartung. Ich ging zu ihr rüber. Atmete ein, atmete aus. Es gab Dinge zu klären.

»Oumou«, sagte ich, ruhig und sachlich, »ich hätte dich wirklich gerne mitgenommen. Aber du weißt ja selbst, was du über meine Singstimme gesagt hast und wirst deshalb verstehen, warum sich unsere Wege hier trenn...« Nein, Scherz. Böser Scherz, ich weiß, aber Scherz nichtsdestotrotz.

»Wie schnell kannst du packen?«

Sie machte einen Schritt zur Seite und gab so den Blick frei auf die pralle Reisetasche, die schon die ganze Zeit unter der Burka wartete.

»Nichts vergessen?«, fragte ich und sie schüttelte lächelnd den Kopf. »Dann ...«, sagte ich und ließ meine beiden Lieblingsworte folgen, »weg hier.«

Die Fahrerkabine rappelte blechern, als der Motor ansprang, eine schwarze Wolke schoss aus dem Auspuff gen Himmel, die Bremsen lösten sich zischend, ich winkte Mombassa und kuppelte ein. Wir kamen vielleicht fünfhundert Meter weit. Auf Höhe des Hotels rollte uns etwas in den Weg, das wie ein Hot Dog auf Rädern wirkte. Bei näherem Hinsehen stellte es sich als Roots heraus, bäuchlings auf seinem Skateboard, mit einem Seesack auf dem Rücken, länger und umfangreicher als er selbst.

»Fahr drüber«, flüsterte Oumou eindringlich. Ich warf ihr einen erstaunten Blick zu und bemerkte ein ausgesprochen boshaftes kleines Funkeln in ihren Augen.

Mit einem schicksalsergebenen Seufzen stoppte ich und nahm den Gang raus. Falls man mich hopsnehmen sollte, dürfte es keinen großen Unterschied machen, ob es vier Personen oder fünf gewesen waren, die ich zu schmuggeln versucht hatte. Höchstens ein paar Jahre mehr, dachte ich leichthin.

Ich stieg aus, wuchtete den Seesack und das Skateboard über den Fahrersitz und durch die Passage nach hinten, während sich Roots auf der Beifahrerseite hochzog.
»Na, Süße«, meinte er grinsend. »Seltsam, wie uns das Schicksal immer wieder zusammenführt, oder? Als ob Jah Man seine Finger im Spiel hätte.«
»Oh, ja«, meinte Oumou und seufzte, »es muss göttliche Fügung sein. Wenn nicht die der anderen Macht.« Und sie deutete senkrecht nach unten.
»Oh, nein!«, protestierte Jamilah. »Nein! Nur über meine Leiche! Kristof, schmeiß den kleinen Teufel raus! Er oder ich!«
»Wir fahren«, sagte ich und fuhr an.
»Du wirst noch froh sein, dass ich dabei bin, Schätzchen«, hörte ich Roots. »In deinen Augen bin ich vielleicht nur eine halbe Person, aber lass dir gesagt sein, ich bin ein ganzer Mann. Anders als diese ganzen muslimischen Schwuchteln.«
Wir umrundeten einmal das Hotel und rollten ohne Licht über die Zufahrtstraße zum Trans-African Highway. Dies war der kürzeste Weg raus aus der Stadt und rein in die Wüste Richtung Mali, außerdem mein dritter Bruch der Ausgangssperre diese Nacht, und so kam das Blaulicht in meinen Spiegeln nicht wirklich überraschend und trotzdem höchst ungelegen.
»Geh nach hinten«, bat ich Oumou, die geschmeidig verschwand.
»Und jetzt absolute Ruhe!«, befahl ich. Und betete, die Kleinen mögen still bleiben.
Wenn es der Zoll ist, dachte ich, gibt es Ärger. Abdel hat seine Leute sicherlich über mich informiert.
Doch es war die Polizei. Und der Beamte, der an meine Tür herantrat, war derselbe Schnauzbart, der mich erst vor kurzem so schneidig belehrt hatte.

»Du. Schon wieder«, stellte er nüchtern fest. »Motor aus. Aussteigen«, befahl er.
»Moment«, meinte ich aufgeräumt.
»Aussteigen!« Er wollte die Fahrertür aufmachen.
»Mal langsam«, knurrte ich warnend. »Ich bin Emissionär des algerischen Zolls«, behauptete ich von oben herab, entfaltete ein Din-A4-Blatt und reichte es ihm durch das Seitenfenster.
Ein Dokument ist ein Dokument. Abgestempelt und unterschrieben und somit amtlich. Und ich lerne ständig dazu in meinem Bemühen, möglichst nie den gleichen Fehler zweimal zu machen.
»Und obendrein ein sehr guter Freund von Abdel Medelci«, log ich munter weiter.
Dokumentarische Kleinigkeiten wie Datumseintragungen kann man ändern. Zur Not mit dem Kuli.
Schnauzbart blickte vom Blatt zu mir, von da auf seine Uhr. Er dachte nach, und ich sah ihm an, dass er, wie ich, ganz genau wusste, dass dies die denkbar ungünstigste Zeit des Tages war, Abdel Medelci nach der Gültigkeit meiner Papiere und dem Wahrheitsgehalt meiner Aussagen zu befragen.
»Verschwinde.« Er gab mir den Wisch zurück, machte auf der Hacke kehrt und ging zurück zu seinem Auto.
Na gut, dachte ich nachsichtig und kuppelte ein. Nichts vereinfacht den Umgang mit uniformierten Befehlsempfängern mehr, als sie von vornherein spüren zu lassen, dass sie dir nichts anhaben können.

Anderthalb Stunden Fahrt, und Wüste umgab uns in morgendlicher Unberührtheit und scheinbarer Grenzenlosigkeit. Die Sonne kam hoch und steckte die wild gezackte Silhouette des Hoggar-Gebirges in meinen Außenspiegeln in Brand. Schlafmangel machte sich in trockenen Augen und einer gewissen Zähigkeit des Denkens bemerkbar, vor allem als das Adrenalin

nachzulassen begann, wie es das immer tut, wenn der Bedarf sinkt und die Drüse eine Verschnaufpause begrüßt.
Irgendwann schielte die Sonne den Bergen über die Schulter und wir folgten dem Schattenwurf unseres Fahrzeugs nach Westen. Der Untergrund war dunkel, grauschwarzes Geröll durchmischt mit hellem Sand, aber fest und halbwegs eben. Die großen Räder rollten sauber ab und der Truck schwankte kaum. Oumou war nicht wieder nach vorn gekommen, an ihrer statt hockte jetzt Roots auf dem Beifahrersitz, ließ den Blick schweifen und streckte immer mal wieder den Kopf aus dem Seitenfenster, um nach möglichen Verfolgern zu schauen.
»Wir sind allein unterwegs«, versicherte ich ihm, denn ich behielt die Außenspiegel ständig im Auge, doch er wirkte trotzdem alles andere als entspannt.
Alle zwei Stunden legte ich eine kurze Pause ein, und gegen Mittag bot ein einsamer, zerfurchter Monolith die willkommene Gelegenheit für einen längeren Stopp in seinem Schatten. Strenggenommen war immer noch Winter, doch die Sonne stieg Tag um Tag höher und gerade um die Mittagszeit machte sich das in den Temperaturen bemerkbar.
Jamilah kam mit den Babys heraus, hockte sich hin, ein Rad im Rücken und Bella vor ihren Füßen. Oumou klapperte im Truck mit Geschirr, Roots saß auf der Treppe und beobachtete die Gegend, aus der wir gekommen waren. Der Wind frischte auf, es schien, als ob der Nordost-Passat erwacht wäre, ausgeruht und munter nach ein paar Tagen in der Butze. Ich rollte mich unterm Truck zusammen und ging aus wie eine Lampe.

Meine Nase kräuselte sich, und als ich die Augen aufschlug, stand ein Becher Kaffee direkt davor. Ich rich-

tete mich auf, und Oumou reichte mir einen gewickelten und mit irgendwas gefüllten Teigfladen.
»Wir müssen weiter«, meinte Roots von irgendwoher und klang angespannt. Ich verstand seine Unruhe nicht wirklich. Außer Mombassa hatte niemand auch nur die leiseste Ahnung, in welcher Richtung wir unterwegs waren, geschweige denn über unseren exakten Kurs. Trotzdem war auch mir danach, möglichst rasch möglichst viel Distanz zu Tamanrasset aufzubauen. Je eher wir aus Algerien rauswaren desto besser.
Ich stand auf, streckte mich, biss in den Wickel – köstlich – und schlürfte Kaffee.
»So, los, alles einsteigen. Abfahrt«, befahl Roots.
Was? Das konnte ich nicht zulassen, nicht in einer Situation wie der unseren. Ich winkte ihn zu mir.
»Lass mich eines klarstellen«, sagte ich. »Ich bin hier der Kapitän. Ich lege die Route fest, ich treffe die Entscheidungen, ich gebe die Kommandos. Verstanden?«
Er nickte. »Ich bin nervös«, gab er zu. »Wir sind noch nicht sicher. Diese ganze Geschichte ist noch nicht vorbei.«
»Mit jedem Kilometer wird es besser«, versprach ich. Wollte es wohl selbst glauben.
Doch wir kamen nicht voran. Vor allem, als der Untergrund felsiger wurde, ruppiger, unberechenbarer. Sand füllte jede Vertiefung, doch es ist damit wie mit trübem Wasser: Man kann beim Reinfahren nicht sehen, wie tief es ist. Hinzu kam, dass diese Mulden keiner Gesetzmäßigkeit folgten. Manche waren groß wie Fußballfelder, durch die wir uns in kleinen Gängen wühlten, andere legten sich nur kurz quer vor die Räder, so dass die Nase eintauchte, nur um gleich wieder hochzukommen, oder sie verliefen längs, mehr oder weniger in Fahrtrichtung, saugten ein Vorderrad an, dann das Hinterrad, was das ganze Fahrzeug seitlich kippen ließ. Eigentlich ganz normale Lenkradarbeit,

Alltag abseits der Wege, noch ganz angenehm verglichen mit Gegenden, wo man dauernd feststeckt und buddeln und schuften muss, doch nicht mit zwei Säuglingen und ihren Bedürfnissen an Bord. Und dann bei dieser Hitze, vor der es keinen Schutz, kein Entrinnen gab. Der Wind legte zu, wurde spürbar, hörbar, und begann unsere eigene Staubfahne vor uns herzublasen. Wann immer wir anhielten, musste ich wenden, die Nase in den Wind drehen, um Tür und Treppe im Windschatten zu halten.
Irgendwann beschwerte sich selbst Roots nicht mehr über die häufigen Stopps, boten sie doch die willkommene Gelegenheit zur Erholung vom Geschrei der Kleinen und vor allem von Jamilahs Gezeter, die nicht akzeptieren wollte, dass ein Wüstentruck keine Sänfte ist und auch kein ICE. Von Oumou war dagegen wenig zu hören, sie litt, wie wir alle, aber sie litt schweigend. Wir pausierten also so oft wie nötig, lüfteten den Truck mit offenen Türen und Fenstern durch, während ich mich in seinem Schatten zusammenrollte und jede Minute Schlaf mitnahm, die ich ergattern konnte.
»Anruf für dich«, weckte mich Oumou am frühen Abend, mit der Sonne schon auf halbem Weg zum Horizont, und reichte mir mein SatPhone. Ich sah sie an, das erste Mal, fiel mir auf, nicht in der Burka, sondern in farbenfrohem afrikanischem Gewand mit einer mächtigen roten Schärpe um den Bauch. Sie war … mollig. Mit Hüften, auf denen mühelos zwei oder mehr Kinder reiten konnten, unter Umständen bis zum Erreichen des Führerscheinalters, und Brüsten, die auch mit der Versorgung von Fünflingen zurechtkommen sollten. Doch, wer sie groß und mollig mag, hatte hier eine Frau zum Niederknien.
Ich nahm das Telefon ans Ohr. »Sie sind gerade losgefahren«, informierte mich Mombassa und kickte mich

damit aus einem Zustand milder Dröseligkeit in einen des akuten Alarms. »Hinter euch her. Zwei Pick-ups. Sechs Mann. Abdirahim mit zwei Söldnern. Tuareg«, fügte er in warnendem Tonfall hinzu. »Und der Afghane mit zwei seiner üblichen Halsabschneider.«
Was? Mit Abdi 1 hatte ich so halb und halb gerechnet, aber der Afghane?
»Was hat denn der Afghane damit zu tun?«, fragte ich, und Roots neben mir murmelte: »Ach, du Scheiße.«
»Wie es sich anhört, vermisst er seine Spardose. Und er hat erfahren, dass du in seinem Camp warst.«
Eine Beteuerung meiner Unschuld in dieser Angelegenheit wäre verschwendeter Atem gewesen, ganz gleich in wessen Ohr.
»Und Abdirahim hat wohl ein Kopfgeld auf dich und Jamilah ausgesetzt.«
Wenn er damit ähnlich generös verfuhr wie mit dem Lösegeld ... Andererseits konnte man davon ausgehen, dass der Afghane wusste, worauf er sich einließ.
»Wie kommst du voran?«
»Zäh. Doch woher wollen die überhaupt wissen, wohin ich unterwegs bin?«
»Die beiden Tuareg hat der Bruder hier aus dem Hotel rekrutiert. Sie haben sich deine Reifenspuren genau angesehen.«
Ach, verdammt! Wir waren nach einem kurzen Stück vom Highway abgebogen und hatten von da an eine lange, einsame, ununterbrochene Fährte hinterlassen. Na ja, abheben und ein Stück im Flug zurücklegen wäre auch schwierig geworden. Das Problem war, dass wir kontinuierlich in derselben Richtung unterwegs waren wie der Wind. Es würde dauern, bis unsere Spuren verschwanden.
Ich kalkulierte unseren zeitlichen Vorsprung. Dreizehn Stunden. Nur. Ich hätte gedacht, dass es mehr seien. Es fühlte sich an, als ob es vierundzwanzig sein müssten.

Waren es aber nicht. Tja, immerhin. Ich dankte Mombassa für die Warnung und wir hingen ein.
»Wieso kann Jamilahs Bruder keine Ruhe geben?«, fragte ich Roots. »Ich hatte den Eindruck, die verfluchte Mutter wäre die treibende Kraft gewesen.«
»Somalia«, erklärte er und schüttelte den Kopf. »Rache und Ehre, Ehre und Rache. Abdirahim kann nicht einfach nach Hause fliegen und sagen: Wir haben's versucht, Pech gehabt, Schwamm drüber. Das ist undenkbar.«
»Soll heißen?«
»Er muss Mutter und Bruder rächen und er muss die Familienehre wiederherstellen, oder die Leute zu Hause spucken ihm vor die Füße, wo immer er geht.«
Kurz: Erst wenn er mich und Jamilah umgebracht hat, kann er sicher sein, dass ihm daheim ein warmer Empfang bereitet werden wird.
Oumou hatte Nudeln gekocht, mit schwarzen Oliven und Kräutern. Ich hatte schon mal mehr Appetit. Wir aßen rasch zu Abend, packten hastig zusammen, stiegen ein, fuhren weiter in die Nacht. Wie Leute auf der Flucht.
Ich musste irgendwie dem Problem unserer Reifenspuren begegnen. Waren wir bisher Richtung Südwesten gefahren, auf dem direkten Weg nach Mali, schlug ich nun einen nordwestlichen Kurs ein, was uns und die von uns gezogenen Furchen quer zum Wind brachte. Dann wollte ich auf die Piste nach Timiaouine und Bordj Badji Mokhtar, wo sich unsere Spuren in der Vielzahl der anderen verlieren würden, und so bald wie möglich irgendwo unauffällig wieder davon wegtrudeln.
Eigentlich hatte ich vorgehabt, südlich von Timiaouine die Grenze zu queren und von da aus stur Richtung Westen nach Mauretanien und zum Atlantik, doch diese Route verlief fast durchgehend durch

Bergland, war hart zu Fahrzeug und Insassen. Und immer mit dem Risiko verbunden, an unpassierbare Stellen zu geraten, wenden und zurückfahren zu müssen. Nicht schlimm, wenn man Zeit hat, sich Zeit lassen kann. Hatten wir nicht, konnten wir nicht. Also plante ich entschieden um. Wir würden Timiaouine und Bordj Badji Mokhtar nördlich umfahren, uns eine längere Strecke in nordwestlicher Richtung bewegen, unauffällig die Grenze passieren und in Mali die Salzminenstadt Taoudenni ansteuern, in der Hoffnung, dort tanken und Vorräte auffüllen zu können. Damit stand uns eine lange Strecke durch komplett unbewohntes Gebiet bevor, mitten durchs wilde Nichts, wie tausend Kilometer auf dem Mond zurücklegen zu wollen. Dafür war die Landschaft frei von Bergen, wenn auch wahrscheinlich voll verstreuter Dünenfelder unterschiedlicher Höhe und Durchfahrbarkeit.

Logischerweise musste ich vorher volltanken. Das Vertrackte war, sowohl Bordj Badji Mokhtar als auch Timiaouine liegen sehr dicht an der Grenze, der Flughafen nördlich davon auch, und sind entsprechend bewacht. Vermehrte Patrouillen, vermehrte Kontrollen, größeres Risiko, die nächsten Jahre oder Jahrzehnte damit zuzubringen, abwechselnd über Harley-Davidson-Kalendern zu masturbieren oder lauthals zu bereuen, mich auf diesen Mist hier eingelassen zu haben. Unsere Verfolger hatten schnellere, agilere Fahrzeuge, sie würden sich am Steuer abwechseln, ohne Pausen durchfahren und so unseren Vorsprung auffressen. Von meinen Mitreisenden hatte noch niemand einen Truck gefahren, schon gar nicht einen mit Klauengetriebe, und für Fahrunterricht fehlte uns die Zeit. Also fuhr ich, war mir eh schon immer am liebsten. Und mit Müdigkeit weiß ich spätestens seit meiner Zeit als Betreiber einer Vierundzwanzig-Stunden-Kneipe ganz gut umzugehen. Intervallschlaf, hier 'ne halbe, da 'ne ganze Stunde, das halte ich tagelang durch, zur Not wochenlang.

Der Untergrund wurde wieder ebener, heller, sandiger, die Nacht zog herauf, der Wind blies, die Stimmung an Bord war auf eine ruhige Art gedrückt. Wir alle brauchten eine gute Nachricht, einen Boost für die Moral, doch wie das so ist, gerade dann kommt nichts Positives des Weges. In den frühen Morgenstunden erreichten wir die Piste, etwas später als gedacht und daher in unkomfortabler Nähe zu Bordj Badji Mokhtar. Rund zwanzig Kilometer vor der Stadt erfasste mein Scheinwerferlicht einen Abzweig in eine langgezogene, felsige Hügelkette. Ich folgte ihm bis zu einem weiteren Abzweig, folgte dem bis zu den Betonfundamenten eines ehemaligen Gebäudes, umgeben von Felszacken in Halden von Erosionsgeröll. Der Pfad endete hier und machte nicht den Eindruck, als ob er häufiger benutzt würde. Ich stoppte, killte den Motor, warf einen Blick auf die Uhr, wandte mich nach hinten um.

»Und jetzt schmeißt du uns raus«, mutmaßte Roots.

»Später. Erst schlafen wir eine Weile. Sobald die Sonne aufgeht, öffnet die Tankstelle an der Kreuzung zum Flughafen. Da sollte ich alleine hinfahren, weil das eine logische Stelle für Kontrollen ist. Anschließend hole ich euch hier wieder ab und wir fahren abseits der Piste weiter. Doch erst ein bisschen Schlaf.«

Die Felsen schützten vor dem Wind, doch nicht vor der Kälte. Die andern blieben drinnen, mir war's zu eng, also wickelte ich mich in eine Decke und rollte mich unterm Truck zusammen.

Ich wurde noch vor der Sonne wach, stand auf und weckte den Rest. Roots bestand darauf, seinen Seesack bei sich zu behalten, die anderen zogen nach.

»Gute Idee«, fand ich. »Ich werde circa eine, maximal zwei Stunden weg sein. Falls ich bis zum Mittag nicht zurück bin, wendet euch an Mombassa.«
»Mit anderen Worten: Du verpisst dich.«
Ich sah Roots gerade an und seufzte. »Ich fürchte, nein«, sagte ich, und Oumou lächelte, beugte sich runter und tätschelte Bella. Ich habe mich immer für schwer durchschaubar gehalten und dann treffe ich diese Frau und fühle mich einer weiteren Illusion beraubt.

Ich kannte die Tanke, eine moderne, gesichtslose Anlage, ich war hier schon mal gestrandet und hatte bis zum Morgen warten müssen. Aus Sorge vor nächtlichen Überfällen hatte man die Öffnungszeiten ans Tageslicht gekoppelt.
Ich füllte beide Tanks, kontrollierte und füllte Kanister auf, erwarb noch vier Stück, die ich ebenfalls vollmachte und dann auf dem Dachgepäckträger festzurrte.
Als es ans Bezahlen ging, wurd's knifflig. Mein letzter Fünfhunderter wurde kalt abgelehnt – zu viele Fälschungen – meine anderen Euros reichten nicht mehr, EC-Karte brauchte ich gar nicht erst zu versuchen, Kreditkarte ging nicht, weil das Lesegerät außer Betrieb war, also blieb mir nichts anderes, als meine Hose zu öffnen, oder besser: meinen Gürtel. In fatalistischer Resignation fummelte ich die erste der kleinen, goldenen Münzen heraus. Resignation deshalb, weil die Erste aller Lebenserfahrung nach eine direkte Kette bis zur Letzten nach sich zieht. Ist die Schachtel Kippen erst mal angebrochen, oder der Kasten Bier, dann sind sie auch ratzfatz leer, und meist beide zusammen. Noch ärgerlicher war der Umstand, nur algerisches Wechselgeld rauszukriegen, mit dem ich mir in Mali gerade mal den Hintern abwischen konnte.

Zwei Polizisten auf Quads bollerten heran, als ich aus dem Kassenhaus kam. Sie beäugten mich, dann den Truck, dann stoppten sie davor, wenn auch ohne jedes Anzeichen von Alarm, was mich halbwegs beruhigte. Hatte Abdi mich also nicht angezeigt. Hinter Gittern wäre ich für ihn ja auch nur schwierig umzubringen. Erstaunlich, wofür man manchmal dankbar ist.
Ich musste die Tür am Heck aufmachen, so dass sie reinlinsen konnten. Voilà: keine Migranten, kein auffälliges Gepäck. Doch Polizisten sind und bleiben Polizisten.
»Für wen sind die Windeln?«
»Ein Geschenk für jemanden in Mali.«
»Und wo ist der Hund?« Der Napf war, tja, nicht zu übersehen.
Ich machte eine bedauernde Geste hoch zum Himmel. »Die Hitze«, erklärte ich. Dann musste ich meinen Pass vorzeigen.
»Ihr Visum ist abgelaufen.«
»Ich hatte eine Panne.«
»Dann aber …« Er machte eine wedelnde Handbewegung.
»Sicher. Bin schon unterwegs.« Ich bekam meinen Pass zurück und sie starteten ihre Quads und machten Platz. Nur für den Fall, dass sie mich im Auge behielten, fuhr ich erst ein Stück weiter Richtung Grenze, bog dann von der Straße ab und schlug einen Haken zurück, verschätzte mich aber, so dass ein Umweg draus wurde. Im Endeffekt traf ich auf die Piste und näherte mich dem Abzweig aus derselben Richtung wie ein paar Stunden zuvor, die frühe Morgensonne formatfüllend in meinen Spiegeln. Einen halben Kilometer vor mir leuchteten die Bremslichter eines weißen Pick-ups auf, und zwar exakt auf Höhe des Wegs in die Hügelkette. Leuchteten auf, verloschten wieder, leuchteten erneut. Der Fahrer wirkte un-

entschlossen, lenkte schließlich zögernd in den Abzweig. Was gab es da zu zögern? Ein Ortskundiger wäre einfach abgebogen.
Ich stoppte, schlängelte mich nach hinten und rupfte mein SatPhone von der Lade. Ließ es meinen Tracker suchen. Glich die Daten mit dem GPS-Gerät ab. Ging in die Knie. Hob den Deckel an, griff mir die AK. War mit einem Satz wieder hinterm Lenkrad, Puls am Anschlag. Wie hatten sie uns in so kurzer Zeit einholen können? Woher wussten sie von unserem Abstecher in die Hügel? Das hatte doch mit Fährtenleserei nichts mehr zu tun. Roots? Hatten sie Roots gekauft? Hatte er deshalb vorhin auf Aushändigung seines Seesacks bestanden? War da ein SatPhone drin versteckt?
Ich bog ab, fuhr aber am zweiten Abzweig vorbei, schlug einen weiten Bogen, stoppte zwischen Felsen, machte den Motor aus, glitt aus der Fahrerkabine, lauschte.
Ein Schuss zerriss die Stille. Jemand schrie auf. Schnellfeuer ratterte, es klang wie eine panische Antwort.
Aller lautstark protestierenden Instinkte zum Trotz hetzte ich geduckt auf den Lärm zu. Noch ein einzelner Schuss, scharf und schrill. Durch eine schmale Lücke zwischen zwei Felszacken nahm ich Bewegung wahr, Gestalten rannten, Köpfe eingezogen, offenbar auf der Suche nach Deckung. Abdirahim und seine zwei turbantragenden Söldner, wenn ich recht gesehen hatte.
Die Stille kehrte zurück, eine angespannte Stille, in der die Schüsse noch nachzuhallen schienen. Irgendwo aus der Ferne hörte ich das Weinen eines kleinen Kindes. Ich musste mir einen Überblick verschaffen, durfte auf keinen Fall zwischen die Fronten geraten. Ich hängte mir die AK über die Schulter und begann die nächstgelegene Felszacke hochzuklettern.

Graubraunes, stark erodiertes Gestein, griffig, einfach zu erklimmen. Ich musste nur Hände und Füße sorgfältig setzen, um keine Brocken zu lösen und in die Tiefe zu schicken, keine verräterischen Geräusche zu verursachen. Knapp unterhalb der Spitze stoppte ich, auf den Knien, sah mich um. Das flache Licht der Morgensonne ließ die Felsformationen lange, tiefe Schatten werfen. Von meiner Position aus konnte ich das Betonfundament sehen, es war, wie zu erwarten, verlassen. Oder wie erhofft, zumindest lagen keine Leichen herum. Langsam richtete ich mich auf und nahm die AK wieder zur Hand. Erstaunlich, wie vertraut sie sich anfühlte. Eine solche Waffe ist in vieler Hinsicht wie eine Droge, die schleichend von dir Besitz ergreift. ›Cause it makes me feel like I'm a man‹, sang Lou Reed in mein Ohr. Schritt für Schritt umrundete ich die Spitze des Felsens und blickte hinunter in die schmale Kluft. Zwischen den gegenüberliegenden Steintürmen parkte der Pick-up. Einer der Tuareg saß am Heck, das Gesicht schmerzverzerrt, seinen blutgetränkten Turbanschal in Händen, während sein Kollege sich bemühte, ihm mithilfe von Heftpflaster und sonstiger Verbandsmaterialien die blutigen Fransen rechts an seinem Kopf wieder so zusammenzukleben, dass sie einem Ohr ähnelten.

Ich vermisste Abdirahim und fand ihn bäuchlings in den Schatten und die Deckung des Gerölls am Fuß des nächsten Felsens geschmiegt, Gewehr an seiner Schulter. Er zielte, wie mir jetzt erst aufging, auf eine enorme jamaikafarbene Beanie oben auf der Felsgruppe jenseits des Betonfundaments.

Noch bevor ich reagieren konnte, hatte er gefeuert, die Kugel traf und riss die Beanie nach hinten, außer Sicht. Ich ruckte die AK an die Schulter, schnackte den Hebel auf Einzelfeuer. Zielte. Drückte ab. Ein Knall, Staub und Felssplitter stoben.

Abdirahim und die Tuareg zuckten zusammen und starrten aus aufgerissenen Augen zu mir hoch.
»Waffen weg. Aufstehen. Hände ins Genick.«
Der verletzte Wüstensohn glitt von der Ladefläche auf die Füße, er und sein Kollege hoben die Hände und verschränkten sie hinterm Kopf. Abdirahim stemmte sich in die Höhe und gehorchte ebenfalls.
»Wo ist der Afghane?«, rief ich.
»Beim Arzt«, antwortete er.
Mit entnervender Irritation wurde mir bewusst, dass ich Herr der Lage war und trotzdem nicht weiterwusste. Der Mann da unten war entschlossen, mich zu ermorden, ich hatte es buchstäblich in der Hand, ihn hier und jetzt und ein für alle Mal daran zu hindern, doch ich konnte mich nicht überwinden. Beißhemmung, im komplett falschen Moment.
Ein Schuss peitschte und erschreckte mich dermaßen, dass ich beinahe auch abgedrückt hätte. Abdirahim schrie heiser auf, packte mit beiden Händen seinen Oberschenkel, sein Bein gab nach, er fiel zu Boden, wälzte sich hin und her, schrie und schrie und schrie, während die Hose unter seinem Griff sich sehr rasch mit Blut vollsog.
Die Tuareg standen stocksteif, blickten verstört, geradezu gehetzt.
Ich nahm die AK runter auf Hüfthöhe, sagte: »Packt ihn ein und fahrt ihn ins Krankenhaus.«
Sofort zerrten und wuchteten sie Abdirahim auf die Ladefläche, sprangen in den Pick-up und fuhren in fliegender Hast davon. Seine Schreie waren noch zu hören, als sie schon außer Sicht waren.
Ich kletterte runter, querte den Platz mit dem Fundament, erklomm die dahinterliegende Felsgruppe. Oben saß Roots in der Sonne, sein Haupt ein Gordischer Knoten von Dreads, und war dabei, sein Gewehr zu zerlegen, eine lange, schlanke Waffe mit großem Ziel-

fernrohr. Obwohl seine Linke nur zum Halten taugte, hantierte er flüssig, routiniert, reinigte und ölte verschiedene Einzelteile, bevor er sie in die Kunststoffausschnitte eines schmalen Koffers packte.

»Sie waren entwaffnet«, sagte ich mit Nachdruck. »Ich hatte sie unter Kontrolle.«

»Und dann?«, meinte er ungerührt. »Was dann? Dann sagen wir: ›Schämt euch‹, und streichen ihnen den Nachtisch?« Er linste mit seinem guten Auge durch den Lauf, nickte sich selbst zu und verstaute auch den. »Kristof, du musst eins begreifen: In diesem Spiel gibt es keine Regeln.«

»Trotzdem«, beharrte ich.

»Und noch eins«, fuhr er fort, im gleichen, gelassenen Tonfall. »Ich hätte sie alle drei zu Allah schicken können, und glaub mir, das wäre die beste Lösung gewesen. Stattdessen habe ich mich entschieden, euch beiden, also Abdirahim und dir, einen Gefallen zu tun. Du bist ihn jetzt los, hast ihn vom Hals, und er darf, sofern er überlebt, erhobenen Hauptes nach Hause. Keiner kann ihm den Vorwurf machen, nicht mit vollem Einsatz versucht zu haben, die Familienehre zu retten.«

Seine Beanie lag fünfzig Meter weiter, ein Stück weit weg von der Felskante, dort, wo Abdirahim sie getroffen hatte. Roots folgte meinem Blick.

»Kämst du auf die Idee, auf das Ding zu schießen?«, fragte er verständnislos. »Es ist manchmal schon regelrecht beleidigend, für wie dämlich mich manche Leute zu halten scheinen.«

Ich ging und holte die Mütze, die je ein franseliges Loch vorn und hinten aufwies. Andere, ähnliche Löcher, fiel mir auf, waren mit Fäden vernäht worden. Die Frage, was wohl aus den jeweiligen Schützen geworden war, wurde zum Teil dadurch beantwortet, dass der Träger der Beanie immer noch unter uns weilte.

»Wieso bist du überhaupt hier oben?«, fragte ich.

»Ich hatte eine Vorahnung«, antwortete er langsam, »so ein komisches Gefühl.« Und er sah mir direkt ins Auge. Wir waren noch nicht ganz so weit, uns gegenseitig komplett zu vertrauen, aber wir kamen der Sache näher, kann man sagen.

»Und wie bist du hier hochgekommen?«

»In den Armen einer wunderschönen Frau.«

»Auf ihren Schultern«, korrigierte ihn Oumou und trat zu uns, etwas außer Atem vom Aufstieg. »Sie sind weg?«, wollte sie dann wissen.

»Für den Moment, ja«, antwortete Roots. »Trotzdem sollten wir weiter.«

Ja, das sah ich genauso. Doch vorher gab es noch etwas zu klären.

Nach dem Abstieg musste Oumou sich an ihren eigenen Fußspuren orientieren, um Jamilah wiederzufinden, die, versteckt zwischen großen Felsblöcken, mit Bella zusammen die beiden Babys hütete.

»Ich kann nur hoffen, ihr habt sie alle erschossen«, begrüßte sie uns. Der Verband um ihren Hals war ab, fiel mir auf, die Wunden schon geschlossen. Trotzdem, feine Narben würden wohl bleiben. Wäre ich gern dabei, wenn sie deren Entstehung einem größeren Publikum erklärte. Oder vielleicht lieber doch nicht.

»Angeschossen und verjagt«, sagte Roots und hangelte sich von meinen Schultern zu Boden. »Womit ich dir übrigens deinen kleinen Arsch gerettet habe.«

Jamilah blickte unbeeindruckt. »Dafür haben wir dich schließlich mitgenommen«, meinte sie hochnäsig.

Wir, dachte ich etwas säuerlich.

»Hast du dein Handy da?«, fragte ich sie und zack, hatte sie es in der Hand. Ich wollte danach greifen, doch sie hielt es zurück.

»Wozu?«, wollte sie wissen.

»Ich will nachsehen, ob es eine GPS-Ortungsfunktion hat.«

Abdirahim und seine beiden Söldner waren niemals unseren Reifenspuren gefolgt, und selbst wenn, hätten sie die spätestens auf der Piste aus den Augen verloren. Sie hatten sich von einem Signal leiten lassen, das unabhängig vom Truck war, sonst wären sie nicht vor mir von der Piste in die Hügel abgebogen.

»Ha, als Mutter mir das Handy gekauft hat, war *natürlich* eine GPS-App drin, aber die hab ich sofort rausgeschmissen.«

»Bist du sicher?«

»Bin ich blöd?«

Ich dachte nach. Nein, nicht über eine höfliche oder ausweichende oder gar ehrliche Antwort auf ihre Frage.

»Und dann«, tastete ich mich vor, »hat sie dir als Nächstes *was* geschenkt?«

Jetzt war es an Jamilah nachzudenken. Sie sah an sich herunter. Auf ihr Fußkettchen. »Das da.«

»Kann ich mal sehen?«

Sie löste es und reichte es mir. Eine goldene Kette, in regelmäßigen Abständen bestückt mit lauter goldenen Anhängern rund ums Thema ›Sonne, Mond und Sterne‹. Ich ließ sie durch meine Finger gleiten. Sie waren alle aus Metall, bis auf einen. Nur zur Sicherheit biss ich drauf. Vergoldet, aber Kunststoff. Ein Stern. Ich löste ihn von der Kette und hielt ihn Jamilah hin.

»Ein Glücksbringer«, erklärte sie achselzuckend. »Wenn du in Somalia einer Person Glück wünschst, schenkst du ihr einen Stern.«

Auf der Rückseite hatte er eine winzige Fabrikationsnummer.

»Sieh dir das mal an.«

Jamilah nahm den Stern zur Hand, kniff die Augen zusammen, schnappte sich ihr Handy, tippte die Nummer ein, stöhnte auf.

»Oh, diese *Bitch*!«, entfuhr es ihr. Wütend schmiss sie den Anhänger zu Boden, griff sich den nächstbesten Stein und hämmerte ihn platt. Ich hatte daran gedacht, ihn mit der Post oder sonst wie auf Reisen zu schicken, doch erstens ist der Trick nicht der neueste und zweitens hatte sich die Idee jetzt ohnehin erledigt. Er würde nie wieder senden.
»Lasst uns fahren«, sagte ich und wir machten uns auf den Weg.

Tausend Kilometer. Ich hielt das Tempo und damit den Spritverbrauch niedrig, selbst da, wo das Terrain höhere Geschwindigkeiten zugelassen hätte. Und es fiel mir nicht leicht. Irgendwo da draußen geisterte der Afghane herum, und das beschäftigte mich, trieb mich voran.
Den halben Tag rollten wir quer zum Wind, in gehörigem Abstand zur parallel mit unserem Kurs verlaufenden Grenze, dann wollte, musste ich raus aus Algerien und schwenkte nach Westen. Solange der Grund so eben war, streckte ich die Abstände zwischen den Pausen, so dass wir trotz des verhaltenen Tempos einigermaßen Meter machten. Gegen Abend querten wir die Grenze, unbemerkt und unbehelligt. Wir fuhren mit dem Wind im Rücken der Sonne entgegen, und etwas daran hob meine Stimmung.
Der Beifahrersitz war der bequemste Platz und meine drei Mitreisenden hatten sich nach einigem Gezänk auf ein Rotationssystem geeinigt, das dann aber nie so richtig eingehalten wurde, da die beiden Mütter sehr viel mit ihrem Nachwuchs beschäftigt waren. Solange wir gleichmäßig dahinrollten, war die Stimmung an Bord bei aller Enge einigermaßen entspannt. Roots kam nach vorn, zog sich hoch in den Sitz, Nadel und Faden zwischen den Lippen, und nahm seine Beanie ab.

»Hättest du wirklich deine beiden Kollegen erschossen?«
»Wenn sie trotz des Warnschusses weiter attackiert hätten? Sicher. Kristof, es sind Kollegen, wenn ich sie im Hotel treffe, es sind Kameraden, wenn sie Seite an Seite mit mir kämpfen. Doch wenn wir bei zwei gegeneinander Krieg führenden Parteien unterschrieben haben, sind sie der Feind.«
»Wo hast du Schießen gelernt?«
»Du meinst, wer geht hin und bildet einen verkrüppelten Zwerg zum Scharfschützen aus?«
»Genau.«
Er lachte. »Eine Menge Rastafaris haben im äthiopischen Unabhängigkeitskrieg für Haile Selassie gekämpft. Nach dem Sieg hat er ihnen als Dank dafür Land geschenkt. Ein Problem dabei war von vornherein, dass ihm dieses Land strenggenommen gar nicht gehörte. Das machte uns in Äthiopien zu unerwünschten Ausländern auf geklautem Besitz. Viele hielten die Anfeindungen nur so und so lange aus, bevor sie nach Alternativen suchten. Dann bot uns die Kirche ein verlassenes Kloster in Somalia an. Der Empfang da war nicht viel freundlicher, Katholiken in einem muslimischen Land und so weiter. Doch wir wollten uns nicht schon wieder verjagen lassen, also haben wir das Kloster befestigt und uns bewaffnet. Und da ich für kaum etwas anderes zu gebrauchen bin, habe ich am Schießtraining teilgenommen. Meine Ausbilder erkannten bald, dass ich das Auge und die Nerven eines Snipers habe. So kam's.«
»Wieso bist du da weg?«
»Der Staat zerfiel und es fand sich niemand mehr, um die Islamisten am Amoklaufen zu hindern. Sie haben uns überrannt. Ich hatte Glück. Falls man das Glück nennen kann, wenn du dich unter dem Fußboden eines brennenden Gebäudes verkriechst, während das

Blut deiner Freunde und Familie durch die Ritzen auf dich runtertropft.«
Eine Abbruchkante in unserem Weg erforderte meine Aufmerksamkeit und einiges an Schalt- und Lenkarbeit, was mir einen Kommentar ersparte. Ich hätte eh nichts zu sagen gewusst. Eigene Erfahrungen einzubringen wirkt schnell so, als versuche man das Geschilderte zu relativieren oder gar zu toppen. Das eine wollte und das andere konnte ich nicht. Außerdem sind auferzwungene Angstzustände auch immer Zustände von Erniedrigung, und Erinnerungen daran wecke ich nicht gern, schon gar nicht, indem ich darüber rede.
»Und jetzt?«, fragte ich, etwas später.
»Jetzt fahre ich mit dir nach Europa und fange ein neues Leben an. Irgendwas im Showbusiness.«
»Sänger, Tänzer?«
Er sah von seiner Näharbeit auf und drehte mir sehr, sehr langsam den Kopf zu.
»Oder Kunstschütze«, schlug ich eilig vor.
»Tja. Warum nicht? Beim Zirkus? Beim Varieté? Gibt es Varietés, da wo du uns hinbringst?«
Noch sind wir nicht da, dachte ich. Noch nicht mal am Meer, geschweige denn auf der anderen Seite.
»Eins in Essen«, antwortete ich, »und eins in Düsseldorf, soviel ich weiß.«
»Na, super.« Er grinste mich an. »Machst du mit? Ich bräuchte einen Partner. Ich könnte dir rohe Eier vom Kopf schießen.«
»Ich … ähm … ich denke drüber nach«, versprach ich.
Oumou schaffte es, während der Fahrt zu kochen – der Herd ist kardanisch aufgehängt, ich bin mir sicher, er stammt wie die Koje aus einer Yacht –, doch zum Essen hielt ich natürlich an. Anschließend machte ich ein Nickerchen, dann ging's weiter. Dann nicht mehr. Oder fast nicht. Ich stoppte, knipste den Suchschein-

werfer an, stieg aus, kletterte aufs Dach, doch so sehr ich mir auch den Hals verrenkte, vor uns erstreckte sich in unabsehbarer Breite ein Dünengebiet, ein Erg. Es hieß: entweder da durch oder einen unkalkulierbaren Umweg in Kauf nehmen.

Die Leeseite der Dünen, also in unserem Fall die vor uns ansteigende Seite, ist die etwas festere, die Luvseite, wo es den Sand über den Kamm bläst und herabrieseln lässt, die weichere. Damit sah es machbar aus. Dünenabwärts in tiefen Sand zu geraten ist nicht ganz so beschwerlich wie hangaufwärts. Deshalb entschied ich, nach einigem Kartenstudium und Kratzen des Kopfes, die Durchquerung des Ergs zu wagen. ›Versuchen‹ wäre missverständlich formuliert. Einmal drin gab es nur das Weiter, kein Zurück. Ein Wagnis, also.

Ich aktivierte alle Sperren und das Vorgelege und wir rollten los. Bei einem Fahrzeug mit Starrachsen sind große Räder die einzige Möglichkeit, die Bodenfreiheit zu erhöhen, da nur so auch die Achsen und ihre dicken Differentialgehäuse mit angehoben werden. In Sachen Geländegängigkeit waren wir also ganz vernünftig ausgestattet, machte ich mir Mut.

Das Tückische war, dass es zu Anfang recht gut lief. Der Truck ackerte sich hoch, querte den Kamm, senkte dramatisch die Nase und folgte der Schwerkraft, um unten von vorn anzufangen. Dann wurde der Sand weicher. Und weicher. Und unsere Räder sanken tiefer und tiefer, bis schließlich, im ersten Licht des neuen Tages, das eintrat, was jegliches Vorwärtskommen beendet: Die Achsen sackten in den Untergrund und die Räder mahlten auf der Stelle.

Pause. Motor aus, Seilwinde entriegelt, ausgestiegen. Haken gepackt, Seil über der Schulter, und los. Hoch durch dieses Material, für das man Fellsäcke unter den Füßen braucht, am besten gleich noch kombiniert mit dem Gemüt eines höckerbestückten Tragtieres. Ir-

gendwann ruckt es, ist das Seil abgespult, mit ein bisschen Glück reicht es bis hinter den Dünenkamm. Klappspaten und Zinkeimer geholt und damit ein schmales, tiefes Loch quer zur Fahrtrichtung ausgehoben. So. Das war der leichte Teil. Hab ich die großen Räder erwähnt? Nicht nur von Vorteil. Weil jetzt heißt es, das Reserverad aus seiner Halterung unterm Heck zerren, das Rad aufstellen, den Hang hochwälzen und in das schmale Loch bugsieren, das Seil in der Felge einhaken und alles zusammen einbuddeln. Feststampfen, zurück zum Truck, Motor an, Winde aktivieren, Gang rein und hinter dem sich langsam aufwickelnden Seil her hoch bis zum Kamm. Rad ausgraben, verstauen, dann mit viel Gefühl anfahren, zusammen mit einer Sandlawine den Abhang hinabgleiten und mit ein bisschen Pech von vorn anfangen.
Und wir hatten ein bisschen Pech. Und dann noch ein bisschen.
Ohne Oumou hätte ich es nicht geschafft. Nicht vergessen, dies war Wüste in ihrer anmutigsten Form, zu jeder Stunde des Tages in einer anderen Lichtstimmung, windskulpturierte Sandwüste wie aus dem Bilderbuch, fehlte eigentlich nur das Defilee einer Kamelkarawane oder das Auftauchen einer lauschigen Palmenoase, doch ohne Oumous Einsatz wäre ich in dem ach so dekorativen, nachgiebigen, so inoffensiven und gerade deshalb so unfassbar hinderlichen Scheißzeug verreckt, und alle anderen mit mir. Jamilah war so kurz nach der Geburt und von der mentalen und physischen Verfassung zu dieser Art von Arbeit nicht fähig, Roots selbstredend noch weniger, also blieb es an Oumou und mir. Und, soll ich mal was sagen? Sie klagte noch nicht mal. Anders als Jamilah, die sich mit der Versorgung von zwei Babys unter den momentanen Bedingungen überfordert sah und das bei jeder Gelegenheit bejammerte, und anders als

Roots, der mehr als nur einmal anmerkte, dass er niemals mit auf diesen Trip gekommen wäre, hätte ihm jemand vorher gesagt, dass ich nicht nur nicht schießen, sondern auch nicht Auto fahren könnte.
»Lass sie uns aussetzen«, flüsterte Oumou. »Alle beide. Niemand wird sie vermissen.«
Wir sahen uns an, wogen die Köpfe, zuckten die Achseln, machten weiter, stellten uns taub. Die Sonne brannte auf uns runter, der verfluchte Wind puderte uns ein, verkleisterte die Augen und dörrte die Hälse aus, das versenkte Rad hielt mal, mal kam es hoch und musste erneut vergraben werden, mal half auch das nicht und wir kamen nicht umhin, die Vorderseiten der Räder freizuschaufeln und Sandbleche unter die Reifen zu rammen, und ich fluchte und fluchte, bis ich keine Stimme mehr hatte, doch von Oumou kam kaum ein Wort, außer ab und zu mal ein leises »Pause?«, wofür ich regelmäßig dankbar war. Wir tranken, wir aßen was, wir sanken an Ort und Stelle um und schliefen eine Stunde oder zwei wie Tote, bevor die Wühlerei von vorn losging. Und dann, im Morgenlicht eines weiteren Tages, zogen wir das Seil über einen Dünenkamm und hielten inne. Seufzten synchron. Vor uns erstreckte sich das nackte, kahle, unattraktive, aber flache und feste Taoudenni-Becken bis in die hitzeflirrende Distanz. Ich fühlte das stille, erschöpfte Glück, das sich nur einstellt, wenn der Schmerz nachlässt.

Immer mehr Orte in der Sahara verlieren ihre Bedeutung, weil sich die Handelswege ändern, die Bodenschätze erschöpft sind oder die Brunnen austrocknen, und Taoudenni ist so einer. Einst ein Zentrum des Salzhandels, nun ein halb verlassenes Wüstennest voll verfallender Gebäude, in deren Ecken sich Müll und Sand ansammelt. Zum Glück war die örtliche

Tankstelle noch in Betrieb, zwei Säulen vor einem Geschäft für – ich sag mal – alles. Die Säulen waren nicht mehr ganz neu, in verblichenem Grüngelb lackiert, mit ›Diesel‹ und ›Normalbenzin‹ beschriftet, die Mengen waren in ›Liter‹ angegeben und die Preise in ›DM‹. ›Blasenfrei zapfen‹ wurde angemahnt. Doch leider gab's nichts zu zapfen außer Blasen, war das vorgewölbte Schauglas doch leer.

Der Tanklaster war unterwegs, erfuhren wir, und müsste jeden Tag ankommen.

Jeden Tag, dachte ich, das ist Afrika. Bei uns hätte es jede Minute, jede Sekunde, jeden Augenblick geheißen. Wir waren auf dem letzten Zwanzig-Liter-Kanister in den Ort gerollt und deshalb zum Bleiben und Warten verdammt. Ich fand's nicht so schlimm, ausgepowert, wie ich war. Proviant für die letzte Etappe anschaffen mussten wir auch, also bot es sich an, dass wir uns einen Platz zum Übernachten suchten und in Geduld fassten.

Etwas außerhalb des Ortes verfiel ein altes Fort, das sahen wir uns an, nachdem wir fürs Abendessen eingekauft hatten. Die Frauen beschlossen sofort, für die Nacht eine der noch intakten Kammern zu beziehen, Roots, über ihren Schlaf zu wachen. Das ließ mir mein Vehikel zur alleinigen Nutzung, worüber ich so froh war, dass ich mich stark zusammennehmen musste, es nicht zu deutlich werden zu lassen. Ich bugsierte den Truck rückwärts durch die Toröffnung auf den Platz in der Mitte der Befestigungsanlagen und die untergehende Sonne ließ das alte Gemäuer ringsum in warmen Rotbrauntönen aufglühen. Mit Bella an meiner Seite drehte ich eine gemächliche Erkundungsrunde. Wir hatten den Laden für uns. In einer Ecke fand ich die Reste eines Stalls, klaubte ein paar Balken heraus, brach, hackte und schichtete sie zu einem Lagerfeuer.

Oumou zauberte Couscous und einen wirklich leckeren Salat aus lauter Konserveninhalten, wir hockten uns mit unseren Tellern rings um die tanzenden Flammen, der Wind fegte über die Mauern hinweg und heulte um die Ecken, Funken stiegen auf und wurden fortgerissen wie Sternschnuppen, es war eine Nacht, in der man nicht dankbar genug sein konnte dafür, dass keiner von uns eine Gitarre dabeihatte. Schon bald nach dem Essen wurde es ruhig, dann still, dann dunkel.

Ich erwachte mit einem Messer am Hals. Jemand kniete auf mir, auf der Decke, unter der ich lag, auf meinen Armen, um es präzise zu sagen, und hielt mir eine scharfe Klinge an die Gurgel. Ich war so genervt, aus dem Schlaf gerissen zu werden, dass ich im ersten Augenblick völlig vergaß, mich zu fürchten.
»Wo ist mein Geld?«
Es war der Afghane. Na, jetzt erinnerte ich mich doch wieder, was es heißt, Schiss zu haben.
Es war der Afghane, nur Sehnen, Muskeln, Gabelbart, Mordlust in den dunklen Augen. Zu sagen, er sah nicht gut aus, würde in gleichem Maße zu kurz greifen wie zu behaupten, er duftete nicht gerade. Kurz: Im fahlen Licht des Mondes war er bleich wie der aufgewärmte Tod und roch auch so. Ich fragte mich, ob er allein gekommen war. Meine Gedanken gingen über in den leichten Galopp.
Roots hatte die AK mit ins Gebäude genommen und sich bereit erklärt, im Flur zu pennen wie ein Sklave. »Ich hätte gesagt wie ein Hund«, hatte er geranzt, »aber der Köter darf ja mit ins Zimmer.« Also, wer immer zu den Mädels wollte, musste an Roots und einer geladenen Automat Kalaschnikow vorbei, deshalb gönnte ich mir den Luxus, mir jetzt erst mal Sorgen um mich selbst zu machen.

»Wo ist mein Geld?« Der alte Straßenräuber krächzte, und das auch noch sehr leise, das ließ vermuten, er hatte bis jetzt keine Ahnung, wo sich die anderen befanden.
»Wie um alles in der Welt hast du uns gefunden?«, fragte ich in normaler Lautstärke, was ihn sichtlich irritierte und den Druck der Klinge auf meine Gurgel erhöhte. Okay, verstanden, gedämpfte Töne von hier an.
»Du hast in Bordj Badji Mokhtar über dreihundert Liter getankt, und warst vorher schon Richtung Westen unterwegs. Der Rest ist Logik.«
Tankstelle. So langsam begann ich zu ahnen, wie er und seine Bande an Hinweise auf mögliche Opfer kamen. Alle müssen tanken, früher oder später. Und jeder wechselt ein paar Worte mit dem Tankwart. Woher, wohin, Barzahlung in Euro oder Dollars? Aber gern.
»Wo ist mein Geld?«, wiederholte der Afghane gepresst. Er würde mich nicht umbringen, bevor er wusste, wo seine zusammengeraffte Altersvorsorge abgeblieben ist, oder bis er sich sicher war, dass ich es nicht wusste. Der Weg zu dieser Gewissheit könnte äußert schmerzhaft werden. Für mich.
Mit dem rechten Daumen spannte ich sehr, sehr sachte den Hahn.
Gleichzeitig lauschte ich, bis es in meinen Ohren knackte. Falls er seine Bande oder Teile davon mitgebracht hatte, verhielten die sich bis jetzt geräuschlos. Ich konnte nur hoffen, dass sie Roots nicht im Schlaf … Ach. Roots vielleicht. Aber nicht Bella.
»Zum letzten Mal: Wo ist mein Geld?«
»Das willst du nicht wissen«, behauptete ich, leise, diesmal.
»Doch!«
»Okay«, begann ich und drehte mein rechtes Handgelenk so, dass die Mündung des Revolvers auf den

Oberkörper des Afghanen zielte, »aber sei jetzt nicht sauer, weil, ich hab's der Heilsarmee gespendet.«
Er spürte die Bewegung unter seinem Knie, riss das Messer hoch, um es mir in den Arm zu rammen, krampfte plötzlich, zu einem halb erstickten Schrei, sackte zur Seite, wälzte sich von mir runter, auf den Bauch, stemmte sich noch mal auf alle viere hoch, keuchte, würgte, erbrach einen halben Eimer einer entfernt an Kaffeesatz erinnernden Substanz und kollabierte. Zuckte noch mal und lag dann unmissverständlich still. Ich sag doch, er sah nicht gut aus.
Sehr, sehr sachte entspannte ich den Hahn wieder und ließ ihn vorsichtig zurück in seine Ruheposition gleiten. Lauschte. Alles war, alles blieb ruhig. Der Wind pfiff, sonst rührte sich nichts und niemand.
Ich wusste nur, durch welche Türöffnung die Frauen ihre Decken und Kissen und Babysachen gebracht hatten, drin im Gebäude selbst war ich nicht gewesen. Mit dem Revolver in der Hand krabbelte ich auf die Füße und schlich mich zu dem dunklen Geviert. Ich musste mich vergewissern, ob alles in Ordnung war. Zögernd trat ich durch die Öffnung. Ins Dunkel. In knisternde Stille. Irgendwo rechts vorn vor mir hörte ich das allerleiseste metallische Klicken.
»Ich bin's«, sagte ich hastig. Und jemand atmete hörbar aus.
»Fass dir an dein rechtes Ohr«, knurrte Roots. »Und freu dich an seiner herrlich intakten Form.«
Mit Bella zusammen suchte ich das Fort ab. Wir fanden niemanden, nur einen draußen davor parkenden, einsamen Pick-up. Alles deutete darauf hin, dass der Afghane allein gekommen war. Ich schätze mal, seine Jungs haben das Camp in der Nähe von Tam gesehen, ihre toten Kollegen und all das Blut, dann hier Abdirahim und die beiden Tuareg, noch mehr Blut, und sind den Afghanen schließlich um eine stramme Gefahren-

zulage angegangen. Die der mangels Barschaft nicht zahlen konnte. Und tschüss.
Ich dachte nach. Die vollverschleierte Köchin, fiel mir ein, hatte ich auf dem Gelände des Camps nie mehr zu Gesicht bekommen. Na, ich wünschte ihr Glück.

Kaum zu glauben, aber der Schlaf holte mich noch mal ein, bis das insistierende Fiepen meines SatPhones mich wieder herauszerrte. Es war Mombassa.
»Du gehst dran«, staunte er. »Was ist mit dem Afghanen?«
»In meinen Armen verstorben«, antwortete ich.
Ich meinte, hören zu können, wie er sachte den Kopf schüttelte. »Kannst du bis zum Dreizehnten in Nouharghat sein?«, fragte er dann.
»Ja«, behauptete ich, ohne auch nur die leiseste Ahnung, welches Datum wir hatten und wo sich der Ort befinden mochte.
»Der Dreizehnte«, wiederholte er eindringlich. »Nouharghat, Mauretanien. Dieses Schiff legt nur ein paar Stunden an und wartet nicht.«
»Ich werd's irgendwie hinkriegen«, versprach ich.
Er nannte mir den Namen des Schiffes, der mir seltsam bekannt vorkam, ich bedankte mich und wir hängten ein.

Oumou und ich zerrten die Leiche des Afghanen außer Sicht, dann nahm ich seinen Pick-up und fuhr damit zum Einkaufen, ausgestattet mit einer langen Liste. Abgesehen von einer Bäckerei erwies sich der Laden hinter der Tankstelle als einziges in Taoudenni verbliebenes Geschäft für den täglichen Bedarf. Mein algerisches Geld hätte ich an der Grenze wechseln müssen, erfuhr ich, wie nicht anders erwartet. Und mit meinem Fünfhundert-Euro-Schein müsste ich mich an eine Bank wenden, auch das nicht überraschend.

Dafür war Kreditkartenzahlung problemlos möglich. Ich las das Datum von der Quittung ab. Wir hatten den Neunten. Das ließ uns vier Tage bis Nouharghat. Und die Schaugläser der Säulen waren immer noch leer. Doch gerade als ich meine Einkäufe in den Pick-up lud, dröhnte ein dreiachsiger Tanklaster heran und stoppte vor der Tanke, am Steuer ein gutgelaunter Schwarzafrikaner.

Ob er gekommen sei, um die Tankstelle zu beliefern, fragte ich, unter Umständen ein bisschen sehr interessiert, geradezu hibbelig, und er nickte großmütig.

»Hast du auch Diesel dabei?«

»Nur«, antwortete er, und ich saß mit einem Satz im Pick-up, stochte zum Fort, trommelte alle zusammen, verlud sie und die Einkäufe und unsere verstreute Ausrüstung in den Truck und stochte damit zurück.

Während der Sprit aus dem Tanklaster in den Erdtank der Tankstelle und von da über die Zapfsäule in die verschiedenen Treibstoffbehälter meines Trucks gurgelte, löcherte ich den Fahrer mit Fragen. Wie weit war es bis Nouharghat? Die beste Route dorthin?

Hatte ich eine Karte?

Zack, hatte ich sie draußen, und den Klapptisch dazu.

Wie lange würde ich brauchen?

Vier, fünf Tage, schätzte er.

Ha, dachte ich. Mach da drei bis vier raus.

Und los. Einmal in Mauretanien würden wir uns in den Verkehr wagen. Westwärts zum Atlantik war einigermaßen unverdächtig, alle wollen hoch zum Mittelmeer mit ihren Drogen und Migranten und was man sonst noch so schmuggeln kann. Doch in Mali blieb ich noch sämtlichen offiziellen Wegen fern.

Die Landschaft war eigentümlich geformt, wie ein riesiges Waschbrett, die hohen Wellen rötlicher Fels, die tiefen Wellen orangeroter Sand, und alles zeigte ziemlich genau in die Richtung, in die wir mussten. Nur war der Fels leider nicht eben, sondern tief zerfurcht, extrem rappelig zu fahren, hart zu Fahrzeug und Insassen. Es wurden zwei anstrengende Tage, aber ich konnte keine Rücksicht nehmen auf die Bedürfnisse und Befindlichkeiten meiner Passagiere. Es war nicht zu sagen, wann sich die nächste Möglichkeit eines Transports nach Europa bieten würde, und ich wollte nicht wochen- oder gar monatelang warten müssen. Ich war müde wie noch nie, physisch und emotional ausgelaugt, am Ende, ich wollte nach Hause und die Tür hinter mir zumachen.

Vor der Grenze tauschte ich noch meine marokkanischen Kennzeichen gegen die holländischen, die ich für genau so einen Tag und so eine Gelegenheit von der schwarzen G-Klasse abgeschraubt hatte.

In Mauretanien gestaltete sich unser Leben ein bisschen angenehmer. Das Hauptaugenmerk der Behörden gilt den ständigen, von Marokko unterstützten Grenzverletzungen aus der Westsahara, ein holländischer Touristentruck mitten im Land fällt da nicht weiter ins Gewicht. Wir nahmen Fahrt auf, rollten mit einigem Tempo über Pisten, manchmal sogar asphaltierte Straßen, konnten tanken, einkaufen, uns und die Kleinen waschen. Trotzdem, ich hatte immer die Uhr im Blick, trieb alle zur Eile, wenn ich nicht gerade zusammengerollt unterm Truck lag und eine Art vorgezogener Totenruhe hielt.

Nouharghat erwies sich als ein weiterer halb verlassener, halb zugewehter Ort, noch verlassener und zugewehter als Taoudenni, fast schon eine Geisterstadt. Es war mal ein geschäftiger Fischereihafen gewesen, bis die chinesischen Fangflotten sich in liebevoller Gründlichkeit der Bestände draußen vor der Küste angenommen hatten.

Doch wir waren endlich am Meer. Diese satte, schwere Luft, das wohltuende Blau, strahlend weiße Schaumkronen im Sonnenlicht, halsbrecherisch mit dem Sturmwind spielende Möwen, die ganze Show.
Der Hafen versteckte sich hinter einer Landzunge. Wir kamen aus den Hügeln, blickten hinunter auf das eine Becken, die windschiefen Lagerhallen, den Leuchtturm dahinter. Verdammt. Wir waren zu früh oder zu spät. Nur ein paar winzige Fischerboote, Nussschalen für die küstennahe Fischerei, dümpelten vor sich hin, wenn man einmal absah von dem rostzerfressenen Wrack an einem Kai, ein Frachtschiff aus grauer Vor-Containerzeit, das geduldig auf seine Verschrottung wartete oder darauf, hochversichert seine allerletzte Fahrt Richtung Meeresgrund anzutreten.
Hoppla, wohl Letzteres, denn es kam schwefelgelber Qualm aus dem Schornstein, und es gab eine Mannschaft, die Kisten anlandete, die wiederum in für Afrika ungewöhnlicher Hast auf Pick-ups verladen wurden.
Ich fuhr runter, stoppte am Kai. Und las den Namen. ›Jorykki‹, Heimathafen Piräus. Es war unser Schiff.

Kapitän Prishenko biss auf einem qualmenden Zigarillostumpen herum, der wie ein fester Bestandteil seiner Physiognomie wirkte. Entsprechend waren die Bartstoppeln der Oberlippe eher orange als noch gelb. Er selbst kam, wenn ich es freundlich ausdrücken wollte, extrem leger daher, breit, haarig, dickwanstig, in fleckigem Unterhemd, schmuddeligen Shorts, breitgetretenen Badelatschen, ein Typ, den man sich kaum irgendwo anders vorstellen konnte als an Bord eines Kahns wie diesem.
Er ließ mich warten, ging ganz darin auf, seiner Mannschaft ausgemergelter Asiaten beim Löschen der Ladung mit von der Höhe der Brücke heruntergebellten Anweisungen zur Hand zu gehen. Die Mannschaft

wiederum machte den Eindruck, ihn völlig zu ignorieren, was zusammen eine schöne Einführung in die Sitten und Gepflogenheiten, die Stimmung und den Ton hier an Bord darstellte.
»Idioten«, murmelte er, in alles andere als akzentfreiem Englisch, »eine Bande von Idioten, ich sollte sie alle feuern.« Er sah mich das erste Mal an, aus Augen wie denen eines auf gestoßenem Eis ruhenden Fisches. »Ein Truck?«, fragte er verächtlich. »Wie schwer?«
»Circa sechs Tonnen.«
»Circa, ha!« Er hatte diese wunderbar tiefe, raue, dick belegte Stimme, für deren Akquise es lange Jahre maskulinen russischen Lifestyles braucht, in dem alles hochprozentig zu sein hat, egal ob es sich jetzt um Teer-, Alkohol- oder Fettgehalt handelt.
Er winkte mir, ihm in den Kommandostand zu folgen, einen Raum aus welligem Sperrholz, trübem Glas und blätterndem Lack. Jeder einzelne Gegenstand, egal ob lose oder fest installiert, war entweder abgegriffen oder schmierig oder beides.
Er schloss die Tür.
»Wie viele Passagiere?«, wollte er wissen.
»Vier Erwachsene und zwei Babys.«
»Sechs Passagiere«, vereinfachte er die Rechnung, kratzte sich unterm Arm und nannte mir einen Preis, der einem Schlag in die Fresse gleichkam. Nach einem Moment mühsamer Erholung versuchte ich die Forderung vorsichtig nach unten zu korrigieren, ein Ansinnen, mit dem er mich komplett vor die Pumpe laufen ließ. Es hieß unmissverständlich entweder zahlen oder aber in Afrika bleiben. Ich hätte gehen sollen, doch die Aussicht, mit einem nervenden Teenager, zwei plärrenden Blagen und einem schandmäuligen Rastafari auf unabsehbare Zeit nach alternativen Transportlösungen suchen zu müssen, machte mich weich.

Wir sind kurz vor dem Ziel, tröstete ich mich, nur noch eben übern Teich, tröstete ich mich, bald schon zurück in der Zivilisation, tröstete ich mich, löste den Gürtel und zählte Prishenko die Summe zähneknirschend auf die Hand. Er sah kaum hin, ging rüber zu einem Wandsafe und schloss die Münzen weg. Zum Abschluss des Deals stießen wir mit Wassergläsern voll Wodka an, dessen Prozentzahl nur ein My, nur ein mit der Pipette zugegebenes Wassertröpfchen pro Liter unter der Dreistelligkeit geblieben war. Er leerte das Glas in einem Zug, ohne eine Miene zu verziehen, wie etwas, das man eben macht, freudlos, lieblos, automatisch. Geld einsacken, Wodka saufen, Anker lichten, weiter. Schwer zu sagen, wieso, aber Prishenko erweckte bei mir den Eindruck eines Mannes, der aus bestimmten Gründen nirgendwo mehr an Land darf, ein Gefangener seines Schiffes, ein ewiger Nomade des Meeres, der nichts mehr zu verlieren hat und absolut kalten Herzens dem eigenen Ableben entgegensieht.
Ganz der Kapitän zur See, dem man sich nur zu gerne anvertraut, dachte ich. Und lehnte ein weiteres Glas dankend ab.

Prishenkos Mannschaft arbeitete wortkarg, desinteressiert, wenig zimperlich. Fertig mit Entladen, hatten sie die großen Lukendeckel des Decks verschlossen und mit enormen Flügelmuttern gesichert, die sie mit dicken Gummihämmern anzogen. Fertig damit, befestigten sie ein Gestell mit vier Stahlseilen am Ladebaum, hoben es an, schwenkten und senkten es über den Truck. Je ein Seil wurde um das untere Drittel eines jeden Rads gelegt und mit einem Schäkel am Zugseil befestigt, so dass es sich beim Anheben von selbst straffte.
Bella und ich sahen mit bangen Blicken zu, bis der Truck auf Deck abgestellt war. Zwei Mann machten

sich sofort daran, je zwei Stahlseile über beide Achsen zu ziehen, die vorn und hinten an dicken Ösen auf Deck befestigt und mit Kettenzügen strammgezogen wurden, bis sie ächzten.
»Ist das wirklich nötig?«, fragte ich, freundlich interessiert.
Die beiden Seeleute tauschten einen Blick, der sagte: ›Hat der Blödmann das gerade wirklich gefragt?‹, bevor einer flüchtig aufsah und »Si« antwortete.
Oumou mit Roots auf den Schultern und Jamilah mit den beiden Kleinen in den Armen kamen die schwankende Gangway hoch. Getrennte Kabinen, dachte ich freudig. Vielleicht sogar auf zwei unterschiedlichen Etagen, dachte ich vergnügt.
Ein Vorarbeiter oder was auch immer nahm mich kurz beiseite.
»Das Schiff«, er deutete über seine Schulter zu den Aufbauten am Heck mit den Quartieren und der Brücke, »ist für euch tabu, verstanden? Ihr bleibt in eurem Vehikel, bis wir euch an Land setzen.«
»Was soll das denn heißen?« Mir schwoll der Kamm, und ein Wasserglas Wodka trägt nicht eben zur Milderung meines Temperaments bei. »Ich zahle für diese Überfahrt, da kann ich ja wohl etwas Service und Komfort verlangen! Was ist mit Kabinen, mit Duschen, Toiletten, was ist mit Essen?«
»Nicht für euch«, sagte er kategorisch. »Und wer sich nicht an die Regeln hält ...« Er ließ den Satz auslaufen, ergänzte ihn nur um eine wischende Geste. Eine über Bord wischende Geste. Es verschlug mir die Sprache.
»Aber an Deck dürfen wir uns frei bewegen?«, fragte ich mit mehr als nur einem Unterton von Sarkasmus. »Polka tanzen, Fußball spielen, Skateboard fahren?«
Er blickte mich an, als ob er rätselte: Hat der Blödmann das gerade wirklich gefragt? »Si«, antwortete er knapp und ging davon.

Das Deck begann unter unseren Füßen zu vibrieren, eine pechschwarze Wolke quoll aus dem Schornstein, der Kahn setzte sich in Bewegung. Erst ein ganzes Stück rückwärts, dann unter Rütteln und Schütteln in einer engen Kurve vorwärts und raus aus dem Hafen. Wir passierten den Leuchtturm und gerieten sofort, vom ersten Moment an, in schwere See. Wir passierten den Leuchtturm und ein Brecher kam über den Bug, schwappte über das Deck, so dass wir urplötzlich bis zu den Knien in eiskaltem Wasser standen, das uns beim Abfließen mitnehmen wollte. Die Frauen schrien, ich musste mich auf Roots stürzen, oder er wäre weg gewesen.
Jetzt verstand ich die ungläubigen Blicke der Seeleute. Schaumkronen, ging mir sehr rasch auf, sollte man sich am besten aus der Ferne anschauen, von Land. Und nicht aus der Nähe, von Bord eines Schiffes. Schon gar nicht, wenn sie sich höher schwingen als dein Kopf. Geschockt flohen wir in unser Vehikel.
Der Wellengang war unglaublich. Das Geschaukel unfassbar. Und das Schlimmste daran war, dass der Truck sich in seiner Vertäuung bewegte. Wohin immer der Kahn sich auch neigte, der Truck folgte ein Stück, rutschte über das nasse Deck, bis ihn die Seile unsanft wieder einfingen. Und dieser Augenblick des quietschenden Gleitens Richtung tobende See, bis es ruckte, war das Entnervendste, das man sich vorstellen kann. Mehr oder weniger ansatzlos begannen alle zu kotzen, ich konnte den Zinkeimer gar nicht schnell genug herumreichen.
Ich kam zu einem Entschluss.
»Ich klär das«, versprach ich, streifte meine Jacke über und machte mich auf den Weg. Der Wind heulte, zerrte an mir und ließ meine Klamotten flattern, das Deck katapultierte mich jäh in die Höhe oder riss mich in die Tiefe, bockte nach links und rechts, vorn

und hinten. Ich schlingerte, ich schlitterte, ich stolperte und wankte mehr, als dass ich lief, immer im Bemühen, mich in der Mitte des Decks zu halten. Mit Mühe erreichte ich die Treppe hoch zur Brücke und wollte sie gerade erklimmen, als oben eine Tür schlug und ein Matrose mit einer Uzi in Händen ausgesprochen ernst und, bei aller Sparsamkeit der Mimik, vielsagend auf mich herabblickte. Das brachte mich weiter auf. Ich wollte etwas rufen, das der Sturm mitriss, ich versuchte zu gestikulieren, doch alles, was ich damit erreichte, war, dass sich die Waffe kühl und präzise auf mich richtete. Ich begriff, hob die Hand, verpisste mich.

Trotzdem ... Ging ich eben und suchte die Mannschaftsquartiere. Wenigstens Klo und Dusche mussten sie uns benutzen lassen. Mussten! Ich öffnete die erstbeste Tür, trat ein und bingo! Mannschaftsquartier, unverkennbar. Es roch, nein, es stank nach Mensch und Maschine, nach Schweiß, nach Exkrementen, nach unaussprechlichen Mahlzeiten, nach heißem Schmieröl und Abgasen und toxischen Zigaretten, nach Verzweiflung und Verwahrlosung. Am liebsten hätte ich direkt wieder kehrtgemacht, doch ich hatte eine Klärung versprochen, also wankte ich den engen, glitschigen Gang hinunter, sagte wiederholt: »Hallo, hallo«, geriet in eine verkommene Kombüse, von der Vorratskammern aus einer anderen Zeit abzweigten, einer Zeit mit größeren Mannschaften und längeren, ozeanüberquerenden Reisen. Jetzt waren sie größtenteils zugemüllt. Ein Treppe führte eine Etage tiefer. Die Luft wurde nicht besser, nein, wirklich nicht. Nur wärmer, stickiger. Ich schob den Kopf in eine offene Kabinentür, wo ich zwei Mann beim Sex überraschte. Sie lösten sich voneinander, griffen jeder wahllos nach dem nächstbesten Gegenstand – Schnapsflasche, Aschenbecher – und gingen damit augenblicklich auf mich los. Sie schlugen, boxten, knufften, traten, prügelten auf mich ein, jagten mich den Gang zurück und die Treppe hoch und kickten mich so vehement aus der Tür, dass ich um Haaresbreite über Bord gegangen wäre.

»Das heißt dann wohl: nein«, resümierte ich, kaum dass die Tür zugeknallt und verriegelt worden war. Ich hielt mir die Hand unter die Nase und sah mein Blut. Dann kam der nächste Brecher über die Bordwand und ich hatte andere Sorgen.

Blieb ein Eimer. Ein Zinkeimer. Für alle. Für alles. Und da ich der Einzige war, der sich halbwegs auf den Beinen halten konnte und sich auch nach draußen auf das wild schwankende, immer wieder von Brechern überspülte Deck traute, blieb es an mir, den Eimer rauszutragen, den Inhalt wenn möglich über Bord zu kippen, den Eimer wenn möglich auszuspülen und wieder mit reinzunehmen.

Es war die Hölle. Das Schiff krängte und rollte, schwankte und wankte, ächzte und dröhnte und knarzte und stöhnte dabei wie ein großes, eisernes, leidendes, Tier, das am liebsten aufgeben, am liebsten sterben würde, was die allgemeine Kotzübelkeit noch um ein lähmendes Moment von Todesangst bereicherte. Von der Klaustrophobie ganz zu schweigen. Die Babys schrien und heulten ohne Unterlass, Roots betete einen Rosenkranz nach dem anderen, Jamilah keifte, nölte, zeterte, meckerte ununterbrochen, so dass ich manchmal regelrecht froh war, wenn mal wieder ein Eimer rausgebracht werden musste. Ein halsbrecherisches Unterfangen. Du drückst den Türgriff runter, der Wind packt das Türblatt, reißt es bis gegen den Anschlag, deinen Arm und damit dich im Ganzen mit, die Füße rutschen auf den nassen Treppenstufen, schlindern übers schlingernde Deck, seifig glatt und in abenteuerlicher, unberechenbarer Bewegung, ohne Reling, nur eine etwas über kniehohe Bordwand zwischen dir und dem berserkerhaften, kalten Ozean. Irgendwann kippte ich die Eimer nur noch seitlich von der Treppe runter und machte, dass ich wieder reinkam und irgendwie die Tür zurück ins Schloss gezogen kriegte.

Keiner aß noch, keiner kam zum Schlafen, alle waren grün und gelb im Gesicht wie lebende Leichen. Bella wollte gar nicht mehr raus aus ihrer Höhle im Beifahrerfußraum, sie litt still und plagte mein Gewissen. Ich weiß es nicht, will es auch gar nicht mehr wissen, wie lange diese Tortur andauerte. Es war kalt, alles war nass, die Tage und Nächte wollten und wollten kein Ende nehmen, genauso wenig wie der verdammte Sturm, und ich glaube, ich hätte nicht durchgehalten, wäre Amok gelaufen oder freiwillig über Bord gegangen, wenn ich nicht die ganze Zeit komplett stoned von Opium gewesen wäre.

Knöchel klopften gegen die Scheibe der Fahrertür, rissen mich aus einem kurzen Dämmerzustand. Es war mein Freund mit der Uzi. Ich kurbelte die Scheibe ein Stück runter.

»Der Käptn will dich auf der Brücke«, sagte er.

Der Käptn kann mich mal, dachte ich, stieg dann aber trotzdem aus. Der Matrose hatte ein Seil gespannt, zwischen dem Truck und dem Treppengeländer, an dem hangelten wir uns entlang.

»Schlechte Nachrichten«, begrüßte mich Prishenko.

Ach, dachte ich.

Der Kahn krängte und gierte, rollte und stampfte, doch Käptn, Steuermann und der mit der Uzi standen ruhig wie Statuen auf Marmorsockeln.

»Wir können nicht wie geplant in den Hafen«, knurrte Prishenko, »es gibt neue EU-Vorschriften. Wenn wir doch einlaufen, legen sie das Schiff an die Kette.«

Mir doch egal, dachte ich. Nordspanien oder Südfrankreich war ausgemacht gewesen.
»Ja, und jetzt?«, fragte ich.
»Wir machen kehrt.«
»Was?« Ich wurde laut. Bekam Lust, auch noch handgreiflich zu werden. »Wir haben eine *Vereinbarung*. Ich habe *gezahlt*.« Nur die Anwesenheit der Matrosen hinderte mich daran, mal so richtig schön die Nerven zu verlieren.
»Vorschlag: Übersetzen auf ein anderes Schiff, Anlandung an einem portugiesischem Strand. Könnten wir organisieren, kostet aber extra.«
»Extra? Kostet *extra*?« Ich schäumte. »Erst mal will ich mein Gold zurück!«
Er blickte mich an, als ob ich einen obszönen Witz über seine neunzig Jahre alte Mutter gerissen hätte. Sie hatten mich, nein, sie hatten *uns* in der Hand, erinnerte ich mich.
»Was gibt es für Alternativen?«, fragte ich genervt, und las in seinen Augen: ›Über Bord mit dem lästigen Pack.‹
Er sagte: »Marokko, Tunesien, Türkei. Das sind unsere nächsten Anlaufpunkte.«
Zwei Länder auf der falschen Seite des Mittelmeeres und eines ein halbes Dutzend Grenzen entfernt von Deutschland. Toll. Dann traf es mich. ›Anlandung an einem portugiesischen Strand‹. *Anlandung.* Was für ein wundervolles Wort. Landung. Land.
»Wie viel extra?«
Prishenko griff zum Funkgerät.

Es war finsterste Nacht, als das andere Schiff längsseits ging, ein Gespann aus einem Leichter – ein nackter, offener Rumpf ohne eigenen Antrieb, schräger Bug, senkrechtes Heck – geschoben von einem Schlepper. Der Leichter war sicherlich hundert Meter

lang, aber nicht sehr hoch und wirkte auf mich ungefähr so seetüchtig wie eine große Badewanne, ein Eindruck, der dadurch verstärkt wurde, dass schon jetzt eine größere Menge Wasser in ihm herumschwappte.
Die Besatzung der Jorykki ließ eine Strickleiter runter, ein Matrose des Schleppers kam hoch, kassierte mein Gold ein, nickte den anderen zu und kletterte wieder runter. Ihm mit Roots und Bella und den beiden Babys hinterherzukraxeln war unmöglich, also blieben wir alle im Truck. Beide Schiffe schwankten gewaltig, und ich rätselte, wie sie unser Fahrzeug bei diesem Seegang unbeschädigt umladen wollten, eine Frage, die sich den Seeleuten offenbar so nicht stellte, nicht im Detail zumindest. Sie bugsierten den Ladebaum samt Gestell über den Truck, hängten die Räder ein, lösten die Haltetrossen, ein Schrei ging durch meine Mitreisenden und wir schwebten wild schaukelnd, schwenkten ohne Zögern über Bord und wurden abgesenkt in die wankende Badewanne. Wir kamen am Seil runter, der Leichter kam mit einer Woge hoch, der Zusammenprall war so hart, dass ich kurz befürchtete, durch den Schiffsboden direkt Richtung Meeresgrund weiterzurauschen. Die Seile wurden gelöst, entschwanden, der Schlepper schob an, die Schiffe trennten sich und wir nahmen mit Volldampf Kurs auf die Küste.
Dieser Leichter war gebaut für den Betrieb auf Flüssen und Kanälen, war niemals dafür gedacht, zur See zu fahren, das wurde von Minute zu Minute klarer. So fehlte es zum Beispiel komplett an Lenzpumpen. Alles Wasser, was über die Bordwände reinschwappte, blieb drin und schwappte munter weiter, hin und her, machte den Leichter schwerer und es damit den nächsten Wellen leichter, an Bord zu kommen. Eine Situation wie ein unkontrollierter Sinkflug, wie ein lebendiger Alptraum.
Einziger Hoffnungsschimmer waren das hohe Tempo,

das der Schlepper anschlug, und der Anblick von einzelnen Lichtern voraus. Ruhenden Lichtern, landgestützten Lichtern. Land. Was man doch für eine Sehnsucht mit diesem Begriff verbinden kann.
Die helle Linie eines Sandstrandes kam in Sicht, die Frage, wie sie uns ohne Kran dort absetzen wollten, auf.
Wir hielten direkt, schnurstracks auf das Ufer zu, zu meiner wachsenden Verwunderung ohne Fahrt rauszunehmen. Und dabei blieb es, bis der Bug des Leichters knirschend aufsetzte. Ich hatte den Motor an und den Fuß auf der Bremse, und trotzdem rutschten wir fast zwanzig Meter, so stark verzögerte uns der ansteigende Strand. Mit dem vorderen Viertel des Leichters an Land kamen wir zum Stehen. Ich begann mich gerade zu fragen, wie sie das Ding je wieder flottkriegen wollten, da sah ich im Rückspiegel die Matrosen die Verbindungstrossen lösen, den Schlepper zurücksetzen, wenden und davonfahren.
Sie hatten, ging mir auf, den Leichter schlicht und einfach irgendwo geklaut.
Eine Woge brach über das Heck und der Kahn sank wie ein Stein. Glücklicherweise war der Grund flach, nur das hintere Ende verschwand in den Wellen, dann lag der Rumpf auf und rührte sich nicht mehr. Doch leider war dies kein Landungsboot, das heißt, es gab an der Front keine Klappe, um unser Fahrzeug auf den Strand zu entlassen, nur den zwar breiten, aber steil ansteigenden Bug. Ich schickte meine Mitreisenden raus, und sie fielen praktisch übereinander vor Eile, ins Freie zu kommen, beide Frauen aufgelöst in Tränen der Erleichterung, Roots sprachlos. Ich ging mit ihnen zum Bug. Wir wankten wie vom Schwindel gepackt, wie volltrunken, Hirn und Beine noch nicht wieder kalibriert, um mit festem, unbewegtem Untergrund klarzukommen. Oumou und Jamilah sprangen

am vorderen Ende runter in den Sand, ich reichte Roots und die Babys nach und schickte alle weiträumig aus dem Weg.
Was ich vorhatte, war ein Stunt, den noch kein L 312 je praktiziert hatte. Ich wollte die gesamte Länge des Leichters entlang Anlauf nehmen und dann mit dem Truck auf den Strand springen. Die Erfolgsaussichten? Sagen wir es so: Ich verkniff mir jegliche Kalkulation.
Wie bei Wüsten- und Tropentrucks üblich waren die Ansaugung und der Auspuff hochgezogen bis übers Dach, so dass ich zurücksetzen konnte, bis der Arsch im Wasser verschwand, ohne Gefahr zu laufen, dass es uns den Motor abwürgte.
Bella lag zusammengerollt im Fußraum, das war der beste Platz, anders wüsste ich auch nicht, wie ich sie von Bord des Leichters kriegen sollte. Der Motor lief, wir standen so weit hinten wie nur möglich, ohne den Aufbau zu fluten, noch hatte ich den Fuß auf der Bremse. In solchen Augenblicken willst du die Maschine hochjubeln in höchste Drehzahlen, völlig kontraproduktiv bei einem trägen Viereinhalb-Liter-Saugdiesel. Um etwas einer Beschleunigung Ähnelndes aus so einem Antrieb herauszukitzeln, muss man die Kraft aus dem Keller abrufen, das Drehmoment nutzen, muss es reiten wie eine Welle, oder wie eine Welle nach der anderen, unterbrochen von Gangwechseln. Ich fuhr im Zweiten an, schaltete in den Vierten, von da in den Sechsten, hoch in den Achten und blieb da, bei Vollgas, die Bugrampe hoch und klar drüber weg.
Na, ja. Mit der Vorderachse klar drüber weg, doch schon kam die Nase runter und irgendetwas schlug hart auf der Kante des Bugs auf, bevor die Hinterräder drüberhopsten und wir uns nach einer nur mäßig gedämpften Landung auf dem Strand wiederfanden. Eigentlich wollte ich jetzt so schnell und so weit

wie nur möglich von dem auffälligen Schiffsrumpf weg, doch schon beim erneuten Anfahren ratterte etwas dermaßen unter dem Fahrzeug, dass ich nach nur hundert Metern gezwungen war anzuhalten. Ich stieg aus, beugte mich runter und sah, was ich vermutet hatte: Der Aufprall auf die Bordwand hatte die hintere Kardanwelle erwischt, sie war geknickt, krumm, irreparabel. Damit kamen wir keinen Meter weiter, in diesem Zustand würde sie in kürzester Zeit Getriebe und Hinterachse, wenn nicht den halben Truck kaputtschlagen.
Ich richtete mich auf, sah hoch in den dusteren, wolkenverhangenen Himmel und spürte ein übermächtiges Verlangen, meinen Frust herauszubrüllen. Dann blickte ich mich um. Der Strand war einsam, niemand hatte uns bisher bemerkt. Wenn ich mich sofort dranmachte und die Kardanwelle ausbaute, könnten wir weiterfahren, hätten immer noch Frontantrieb, der sollte uns eigentlich problemlos nach Hause bringen. *Nach Hause.* Zum Ende aller Sorgen, Mühen und Malesten, friedvoll wie der Abspann des sonntäglichen Fernsehkrimis. Nur noch eben pinkeln, Zähne putzen und ab ins Bett.
Ich ließ die Treppe runter, ging rein, zog mir die nassen Sachen vom Leib und den halbwegs trockenen schwarzen Overall an und holte den Werkzeugkasten. Bella streckte den Kopf aus der Tür, tastete sich die Stufen hinab, schlich eine Runde um den Truck und ging wieder rein. Sie gefiel mir gar nicht. Normalerweise liebt sie es, am Meer zu sein. Ich würde sie in nächster Zeit ordentlich päppeln und auch etwas verhätscheln müssen.
Ich warf mich unters Gefährt. Die Welle zu demontieren war keine komplizierte Angelegenheit, sie wird an beiden Enden von je einem Dutzend frei zugänglicher Bolzen gehalten. Hat man die gelöst, fällt sie raus.

Einziges Problem war das Alter der Verschraubungen, deshalb griff ich zuerst zum Rostlöser und legte dann schon mal den Hammer bereit.

Von meinen Begleitern war nicht viel zu hören und zu sehen. Ich denke, sie waren froh, sich mal aus dem Weg gehen zu können, wahrscheinlich wuschen sie sich in diskreter Distanz den Mief und den Siff der letzten Tage und Nächte von den Bälgen. Mir war's recht. Nur eben die Welle rausrupfen und dann würden wir eh schon wieder aufeinanderhocken.

Knarre, Nuss, Ringschlüssel. Stirnlicht an und jetzt ein bisschen Tempo. Wir mussten weg vom Strand und auf die Straße.

Ich brauchte keine halbe Stunde, dann fiel die Welle mit einem zufriedenstellenden *Plunk* in den Sand. Werkzeugkasten weg, Finger mit Wasser, Sand und Seife gewaschen und ich machte mich auf, die anderen zusammenzutreiben. Sie waren nirgendwo zu sehen, befanden sich wahrscheinlich hinter dem Rumpf des Leichters. Ich umrundete den Bug und blieb ruckartig stehen.

Ein leises, hochfrequent surrendes Motorengeräusch näherte sich von See. Ich wusste gleich, worum es sich handelte. Außenborder. Ich machte einen Schritt zurück, wandte den Kopf. Ein paar hundert Meter weiter draußen zog ein Patrouillenboot langsame Kreise. Zoll, vermutete ich.

Wenn wir uns beeilten …

Zu spät. Sie kamen in einem Schlauchboot angejagt, setzten es schwungvoll auf den Strand. Sechs Mann Besatzung in schwarzen Wetsuits sprangen raus, zogen das Boot noch ein Stück aus der Brandung und machten sich dann daran, den Strand mit starken Stablampen abzuleuchten. Einer blieb beim Boot, kommandierte die anderen herum. Ich verstand ›Treibt sie zusammen‹ und ›Bringt sie her‹, und zog mich in den

Schatten des Rumpfs zurück. Hundert Meter bis zum Truck, halb verdeckt vom Leichter. Manche Leute schaffen das in unter zehn Sekunden.
Sie packten Oumou, sie packten Jamilah, mit ihren Babys auf den Armen, sie packten, zu einigem Hallo, Roots.
Zoll. Ich dachte Truck, ich dachte Durchsuchung.
Ich dachte Waffen.
Ich dachte Drogen.
Ich dachte Migranten.
Ich dachte U-Haft, Anwalt, Verhandlung, Urteil, ich dachte ...
Ich dachte: Sie sind in Europa, wo sie hinwollten. Sie sind in Sicherheit. Sie können Asyl beantragen. Sie brauchen mich nicht mehr.
Die Zöllner zerrten Oumou und Jamilah und schleiften Roots zum Schlauchboot. Die Frauen protestierten, die Babys begannen zu schreien, Tränen flossen. Jemand kommandierte: »Ins Boot!«
Da war nichts, was ich noch hätte tun können.
Ich rannte zum Truck, schloss die Hecktür, wuchtete die Treppe hoch, hastete nach vorn. Fahrertür auf, eine Hand schon am Lenkrad, stoppte ich mitten in der Bewegung.
Irgendetwas kam mir faul vor an der ganzen Aktion. Wieso sollten sie unbedingt ins Schlauchboot steigen? Konnten die Zöllner keinen Transport an Land anfordern? Aus dem Nichts heraus bekam ich eine Gänsehaut.
Und dann hörte ich Oumou. Sie rief meinen Namen.
Ah, verdammt.

Sie trugen Wetsuits, mit Kopfteilen und Handschuhen, dazu Schnellfeuergewehre vor der Brust und mit allen möglichen Utensilien bestückte Gürtel um die durchweg schlanken Hüften. Allerdings keinerlei Ab-

zeichen. Irgendwas an ihnen sagte: Spezialkommando, Eingreiftruppe.
Gut im Zupacken bedeutet aber nicht zwangsläufig auch besonders hell in der Birne.
Ich trat heran und sagte: »Würden Sie *bitte* sofort damit aufhören, meine Familie zu bedrängen?«
Die Zöllner fuhren herum, starrten mich an. Dreckig, abgerissen, zum Umfallen müde und der nächtlichen Kühle zum Trotz überzogen von dem feinen Schweiß eines nicht ganz unerwartet und dann doch überraschend zeitig einsetzenden Opiat-Entzugs. Wenn auch kerzengerade in der Haltung.
Ich habe über ein Jahr in Portugal gelebt und gearbeitet, und mein Portugiesisch ist ganz passabel. Und kaum etwas schmeichelt und imponiert den Portugiesen mehr, als wenn man ihre Sprache spricht.
»Kardanwelle«, erläuterte ich knapp, wies zum Truck und dann auf meine Klamotten. Als ob ich Probleme am Auto grundsätzlich ohne Berücksichtigung der Uhrzeit angehen würde. »Ich bin Kristof Kryszinski, *Doktor* Kristof Kryszinski«, fügte ich pointiert hinzu. »Ich denke, das sagt Ihnen etwas?« Ich sah von einem zum anderen. »Nein? Nun, nicht zu ändern«, meinte ich mit einiger Herablassung. »Meine Familie und ich machen hier Urlaub.«
Wenn ich die Mienen richtig interpretierte, war meine Intervention unwillkommen und, falls ich nicht weiter zu überzeugen verstand, von kurzer Dauer.
»Kommen Sie«, ich schnickte mit den Fingern, »kommen Sie mit. Ich zeige Ihnen unsere Papiere. Dann können Sie alle zurück an Ihre Arbeit.«
Ein junger Typ wurde mit einem Wink mitgeschickt. Das gefiel mir jetzt nicht so gut, einer mit ein bisschen mehr Lebenserfahrung wäre mir lieber gewesen, aber so war das jetzt eben. Die Portugiesen sind, soweit ich

sie kenne, pragmatisch veranlagt. Sprich: Sie nehmen, was sie kriegen können.
Wir umrundeten den Truck, und an der offenen Fahrertür angekommen, außer Sicht der anderen, zog ich meinen Gürtel aus dem Overall.
»Pass auf«, raunte ich. »Du gehst gleich zurück und sagst, du hast die Papiere überprüft und alles ist in Ordnung.« Ich knipste mein Stirnlicht an und ließ ein paar der letzten Münzen aus dem Gürtel auf den Fahrersitz und mittenrein in den hellen Lampenschein gleiten. Mit Banknoten funktioniert das nicht mal halb so gut. Da ist etwas in diesem güldenen Schimmer, das sich auf die Augen des Betrachters überträgt, spontane Begehrlichkeiten weckt und mögliche Bedenken in Luft auflöst.
»Was soll das werden?«, herrschte der Typ mich an und riss seine Waffe hoch. »Hinknien! Hände ins Genick!«
Ich sah ihn an, sah die Empörung in seinem Blick, fiel auf die Knie, verschränkte die Finger hinterm Kopf und spürte das Einsetzen einer Reue, von der ich wusste, sie würde lange genug anhalten, um sie dem Gericht nicht vorspielen zu müssen.
»Cabo!«
Eilige Schritte stapften heran, düstere Gewissheit kam mit ihnen. So kurz vor dem Ziel ... Nur fünf Minuten später ... Was wird jetzt aus Bella?, dachte ich, und ein bodenloses schwarzes Loch tat sich unter mir auf.
»Was ist hier los, Miguel?« Der Korporal hatte ein Auftreten, für das es kein anders Wort als ›martialisch‹ gibt.
»Der Verdächtige hat versucht, mich zu bestechen.«
»Was?!« Der Korporal starrte auf mich herunter, als ob er mich am liebsten an Ort und Stelle erschießen würde. Er war einer dieser wichtigtuerischen Behör-

denärsche, die ihre Arbeit als Krieg verstehen und deshalb meinen, sich ständig wie Soldaten auf dem Schlachtfeld aufführen zu müssen.

»Willst dich wohl freikaufen, was, Herr Doktor Schleuser? Was glaubst du, wo du hier bist? In Afrika?« Er lachte unfroh. »Wen hast du noch hier drin, hä?« Er hämmerte mit der Faust gegen den Aufbau. »Kommt raus!«

»Nur meinen Hund«, sagte ich.

Mit einem Satz war er über mir und packte mich bei den Ohren. Sein Blick war fiebrig vor ungesundem Eifer. »Nur deinen Hund? Hast extra Portugiesisch gelernt, weil du dachtest, so könntest du uns verarschen, was? Nun, falsch gedacht.« Er ließ mich los, richtete sich auf, wandte sich an Miguel.

»Haben wir Beweismittel für den Bestechungsversuch?«

»Drinnen auf dem Sitz.«

Er trat an die Fahrertür, schnickte die Münzen ein bisschen hin und her, hob den Gürtel an und der Rest klimperte heraus.

»Ist das alles?«, fragte er mich, plötzlich um einiges ruhiger, kalkulierender.

Ich nickte.

»Gut.« Mit einer raschen Bewegung fegte er die Münzen vom Sitz in seine offene Hand, zippte eine kleine Tasche an seinem Gürtel auf und ließ das Gold darin verschwinden, zippte die Tasche wieder zu. »Wir gehen«, sagte er zu Miguel, dem das Maul offenstand, bis der Korporal ihm eine Hand auf die Schulter legte und ihn sanft, aber bestimmt Richtung Schlauchboot schob. »Stell dir vor«, sagte er im Konversationston, »stell dir vor, du wirst morgen angeschossen. Und als Folge davon dienstunfähig. Arbeitslos bei halben Bezügen. Meinst du nicht auch, du wärst froh, wenn du dann ein bisschen was auf der hohen Kante hättest?«

Miguel wusste nichts zu sagen.
»Also, mein Freund. Wir haben einen havarierten Schubleichter entdeckt und ringsherum nur ein paar neugierige Touristen angetroffen. Kannst du dir das merken? Sehr schön.«
Damit spazierten sie außer Hörweite und mein letztes Gold spazierte mit ihnen. *Easy come, easy go*, wie man so sagt. Koste es, was es wolle, dachte ich und seufzte.

*

›Refugees welcome‹ stand auf dem Banner am Zaun zum Gelände der Mülheimer Flüchtlingsunterkünfte, die Buchstaben nach all den Jahren so löchrig und verblichen wie die Botschaft dahinter.
Ich stoppte vor dem Verwaltungsgebäude, ließ die Treppe runter. Jamilah stieg aus, Bijoux auf dem Arm, und sah sich wenig begeistert um. Roots robbte die Treppe runter und wälzte sich auf sein Skateboard.
»Da vorn könnt ihr euch anmelden«, sagte ich und sie machten sich auf den Weg. Oumou und ich brachten ihnen ihr Gepäck hinterher.
Zwei Rotkreuzler nahmen die beiden in Empfang, trugen ihre Daten in Listen ein und versorgten sie mit Broschüren und Formularen.
»Dass das klar ist«, meinte Roots zu ihnen, »ich werde auf keinen Fall mit Muslimen unter einem Dach wohnen.«
»Also ich hatte mir das auch etwas anders vorgestellt«, sagte Jamilah. »Ich meine, das sind doch nur Baracken hier. Ich hatte eher an ein Apartment für mich und mein Kind gedacht. Oder an ein Hotelzimmer.«
Viel Spaß mit denen, dachte ich.

»Eine Garage«, stellte Oumou fest.
»Man nennt es Loft«, behauptete ich.
»Loft?«, fragte sie, wie jemand, der sich darunter lichtdurchflutete zwölfhundert Quadratmeter mit Eichenholzparkett und unzähligen Möglichkeiten zur freien Gestaltung vorstellt und nicht erbsensuppengrün gekachelte hundertzwanzig Quadratmeter, in denen fünfzig Jahre lang an Autos geschraubt worden war. Immerhin hatte ich bei meinem Einzug die Hebebühne rausgeschmissen.
»Muss das hier drin stehen?«, fragte sie und wies um sich.
»Ich hatte gedacht, fürs Ambiente.«
»Ambiente«, echote sie, wie jemand, der darunter Kerzenlicht, sanfte Musik, eine kissenbestreute Sitzlandschaft, exotische Topfpflanzen, Kunstdrucke und einen Flachbildschirm versteht und nicht einen rostigen und zerbeulten 77er Toyota, einen stark vergilbten Kühlschrank voll Dosenbier und ein an vielen Stellen aufgeplatztes Kunstledersofa, das ein großer, grauer, schnarchender Hund als sein Eigentum betrachtete.
»Ist doch gemütlich«, fand ich. Und Oumou seufzte.

Der Typ hinterm Stahltresen von Diesel Peters blickte blaubekittelt und sachlich drein.
»Ich bräuchte eine hintere Kardanwelle für einen 59er Mercedes L 312 mit Allrad.«
Sein Ausdruck änderte sich nicht. »Haben Sie den Fahrzeugschein bei sich?«
Ich reichte ihm die marokkanische Zulassung. Er ging sie durch, fand, was er suchte, übertrug die Daten auf einen Bildschirm, scrollte ein wenig.
»Können wir bis Donnerstagmorgen hier haben«, sagte er. »Sollen wir sie auch montieren?«
»Das wäre nett. Und eine Inspektion ist ebenfalls dringend nötig.«

Er fragte nach Details, nannte Prioritäten, wir einigten uns auf die Maßnahmen, er druckte mir eine Kalkulation aus. Ich überflog sie, las die Summe, und als ich wieder zu mir kam, leuchtete mir ein Notarzt ins Auge. Nein, Scherz. Es war ungefähr das, womit ich gerechnet hatte. Das, womit ich hatte rechnen müssen. Aber nicht hatte. Nicht mehr.

Die nächsten Tage gingen für die Beseitigung von Sturm- und anderen selbst zu behebenden Schäden am Truck drauf, fürs Dampfstrahlen, Ausmisten, Aufräumen, Einkaufen, Wäschewaschen, so ein Kram. Bella füttern, Bella bewegen, Bella füttern. Bella bürsten, Bella scheren, Bella füttern. Sie erholte sich zusehends, lehnte aber trotzdem keine der Extramahlzeiten ab. Schon gar keine mit Püree oder Nudeln.
Ich vermietete Oumou sechzig Quadratmeter – mehr zahlten die Behörden nicht – und erteilte ihr eine Vollmacht für das Mietkonto. So hatte sie etwas Geld, die Hütte umzugestalten und in Schuss zu halten.

Ich besuchte Scuzzi und Bian-Tao in meiner früheren – jetzt ihrer – Kneipe, der TaxiBar. Da ich aus verschiedenen Gründen immer noch dort gemeldet bin, reichte mir Scuzzi als Erstes einen Stapel Post, dessen Durchsicht ich auf einen späteren Zeitpunkt verschob. Es war spätnachmittags und ruhig, also verzogen wir uns ans ferne Ende der Theke und tranken ein paar Bier zusammen.
Bian-Tao fand, ich sähe furchtbar aus, und holte mir Toast und Rührei und Linsensuppe und Nudeln in Safran-Sahnesauce und Bratapfel mit Vanilleeis und was nicht noch aus der Küche.
Es ging ihnen gut, versicherte Scuzzi mir, ausgesprochen gut, das Familienleben war das Beste, was ihm passieren konnte, doch je länger wir uns unterhielten,

desto mehr driftete er ab in die alten Zeiten, als wir unzertrennlich gewesen waren und einen Haufen irre Sachen erlebt hatten.
Ich fragte mich, wovon er redete. Bevor wir endgültig auseinandergedriftet sind, hatte Scuzzi mehrere Jahrzehnte seines Lebens als zugedröhnter Polytoxikomane in einem Sessel vor sich hingedämmert, während ich angesoffen von einer flüchtigen Beziehung in die nächste getorkelt war, und unsere tatsächlichen gemeinsamen Aktivitäten aus dieser Zeit lassen sich an, na ja, zehn Fingern abzählen. Oder zwölf.
Ela, die Adoptivtochter der beiden, kam von der Ganztagsschule herein, und ich bemerkte, wie groß sie geworden war, worauf sie gelangweilt die Augen verdrehte. Dann fragte ich sie, wie's denn so in der Schule lief, worauf sie gelangweilt die Augen verdrehte, also schlug ich ihr vor, gemeinsam Klamotten shoppen zu gehen, was sie eine geile Idee fand, bis ich ihr offenbarte, nur gescherzt zu haben, woraufhin sie mir vors Schienbein trat und mich einen Arsch nannte.

Am nächsten Abend schaute ich bei Charly vorbei. In seinem Laden, Charlys Harleys. Es war ein nasskalter später Wintertag mit entsprechend wenig Publikum. Wir zogen uns zwei Hocker an einen Stehtisch, tranken ein paar Bier, redeten ein bisschen.
Marion, seine Freundin, fand, ich sähe furchtbar aus und fütterte mich mit in Plastikfolie eingeschweißten Croissants und Cupcakes und in Alufolie eingeschweißten Mini-Salamis. Marion hat's nicht so mit der Küche, ihre Qualitäten liegen, wenn ich ihrem Stecher glauben darf, in einem anderen Zimmer.
Charly war grüblerisch drauf. Er wollte, wie schon länger, jetzt aber wirklich, die Stormfuckers wieder zusammentrommeln, ein Clubhaus anmieten, neue

Mitglieder rekrutieren und ausbilden, mit Harleys herumbraten und die Konkurrenz aufmischen, ganz wie früher.
Volle Hupe ZZ Top aufdrehen und Bierdosen an der Stirn plattkloppen, fügte ich im Stillen hinzu. Was ich sagen wollte war: Man kann die Vergangenheit nicht wiederbeleben, sie ist tot, sie ist kalt, sie ist steif, und sie riecht schlecht. Doch wie schon bei Scuzzi sprach ich es nicht aus. Las man zwischen den Zeilen, freuten sich die Jungs einfach, mich zu sehen, und fühlten sich von meinem Auftauchen an Tage erinnert, als wir zusammen gewesen waren und uns für unsterblich und unbesiegbar gehalten hatten. Also brummelte ich zustimmende Geräusche, sagte Sachen wie: ›Ich kann mich ja mal umhören‹, und brachte um der Glaubwürdigkeit willen kleinere Einwände an wie: ›Muss es unbedingt eine Harley sein? Ich hatte, für mich, eher an eine KTM gedacht.‹
»Ich gehe kaputt vor Langeweile«, gestand Charly, als er mich zur Tür brachte.
Freu dich, dachte ich. Immerhin ist es schmerzlos.

Dann kam der Mittwoch und ich musste mich ernsthaft um Geld kümmern, wollte ich den Truck repariert und gewartet sehen.
»Hey, Patek Philippe«, freute sich der Typ hinterm Holz-und-Glas-Tresen, noch bevor ich die mit ›Gold Uhren Schmuck Ankauf/Verkauf‹ beschriftete Tür hinter mir geschlossen hatte. »Kann ich mir die mal anschauen?«
Ich streifte sie ab und reichte sie rüber.
»Echt ist sie schon mal«, meinte er und klemmte sich ein Vergrößerungsglas vors Auge. »Leichte Gebrauchsspuren«, stellte er fest. »Trotzdem kann ich Ihnen ein gutes Angebot machen.«
Ich legte einen Fünfhunderter auf den Tresen. »Dafür auch? Ich hätte noch ein paar mehr davon.«

Er nahm ihn, hielt ihn kurz unter Schwarzlicht.
»Echt ist er schon mal. Nur gibt es damit leider häufig Ärger.«
»Das muss natürlich im Wechselkurs Berücksichtigung finden«, sagte ich ruhig, und er grinste schmal und griff zum Taschenrechner.

Autos eines bestimmten Alters fühlen sich nach einer gründlichen Wartung anders an, besser. Der Motor schnurrte wie eine satte Großkatze, der Schalthebel glitt durch die Gänge wie ein geölte Schlange, der ganze Truck scharrte mit den Hufen und wieherte wie ein ... wie ein ... na ja, wie ein milde übermütiger Kaltblüter, und segelte durch die TÜV-Abnahme wie ein Adler mit breit gespreizten Schwingen.
Und keine dreizehneinhalb Stunden in der ausgelassenen und beschwingten Atmosphäre des Warteraums des Mülheimer Bürgeramtes, und schon hatte er eine deutsche Zulassung.

Oumou war ihrerseits die ganze Woche mit Behördengängen beschäftigt gewesen, hatte einen Deutschkurs gebucht und verbrachte im Übrigen viel Zeit an meinem Klapprechner mit Do-it-yourself-Anleitungen zur Wohnumfeldgestaltung. Rigipsarbeiten, Fertigparkettverlegung, Designermöbel aus Europaletten, solche Sachen. Ich hielt mich raus, es erschien mir das Klügste. Was ihr Bauchschmerzen bereitete waren die Erfolgsaussichten ihres Asylantrags.
»Wenn es damit irgendwelche Schwierigkeiten gibt«, sagte ich, »dann ...«, ich zögerte, gab mir einen Ruck, »dann heirate ich dich einfach.«
»Ach, Kristof.« Oumou sah mich zärtlich an. »Du bist so ein Romantiker«, fand sie. »Hat dir das schon mal jemand gesagt?«
Ich dachte kurz nach, dann ein wenig länger, doch ich

konnte nachdenken, solange ich wollte, die Antwort blieb: »Nein. Bis jetzt noch nicht.«
»Seltsam«, fand sie.
Ich stutzte und wollte gerade eine kritisch gewölbte Braue meine Stirn hochwandern lassen, als die Tür aufflog und ich andere Sorgen hatte. Die Tür flog auf und Hauptkommissar Menden stürmte herein, asketisch, zornig und entschlossen wie nur eh und je, ein durch nichts zu entmutigender Kämpfer für Recht und Gesetz mit mehr als nur einem Anflug von Spanischer Inquisition. Die Tür flog also auf, er stürmte herein und direkt auf mich los.
»Kryszinski«, blaffte er, »ich habe zweifelsfreie Beweise, dass Sie sich die letzten Monate in Nordafrika herumgetrieben haben. Und jetzt dürfen Sie mal raten, wo in dieser Zeit mehr als ein Dutzend der Ihnen einstmals anvertrauten Fünfhundert-Euro-Scheine aufgetaucht sind. Sagt Ihnen der Name Taman…?«, er erblickte Oumou und geriet ins Stocken, »…rass…?«, murmelte er noch und verstummte dann gänzlich.
»Bonjour«, begrüßte ihn Oumou einigermaßen huldvoll. Menden ist nicht gerade klein, und Oumou, wie ich, glaube ich, schon erwähnt habe, auch nicht. Man kann sagen, sie begegneten sich auf Augenhöhe.
»Voulez-vous un café?«, fragte sie, wenn möglich ein ganz klein wenig herausfordernd, so wie in ›Wollen sie *etwa* …?‹
Mendens Züge glichen einen Moment lang denen eines Mannes, der in fliegender Hast die Deckel von einhundertvierundvierzig Schuhkartons rupft, auf der Suche nach dem einen, in dem er seine Französischkenntnisse eingelagert hat.
»Avec plaisir«, antwortete er dann und seufzte erleichtert.
Ich winkte Bella mit dem Kinn und sie gähnte, streckte sich, glitt vom Sofa und schloss sich mir an.

Ob er kurz mal Ami halten könnte?, fragte Oumou, und Menden meinte nur: »Mais bien sûr.« Sein Französisch klang ein wenig hölzern, doch lag das vermutlich nur an mangelnder Übung.
Er bekam Ami ausgehändigt, legte sie sich in die Armbeuge, kitzelte sie am Bauch und machte ›Wusiwusiwusi‹. Ami strahlte ihn an, griff nach seiner Nase und Menden ...
Bella und ich blieben in der Tür stehen und drehten uns um, beide gleichermaßen geflasht.
... und Menden *lachte*.

*

Rechts das Meer, linker Hand steil aufgetürmte Dünen, dahinter die Wüste. Wir rollten mit Standgas einen schier endlosen, wilden, windgebürsteten, menschenleeren Strand entlang. Möwen schwebten, ihre Bäuche strahlend im Licht der Abendsonne.
Beide Fenster runter, hielt ich einen Arm aus meinem, Bella ihre Nase aus ihrem. Tom Petty näselte halblaut vor sich hin, unterlegt vom gelassenen Brummen des Diesels.
Irgendwann bog ich ab in die Wand aus Sand, gab ein bisschen zu viel Gas, so dass sich die Vorderräder eingruben und der Truck halbwegs in Waage zum Stehen kam. Motor aus.
Die Sonne sank, Bella und ich liefen ein Stück, rannten ein Stück, hockten uns schließlich Seite an Seite auf die Treppe, lauschten den Wogen und sahen zu, wie der Wind über unsere Spuren blies, bis sie komplett verschwunden waren.

ENDE